費城的鐘聲

王彬彬 著

译林出版社

图书在版编目（CIP）数据
费城的钟声 / 王彬彬著．—南京：译林出版社，
2020.8
ISBN 978-7-5447-8093-3

I.①费… II.①王… III.①散文集 - 中国 - 当代
IV.①I267

中国版本图书馆 CIP 数据核字（2019）第 290946 号

费城的钟声　王彬彬 / 著

责任编辑　陈晓旭
装帧设计　韦　枫
封面题字　成懋冉
校　　对　蒋　燕
责任印制　颜　亮

出版发行　译林出版社
地　　址　南京市湖南路 1 号 A 楼
邮　　箱　yilin@yilin.com
网　　址　www.yilin.com
市场热线　025-86633278
排　　版　南京展望文化发展有限公司
印　　刷　苏州市越洋印刷有限公司
开　　本　880 毫米 ×1230 毫米　1/32
印　　张　8.5
版　　次　2020 年 8 月第 1 版
印　　次　2020 年 8 月第 1 次印刷
书　　号　ISBN 978-7-5447-8093-3
定　　价　45.00 元

王彬彬

安徽望江人，当代文学评论家、文学史家。南京大学文学院教授，博士生导师，教育部长江学者特聘教授。主要从事中国现当代文学研究，出版《在功利与唯美之间》《为批评正名》《文坛三户：金庸·王朔·余秋雨》《风高放火与振翅洒水》《应知天命集》《新文学作家的修辞艺术》《八论高晓声》《高晓声评传》《鲁迅晚年情怀》《鲁迅内外》等学术著作多部。多年来，还发表了近百篇中国现代史方面的学术散文、随笔，结集有《往事何堪哀》《并未远去的背影》《顾左右而言史》等。

目录

自序

收在这里的十篇文章,除《国共两党与白话文》外,其他九篇都是《钟山》杂志上“栏杆拍遍”的专栏文章,是这两年的新作。

我的所谓“专业”,是中国现当代文学研究,在大学里,以此名目混饭。但我写的谈论非文学问题的文章,实在比谈论文学问题的文章,要多得多。所谓非文学问题,其实也就是中国现代史方面的问题。先前的好几年,关注的是中国共产党的历史,这几年,评说的则主要是国民党的历史是非。

比文学文章更多的非文学文章,基本上是在《钟山》发表的。《钟山》创刊于1978年,到今年,整整四十年了。而到今年底,我在《钟山》上发表的文章,要超过七十篇了,是迄今为止,在《钟山》上发表作品篇数最多的作者。能够在同一刊物上发表这么多篇文章,当然因为开了多年专栏。而之所以能把专栏开这许多年，则与贾梦玮先生大有关系。大约是2001年秋冬时节，现在的主编贾梦玮先生，其时应该还是“小编”，在一次饭局上，“命”我在《钟山》开一专栏，我欣然同意。又约定以“文坛旧事”为专栏名。于是，应该是从2002年第1期开始，“文坛旧事”就开张了。顾名思义，“文坛旧事”，谈论的是往昔文人的事情，鲁迅啊，胡适啊，陈独秀啊，瞿秋白啊，丁玲啊，这些人的立身处世、行藏用舍；这些人的荣辱毁誉、成败得失。写陈独秀的《留在沪宁线上的鼾声》，比较鲁迅与胡适的《风高放火与振翅洒水》等文章，好像就是在“文坛旧事”的名目下发表的。一开始，谈论的是文坛上的旧事，篇幅也比较短。但写着写着，就渐渐与文坛无关，变成政坛旧事了，篇幅也长了起来。于是只得改换名称。总之是，专栏名称变过几次，最后固定为“栏杆拍遍”。从2002年到现在，十六七年了，中间停过几次，有一次因为出国等原因，停了两三年，算是停得长了。总之是，停了之后，又恢复了。

能把专栏一直写下来，得力于贾梦玮先生作为编辑的两种品性：一是严，一是宽。先说严。梦玮先生让人写稿，实在不是“约”，而是“命”。那口气，是写也得写，不写也得写，没有商量的余地。但仅有严，当然不够，还须有宽。贾梦玮先生的宽，表现在对作者文章的充分尊重上。换言之，写还是不写，由他说了算；而写什么与怎么写，则充分尊重作者的选择、取舍。只要不触犯某种铁则，贾梦玮先生决不轻易动作者的文章。这让作者在与《钟山》合作时，总是感到很愉快。

《钟山》上的专栏文章，主要谈论中国现代史上的问题，但也偶尔扯到近代甚至国外。收在这里的文章，《陈宝箴的喉骨》，写的是戊戌变法时期的事，应属近代史范畴。《高晓声：政治巨变中的人生选择》，应该算成当代故事。《船离开了我：爱因斯坦和弗洛伊德对纳粹的逃离》《“我们世界的根须静卧在他心里”——拉贝对希特勒的想象》两文，则说的是纳粹德国时期的事，算是扯到欧洲去了。所以，这仍然只能说是一本内容杂乱的小书。

这个专栏能够一直写下来，应该感谢《钟山》所有为这些文章的发表付出过辛劳的编辑。特别应该感谢的，还有《钟山》的读者。多年来，我从《钟山》的读者那里得到许多鼓励和鞭策。没有这鼓励和鞭策，这个专栏也是不可能坚持下来的。

2018年11月5日

陈宝箴的喉骨

——谨以此文纪念戊戌变法一百二十周年

一

很多人知道陈寅恪，知道陈宝箴的人可能要少些。陈宝箴就是陈寅恪的祖父。在晚清的新政史上，陈宝箴是不可忽视的人物。

我手头有上海古籍出版社2014年版《散原精舍诗文集》（增订本），岳麓书社2012年版《郭嵩焘全集》，两书中都有一些关于陈氏家族的资料。有上海古籍出版社1980年版陈寅恪的《寒柳堂集》，其中收有陈寅恪《寒柳堂记梦未定稿》，叙述了其祖父陈宝箴、父亲陈三立的宦海沉浮。此外，有百花洲文艺出版社1992年版《陈寅恪评传》，汪荣祖撰著，其中叙述了陈氏家族的衍迁。还有故宫出版社2012年出版的《陈宝箴和湖南新政》，刘梦溪撰著。刘著研究的便是陈宝箴，虽然主要说的是陈宝箴任湖南巡抚之后的事，但也不免从陈宝箴早年经历说起。现根据这些著作，对陈宝箴巡抚湘省之前的情形略做介绍。

陈家属于客家系统。郭嵩焘在《陈府君墓碑铭》中说，陈家原本就是江西人。先世有人在福建为官，便移居福建，成为福建人，居福建上杭。陈宝箴的曾祖父陈腾远那一代又自闽迁赣，定居其时的义宁州竹塅里（现修水县竹塅乡）。腾远之子克绳，已被当时学者称为"韶亭先生"，当已是耕读之家。在克绳这一代，陈家便是有声望的人家。克绳生有四子，幼子名伟琳，字琢如，"始六七岁，授章句，已能通晓圣贤大旨"，"及长，得阳明王氏书读之，开发警敏，穷探默证，有如夙契……于是刮去一切功名利达之见，抗心古贤者，追而蹑之"。伟琳虽读书却没有走上以科举求功名之路。伟琳母"体羸多病"，伟琳便"究心医家言，穷极《灵枢》《素问》之精蕴，遂以能医名。病者踵门求治，望色切脉，施诊无倦"。[1]陈寅恪在《寒柳堂记梦未定稿》中说："先曾祖以医术知名于乡村间，先祖先君遂亦通医学，为人疗病。"[2]陈家是中医世家，源头则是伟琳。

伟琳不入仕途却胸怀天下。郭嵩焘《陈府君墓碑铭》中说他"生平为学，不求仕与名，独慷慨怀经世志。尝一涉江，揽金陵之胜，东历淮、徐，涉略齐、豫，北至京师，所至考揽山川，校其户口、扼塞险易，以推知古今因革之宜，与其战守得失之数"。[3]此种心胸，由儿子宝箴继承了。

伟琳曾创办义宁书院。洪杨的太平军占领武昌后，江西也在其侵袭范围内。伟琳曾组织团练，保卫家乡，历时数年。后来，陈宝箴撰有《记义宁州牧叶公济英御城死难事》和《义宁同仇录》二文，叙说此事。[4]

陈宝箴是陈伟琳的第三子，生于1831年（道光十一年）。1851年（咸丰元年）有恩科乡试，陈宝箴参加乡试并成为举人。其时，太平军势焰正烈，陈宝箴便协同父亲办团练，保家卫乡。父亲死后，陈宝箴继续率领团练与太平军作战。

1860年（咸丰十年），陈宝箴赴京参加会试，名落孙山。陈宝箴在京师盘桓了三年。此时，正值英法联军攻入北京。陈宝箴之子陈三立在《湖南巡抚先府君行状》中说，圆明园起火时，陈宝箴正在酒楼饮酒，见到火起，“锤案大号，尽惊其坐人”。[5]

陈宝箴旅居京师期间，结识了许多来自各地的“隽异方雅之士”，与易佩绅、罗亨奎二人尤其意气相投。陈三立在《湖南巡抚先府君行状》中说三人“以道义经济相切摩，有三君子之目”。[6]洪杨起事后，易、罗二人到南方率领湘军与太平军作战，邀陈宝箴南下相助。陈宝箴先回江西探望了母亲，随即赴湖南，加入易、罗组建的果健营，与太平军石达开部作战，激战数月，战功卓著，果健营声震东南。随后陈宝箴拜访了驻扎在安庆的曾国藩。曾国藩对陈宝箴十分欣赏，叹为“海内奇士”。虽然曾国藩极欲留陈宝箴于自己幕中，但陈宝箴更愿在前线直接参与作战，于是到江西席宝田处参与谋划。席宝田是湖南东安人，从小好兵术。洪杨起事，席宝田到江西辅佐刘坤一、江忠义与太平军作战。1859年（咸丰九年），席宝田率军追击石达开部到广西，克复柳州，并因此功而赏戴花翎。此后，席宝田在湖南招募千人，组建精毅营，专将一军。同治初年，曾国藩调席宝田入江西作战，席在赣战功屡屡。而陈宝箴的襄赞起了很大作用，因了陈宝箴，席宝田方能“累用奇策决胜”。

曾国藩攻克南京后，天国的幼王洪福瑱仓皇逃往福建。陈宝箴建议席宝田派兵在广昌、石城间设伏。席宝田依其计，果然俘获洪仁玕、黄文英和洪仁政等天国政要十余人，又追踪并擒获洪福瑱，立一大功。可见陈宝箴堪称知兵。但陈宝箴并不把生擒天国幼主视为己功，尝言:“吾虽臆决幸中，然非席公坚忍，用将士死力，福瑱终不可得，席公于用兵天授也。”[7]

席宝田屡欲保举陈宝箴为知府，陈都谢绝。此时曾国藩开府南京，陈宝箴遂入曾幕。曾国藩调任直隶总督，陈宝箴才决定谋一正式官职。先是以知府的身份在湖南候补，此后二十五年间，辗转于湖南、河北、浙江、广东、湖北等地，历任湖南辰沅道、河北兵务道、浙江按察使、湖北布政使等职，其间还有几年因蒙冤而罢官，在家赋闲。二十五年间在各地调来调去，官职却几乎不升，这情形是不多见的。郭嵩焘是陈宝箴好友，他认为陈宝箴之所以在仕途进步缓慢，是因为“自远于荣利，而人亦因其自远而远之”。意思是，既然你自己不追求“进步”，别人也就懒得答理你，有了升官的机会也不考虑你。虽然在官场上总是原地踏步，但“每到一地，每任一职，都有突出治绩”，尤以善治盗和善治水著称。[8]

陈宝箴服膺曾国藩，曾国藩曾对陈宝箴说，要转移一地的风气，“不必达而在上也。但汝数君子……沉潜味道，各存一不求富贵利达之心，一人唱之，百人和之，则风气转矣”。刘梦溪指出，曾国藩的教诲、嘱托，深刻地影响了陈宝箴。陈宝箴实际上把曾国藩的此种教诲当作了座右铭。后来，陈宝箴在自己的衙署贴一对联：“执法在持平，只权衡轻重低昂，无所谓用宽用猛；问心期自慊，不计较毁誉得失，乃能求公是公非。”这表达的正是“存一不求富贵利达之心”的意思。[9]

陈寅恪在《寒柳堂记梦未定稿》中这样言及祖父陈宝箴：“先祖仅中乙科，以家贫养亲，不得已而就末职，其仕清朝，不甚通显，中更挫跌，罢废八稔。年过六十，始得巡抚湖南小省。在位不逾三载，竟获严谴。”[10]这把陈宝箴的仕途经历做了简短的说明。陈宝箴在“末职”上蹭蹬了许多年，其间还有八年赋闲或没有正式官职。

1895年9月（光绪二十一年七月），陈宝箴被任命为湖南巡抚，此时他已经六十四岁，而长子陈三立（陈寅恪之父）也已经四十二岁了。陈寅恪称湖南为“小省”，多少是在刻意渲染乃祖仕途不得意。湖南的政治、军事地位，其实是很重要的。出任一省巡抚，是所谓封疆大吏，又远离京师，对于渴望有所作为者，是能够作为一番了。而陈宝箴本来就把曾国藩的教诲作为座右铭，为官不求富贵利达，但求造福生民。曾国藩曾希望陈宝箴能够担负起“转移风气”的重任。如果说，此前在“末职”任上时尚不足以言“转移风气”，那巡抚一省，就可以做“转移风气”之事，更何况这是曾国藩的家乡。此时曾国藩已经作古，而作为曾经受惠于曾国藩又十分崇敬曾国藩的人，陈宝箴到了湖南任巡抚，自然要把曾国藩“转移风气”之嘱托，在湖南努力实现了。

更重要的是，陈宝箴就任湖南巡抚，是在1895年。此时，甲午海战刚刚败给日本。甲午海战败给日本，对中国朝野的心理冲击，是空前之巨的，远甚于此前败给西方人。败给西方，是败给一种不可知的力量。而日本，我们太熟悉了。千百年来，一直对我们亦步亦趋，恭顺而谦卑。如今竟然败在这蕞尔小国手下，而且败得如此之惨，让人如何能接受？此前与英夷等作战，对方使用的是火器，我们用的是冷兵器。这不仅是两个国家在打仗，更是两个时代在打仗。我们输了，不难理解。可此番与小日本的海战，我们北洋水师的武器装备，并不比日本差，却仍然败了，这怎能不让人猛醒？怎能不让人痛感中国必须维新，必须变法，必须实行系统性改革？

二

陈宝箴正是怀着必须维新，必须变法，必须实行系统性改革的信念来到湖南的。陈三立在《湖南巡抚先府君行状》中，这样言及父亲陈宝箴就任湖南巡抚事："府君盖以国势不振极矣，非扫敝政，兴起人材，与天下更始，无以图存。阴念湖南据东南上游，号天下胜兵处，其士人率果敢负气可用，又土地奥衍，煤铁五金之产毕具，营一隅为天下倡，立富强根基，足备非常之变，亦使国家他日有所凭恃。故闻得湖南，独窃喜自慰，而湖南人闻巡抚得府君，亦皆喜。"[11]陈宝箴并未因湖南是“小省”而沮丧。相反，对巡抚湖南是满心欣喜的。湖南地理位置重要。湖南的读书人大都勇毅果敢，可供驱遣。湖南土地富饶、物产丰富。所以，可先在湖南这一省“转移风气”，让湖南先富强起来，成为全国表率，也为国家建立一个稳固的基地，万一有非常之变，湖南可作为退守之地。陈宝箴本来曾在湖南为官甚久，政声极佳。湖南人，尤其是读书人，得知由陈宝箴巡抚湖南，也奔走相告。陈宝箴以巡抚湖南为幸事，下定决心要令湖南风气大变，成为富强之地；湖南人欢迎陈宝箴到来，是希望并相信陈宝箴一定能在湖南大干一番，让湖南面貌一新。既如此，陈宝箴巡抚湖南，就绝不可能风平浪静了。

陈宝箴到湖南后，在整顿吏治、兴办实业上，都有有声有色的作为，这且不说它，只说说在文教方面的举措。创办《湘报》和《湘学报》，创办湖南时务学堂，创办南学会，是陈宝箴抚湘期间文教方面的几大业绩，又以创办时务学堂影响最著。

办事情得人最重要。办大事需要有大才者襄赞，办非常之事需要有非常之才者辅助。其时，陈宝箴身边，有一群特异之士，才能让陈宝箴在湖南大刀阔斧地涤瑕荡秽、除旧布新。长子陈三立本为吏部主事，现离职随侍父亲左右，对陈宝箴帮助很大。而陈宝箴更像磁铁一般，把熊希龄、梁启超、黄遵宪、谭嗣同、唐才常、江标、皮锡瑞、徐仁铸等思想新、意志坚、才华出众的贤才俊彦，吸引到自己身边。这些人，有的本来是湖南人，此刻在别省任职或游历，得知陈宝箴巡抚湖南，便回到家乡；有的人，如梁启超等，本是别省人，也奔赴湖南，参与陈宝箴的新政。例如后来曾任中华民国国务总理的熊希龄，是湖南凤凰人，有熊凤凰之称。1875年，陈宝箴开始署理辰沅道，凤凰正在辰沅道辖内。所以，陈宝箴曾是熊氏父母官，虽然其时希龄尚在幼龄（熊氏为1870年生人）。当陈宝箴巡抚湖南并厉行改革时，熊希龄被湖广总督张之洞任命为两湖营务处总办，任所在湖北。在湖北的熊希龄得知二十五年前的家乡父母官又回到湖南，且任巡抚，激动不已。他给陈三立写了一封信，说道："吾湘凋敝之余，得老伯大人雷厉风行，振衰起懦，吏治澄清，民气舒畅，虽鸿嗷遍野，而抚绥有述，如庆更生。潇湘上游，得以无他变者，仁人之利，其溥矣哉。吾侪中人，将以享安枕之庆也。"[12]

熊希龄恨不得立即回到湖南，参与陈宝箴的改革事业。但两湖营务处总办的官职一时难以卸任。熊希龄此时是身在鄂营心在湘。他时刻关注着陈宝箴在湘省的作为。1896年春，熊希龄给陈三立写了一封长信，对湖南新政提出了一些建议，托陈三立转交陈宝箴。熊希龄与陈三立本是故交，信很快到了陈宝箴手里。陈宝箴阅信后对熊希龄大为欣赏，认为熊乃稀有之才，表示愿意尽快见到熊，又嘱咐陈三立务必把熊希龄请到湖南，共襄新政大业。1896年4月，熊希龄省亲结束返鄂途中，在长沙与陈三立父子相见，受到陈氏父子盛情款待。陈三立则与熊希龄彻夜长谈，当然代父表达了希望熊回湖南一起干之意。熊希龄本来就极欲回湘参与新政，现在陈氏父子又如此热情相邀，便下定了离鄂返湘的决心。此次回鄂后，即向张之洞表达辞意，待各种交卸事务完毕，即于是年秋来到长沙，成为陈宝箴坚定的盟友和得力干将。[13]熊希龄的例子很能说明其时长沙对一些志士仁人的吸引力。

1897年4月（光绪二十三年三月），《湘学报》在长沙创刊，每十日一期，为旬刊，其时由任湖南学政的苏州人江标（建霞）督办，唐才常主持报务。《湘学报》把宣传改革作为自己的宗旨。1898年（光绪二十四年）秋，戊戌政变发生，自然只得停刊，共出四十五册。黄遵宪、梁启超、唐才常等都曾在《湘学报》上撰文。唐才常的长文《论各国变通政教之有无公理》，连载于第五册至第九册。文章介绍西方议会制度，甚至有“忠其民者不必忠其君，公其国者不必公其天”之语，由此可以推断《湘学报》言论之开放、激烈。这样的刊物能出现，当然离不开陈宝箴的认可与支持。陈宝箴发表文告，称《湘学报》“洵足开拓心胸，为学者明体达用之助”，这是公开褒扬之意。陈宝箴敦令各州县订阅《湘学报》，城乡学子赠阅，富绅则希望其自行订阅。陈宝箴之所以这样做，原因是：“俾乡僻寒峻皆得通晓当世之务，以为他日建树之资。所费无多，为益甚大，较之加课诗赋奖赏，功用迥殊。良有司造就人才，共维时局，知必留意于此也。”[14]

1898年3月，在陈宝箴支持下，《湘报》又在长沙创刊。《湘报》为日报，由熊希龄主持。报纸设有“论说”“奏疏”“电旨”“公牍”“本省新政”“各省新政”“各国时事”“杂事”“商务”等栏目。以“论说”为每日报首，也就是今天所说的“社论”了。谭嗣同、梁启超、唐才常等是社论的作者。刘梦溪在《陈宝箴和湖南新政》中指出：晚清维新人士为推动变法，通常采取四种手段，一是上书皇帝，希望说服皇帝厉行变法；二是改革书院，把传统的书院变成新式的学堂，造就新型人才，改变知识界习气；三是成立学会，以此为基地宣传变法维新思想，唤醒民众；四是办报纸，宣传新思想、新知识，开启民智。陈宝箴在湖南实行新政，也正是从这几个方面入手。[15]《湘报》1898年3月7日创刊，因戊戌政变发生而于1898年10月15日停刊，共出一百七十七号，发表“论说”一百五十五篇。汇集在湖南的改革志士的近忧和远虑、热情与冷思，在《湘报》上得以充分表达。一时间，《湘报》成了湖南变法维新人士推动改革的重要言论阵地，其影响不限于湖南一省，而成为全国性的改革派的喉舌。[16]1923年3月，梁启超曾这样评说《湘报》的历史贡献:“是为湖南有报纸之始。其报宗旨有二，一曰鼓吹民主政治，二曰发挥湖南人固有精神。虽发行未匝岁，而见锢于清政府，然湖南人自此昭苏。后此奇才蔚起，以缔造我中华民国，《湘报》之赐也。”[17]梁启超认为，《湘报》对中华民国的建立有直接作用。

这期间，在陈宝箴的大力支持下，谭嗣同、熊希龄等人又组建了南学会。梁启超在《戊戌政变记》中这样论及南学会:“而南学会尤为全省新政之命脉。虽名为学会，实兼地方议会之规模”;“欲以激发保教之热心，养成地方自治之气力”;“盖当时正德人侵夺胶州之时，列国分割中国之论大起，故湖南志士仁人作亡后之图，思保湖南之独立。而独立之举，非可空言，必其人民习于政术，能有自治之实际然后可，故先为此会以讲习之，以为他日之基。”[18]清末的新政，总体上就是对西方列强侵凌瓜分的应对，是为免于亡国灭种而做的努力。

1897年11月，德国强占胶州湾，整个中国都有被列强瓜分的可能。湖南的仁人志士，希望当列强瓜分中国时，湖南能够独立而免于虎口。组建南学会，是为了预先做思想、人才方面的准备。所以，南学会是一个半学术半政治性的组织，或者说是一个学术其表而政治其里的组织。谭嗣同、熊希龄等人之所以把这个组织命名为“南学会”而不称“湘学会”，意在“因此而推诸于南部各省，则他日虽遇分割，而南支那犹可以不亡，此会之所以名为南学会也”。[19]谭嗣同等人立足湖南而放眼整个南国，希望南中国联成一体，抵御列强的瓜分。身为广东人的黄遵宪、梁启超因此积极响应组建南学会的倡议。组建这样的学会，必须得到陈宝箴的同意。谭嗣同、熊希龄、梁启超等人的报告到了陈宝箴手头，陈宝箴立即批准，并决定腾出巡抚部院的孝廉堂作为学会活动场所，原住此地的几十名孝廉则移居别处。[20]

三

南学会的主要活动方式是讲论，类似于今天的学术讲座。每月举行四次，每次有几名主讲者，演讲过程中，听讲者可以提问、质疑，主讲者与听众可以现场交流、辩难。主讲者的讲义，则在《湘报》刊载。陈宝箴本人也几次担任主讲角色。1898年2月21日，南学会举行成立庆典，陈宝箴亲自到场，并发表了主题为“论为学必先立志”的演讲。皮锡瑞的演讲主题是“论立学会讲学宗旨”；黄遵宪的演讲主题是“论政体公私人必自任其事”；谭嗣同的演讲主题是“论中国情形危急”；乔树枏的演讲主题是“论公利私利之分”。内容都关乎变法维新。[21]

南学会不仅举行学术性的讲论，也讨论地方上的重大政治、经济等问题，分析全国形势，向省署提出种种建议，所以，梁启超认为南学会实际上具有地方议会的性质。用今天的话说，南学会还发挥着参政议政的作用。谭嗣同、梁启超等人，在商议组建南学会之初，便有意把南学会办成直接作用于现实政治的机构。梁启超曾上书陈宝箴，指出“湖南应办之事”，其中这样言及对南学会的构想：“先由学会绅董，各举所知品行端方、才识开敏之绅士，每州县各数人，咸集省中入南学会，会中广集书籍图器，定有讲期，定有功课，长官时时临莅以鼓厉之，多延通人，为之会长，发明中国危亡之故，西方强盛之由，考政治之本原，讲办事之条理，或得有电报，奉有部文，非极秘密者，则交与会中，俾学习议事，一切新政，将举办者，悉交会中议其可办与否，次议其办法，次议其筹款之法，次议其用人之法，日日读书，日日治事，一年之后，会中人可任为议员者过半矣，此等会友，亦一年后，除酌留为总会议员外，即可分别遣散，归为各州县分会之议员，复另选新班在总会学习。”[22]梁启超说得很明白，南学会应该具有参政议政的功能，“会中人”在参政议政中学习从政本领，这又使南学会具有政治人才养成所的性质。

在南学会的带动下，湖南各地成立了许多学会，名称各种各样，但都属于长沙南学会的分会。周秋光在《熊希龄传》中说，据统计，甲午战后至戊戌年，全国各地的学会共有六十四个，而湖南一省便有十九个，居全国之最。这些学会的出现，对湖南维新事业的开展，产生很明显的推动作用。[23]

陈宝箴主政湖南期间，最值得称道的成就，还是时务学堂的创设。1896年冬，湖南的维新人士蒋德钧向陈宝箴建议开设一所新式学堂，陈宝箴闻之“惊喜叫绝”，并决定将之命名为“时务学堂”。办学堂，最大的难题当然是经费。但既然有了陈宝箴的热情支持，经费当然也能落实。熊希龄被任命为时务学堂总理，也就是校长。熊希龄为延揽教员，殚精竭虑，甚至与蒋德钧二人亲自到上海、南京等地物色。其时，二十四岁的梁启超，在上海任《时务报》主笔，已是声名十分响亮的“意见领袖”。熊希龄、蒋德钧二人亲自到上海，想把梁启超请到湖南，任时务学堂中文总教习。与梁启超同在《时务报》任职的李维格，是英文方面的专家，在报馆担任翻译工作。熊希龄在《时务报》馆，与李维格相识并对其十分欣赏，认为其“西学英文极通，品行也可敬”，便动了把李维格也罗致至湘的念头。《时务报》的老板是汪康年。同时把梁启超、李维格都挖走，汪康年当然不答应。最后还是黄遵宪出面斡旋，熊希龄才把梁、李二人都从上海请到了长沙。梁启超任时务学堂中文总教习，李维格则任时务学堂西文总教习。[24]

1897年9月17日，陈宝箴以巡抚名义发布了《时务学堂招考示》，也就是今天所谓的招生简章。“招考示”在报纸刊载，又在省垣长沙的街头巷尾广为张贴。“招考示”说明了时务学堂的培养目标：“诸生入学三四年后，中学既明，西文习熟，即由本部院考选数十名，支发川资，或咨送京师大学堂练习专门学问，考取文凭；或咨送外洋各国，分住水师、武备、化学、农学、矿学、商学、制造等学堂肄业。俟确有专长，即分别擢用。其上者，宣力国家，进身不止一途；次者亦得派称使馆翻译随员，及南北洋海军、陆军、船政、制造各局帮办。”[25]在“招考示”中，陈宝箴强调：“查泰西之学，均有精微，而取彼之长，辅我之短，必以中学为根本。”[26]这说明，陈宝箴对于中西文化的态度是“中学为本，西学为辅”。这与张之洞的“中学为体，西学为用”有些相似。实际上，陈宝箴的维新思想，也正与张之洞属同一层次。陈宝箴对于认为应办之事，行动上很果敢，但思想并不算激烈。后来，熊希龄与梁启超商量后，拟就了《学堂大概章程》，其中规定：“学生所学，中西并重。西文由浅及深，按格而习；中文则照总教习所定课程，读专精之书及涉猎之书，一年后再分门教授。各随其性之所近，令治专门学问。”[27]正如有人指出过的那样，“中西并重”是对陈宝箴“必以中学为根本”的重大修正。这个“大概章程”当然会经陈宝箴寓目，而陈宝箴当然能一眼看出“中西并重”与自己的“以中学为根本”的重大差别。但陈宝箴并没有提出异议，并没有下令办学章程必须与自己发布的“招考示”保持一致，这也说明，陈宝箴的确是开明的。同样主张变法维新，熊希龄、梁启超、谭嗣同等人，在思想观念上与陈宝箴并不完全相同。大概说来，熊希龄、梁启超、谭嗣同这些在陈宝箴麾下办事的人，思想观念要比陈宝箴激进，有时还激进得多。陈宝箴虽然并不完全认同麾下这些人的观念，但仍然放手让他们去干，自己则充当他们的后盾。可能陈宝箴的想法是，只要大方向一致，就必须让他们尽情发挥各自的才能，这也正是陈宝箴抚湘短短几年间，办了许多维新事业，在相当程度上实现了“转移风气”之理想的重要原因。如果陈宝箴要求麾下人士事无巨细都严格按照他本人的意旨办，而不允许有丝毫“出格”，那肯定什么也办不成。

梁启超为时务学堂学生制订的学习守则中，有一条是要求学生每读书必须写札记。梁启超在1922年所写《时务学堂札记残卷序》中说时务学堂的教学方式，“除上堂讲授外，最主要者为令诸生作札记，师长则批答而指导之，发还札记时，师生相与坐论”。[28]学生把读书心得、感想写下来，作为作业交给老师，老师则做出批答，然后与学生逐条讨论。后来惹出很大麻烦的，就是学生的读书札记。

1897年9月24日，时务学堂举行首期学生招生考试。报考者有数千人，这令陈宝箴、熊希龄等人十分欣喜。月底发榜，录取了四十人。见到时务学堂如此有吸引力，熊希龄兴奋之余，觉得应该把办学宗旨做更详尽的公开说明，便在考试结束的翌日，将《时务学堂缘起》（又称《时务学堂公启》）在报端刊载。这个《公启》，首先强调办时务学堂是时局所迫。“今日之事，岌岌哉，一蹶再蹶，输币割地，刳肉饲虎，身肉有尽，而虎欲无厌，他日之患害，其十倍于今日者，且日出而未有已也。”办时务学堂的目的，就是为了“攘夷”，因为“不攘夷则无中国”。然而，要“攘夷”，首先要改变国人的思想观念。熊希龄强调，今日之“夷”，已非古时的匈奴、回鹘可比。这些“夷”，“其政治具有条理，其学问具有本末，其富强者，皆其外见之迹，而其所以富强，千纲万目，皆经数十国数百年数千万人互为讲求，转相仿效，而始有今日”。所以，今日的“攘夷”，只有仿效日本的明治维新，“广开学校，悉师西法”。[29]这就远远超越了“师夷长技以制夷”的肤浅之见了。指出列强“富强”的根本原因，在于学术、思想、文化上的强盛。学术、思想、文化才是“富强”的根本，而“富强”不过是“外见之迹”。中国要做到“攘夷”，就必须也富强起来；而中国要富强起来，就必须改造旧有的学术、思想、文化，就必须首先在学术、思想、文化上向“夷”学习。这在当时，是异于流俗的很深刻的认识了。

首批录取的学生中，有来自邵阳的蔡锷。蔡锷生于1882年12月，其时只有十五岁。如果不进时务学堂，蔡锷应该不会有后来的辉煌。有来自湘阴的范源濂，后来在民国时期三度出任教育总长。有从长沙考取的杨树达，后来成为语言文字学的大家。

四

梁启超在《清代学术概论》中，这样叙说了其时湖南思想文化界的情形：

>……嗣同与黄遵宪、熊希龄等，设时务学堂于长沙，聘启超主讲席，唐才常等为助教。启超至，以《公羊》《孟子》教，课以札记，学生仅四十人，而李炳寰、林圭、蔡锷称高才生焉。启超每日在讲堂四小时，夜则批答诸生札记，每条或

至千言，往往彻夜不寐。所言皆当时一派之民权论，又多言清代故实，胪举失政，盛倡革命。其论学术，则自荀卿以下汉、唐、宋、明、清，掊击无完肤。时学生皆住舍，不与外通，堂内空气日日激变，外间莫或知之，及年假，诸生归省，出札记示亲友，全湘大哗。先是嗣同、才常等，设“南学会”聚讲，又设《湘报》（日刊）、《湘学报》（旬刊），所言虽不如学堂激烈，实阴相策应。又窃印《明夷待访录》《扬州十日记》等书，加以案语，秘密分布，传播革命思想，信奉者日众，于是湖南新旧派大哄。叶德辉著《翼教丛编》数十万言，将康有为所著书，启超所批学生札记，及《时务报》《湘学报》诸论文，逐条痛斥。而张之洞亦著《劝学篇》，旨趣略同。

戊戌政变前，某御史胪举札记批语数十条指斥清室、鼓吹民权者具摺揭参，卒兴大狱。嗣同死焉，启超亡命，才常等被逐，学堂解散。盖学术之争，延为政争矣。[30]

这里说到的学生札记外泄而令全湘大哗，下面再谈。戊戌政变而六君子断头，竟与湖南时务学堂学生读书札记上的批语有关，也下面再说。梁启超这番话让我们知道，其时湖南不仅变法维新空气浓郁，推翻清廷的“革命思想”也暗中涌动。谭嗣同、梁启超等人，甚至偷偷印刷《明夷待访录》《扬州十日记》这类书，秘密散发，以激发对清廷的仇恨。南学会、《湘报》、《湘学报》、时务学堂，是相互策应的，形成了一个“战斗群”，而以时务学堂言论最激烈。

但湖南的顽固守旧势力，也是异常强大的。官绅阶层中有那种腐臭熏天的保守分子，下层民众中也同样有视新思想新观念新举措为洪水猛兽者。陈宝箴主政湖南的这几年，是其时中国思想特别先进的一群人与思想特别僵化保守的群体在湖南碰在了一起，因此斗争也特别激烈。杜迈之、张承宗在《叶德辉评传》中说："湖南地处我国中部，地理位置极其重要，在戊戌变法期间，是全国最富朝气的一个省，也是维新派与封建顽固派斗争特别激烈的地区。"[31]而顽固守旧派的领袖，是王先谦和叶德辉。

王先谦是长沙人，同治四年（1865年）进士，历官国子监祭酒、督江苏学政。1889年奏准开缺，居家长沙。1894年后任岳麓书院山长。至于叶德辉，祖籍江苏吴县（今江苏苏州），其父为避太平军之乱而迁居长沙，到长沙后生意做得很大，成为富商。至于叶德辉本人，是亦学亦商的人物，在经商的同时，致力于古籍的收藏校勘，在版本目录学领域有突出成就，学术代表作有《书林清话》等，在学术界有很大影响。叶德辉乡试时的房师谢隽杭是王先谦的门生，所以叶德辉称王先谦为太老师。王先谦亦十分赏识叶德辉。在王先谦的提挈下，叶德辉迅速成为湖南权绅集团的一员。[32]

谭嗣同、熊希龄、黄遵宪、梁启超等人办报纸、办学堂，鼓吹变法维新，王先谦、叶德辉集团早有不满，他们以各种方式发泄心中的不满。例如，其时有一副出自顽固守旧派之口的对联在社会上流传："四足不停，到底有何能干？一耳偏听，晓得什么东西。"[33]上联骂熊希龄，下联讽陈宝箴。不过，在开始的一两年间，顽固守旧派虽然可以编对联骂，可以写文章骂，但基本上不能阻挡维新变法的脚步。因为，这几年，朝廷里光绪皇帝是倾向于变法维新的，而在省署里，巡抚陈宝箴更是立志变法维新的。既如此，顽固守旧派的切齿痛恨并不能起到实际的作用。

到了1898年春，形势发生了巨大变化。此前数十日，时务学堂学生回家过年，把读书札记带回了家，札记上梁启超等人的批语便为社会所知。面对这些批语，许多人目瞪口呆、心胆俱裂。在他们看来，这些批语表达的观念，实在是太出格了。

让我们看几则梁启超的批语。在杨树达一条札记的批语中，梁启超激愤地指出中国处处不如西方，尖锐地批评了视西方为夷狄的观念。他说："以今日之势，则将降中国而尊夷狄矣。何则？中国将变为夷狄、夷狄将变为中国故也。"又说："人皆谓地居中则谓之中国，以愚论之，觉有不然者。夫中者正也，能执中则为中国，不能执中，则为夷狄。夫今日之中国，岂若泰西之得民乎？自宰相督抚至于府州县，无非贪利，残刻小民，惟利是视。若以泰西较之，公莫若，信莫若，学莫若，艺莫若，商莫若，是以富国也莫若，兵强也莫若。"梁启超强调，如果"中国"意味着"执中"，意味着文明、进步、富强，那么，今日的泰西正应该称为"中国"。而如果"夷狄"意味着野蛮、落后、贫弱，那今日的"中国"正应该称为"夷狄"。在对学生黄瑞麒的札记批语中，又写道："夷狄绝不论地，只论其有教化与否耳。后人言夷夏之防者，何其陋也。"[34]这等于说，没有教化便是夷狄；泰西有教化，所以不是夷狄；中国没有教化，所以正是夷狄。

学生杨树谷针对孟子“无罪而杀士，则大夫可去；无罪而戮民，则士可以徙”的原典，写了一则札记，认为孟子此语似不合为臣之道。梁启超写了这样一段批语：“记曰：非特君择臣也，即臣亦择君。又曰：君使臣以礼。夫臣也者，与君同办民事者也。如开一铺子，君则其铺之总管，臣则其铺之掌柜等也，有何不可以去国之义。六经之中，言此等道理者极多，绝不为怪异也。自秦以后，君权日尊，而臣之自视，以为我实君之奴隶。凡国事之应兴应革，民事之应损应益，君之所为应直谏应犯颜者，而皆缄默阿谀为能，奴颜婢膝以容悦于其君，而名节二字，扫地尽矣。至于今日，士气所以委（萎）靡不振，国势所以衰罔不由，是此实千古最大关键矣。”[35]

认为泰西才配称“中国”而中国正是“夷狄”，说君臣不过是合开店铺的人——不难想象，这样的思想对那些学生的心理冲击有多么大，而令许多人惊讶、惶恐、愤怒，也正在情理之中。

就在时务学堂的学生札记令王先谦、叶德辉集团怒火熊熊时，《湘报》上的几篇文章，又火上浇油。樊锥的《开诚篇》在《湘报》连载三天。樊锥认为，对于那些顽固守旧、反对新学新政的人，应该采取的措施是：“今宜上至百寮，下至群丑，俱如此类，网罗净尽，聚之一室，幽而闭之，使其不见日月，不与覆载，不与理乱，不干是非，以遂其老杨之怀，蝮蛇之性。”这是说，思想守旧、反对变法维新者，不管是官绅还是贱民，应统统囚之于一室，让他们与世隔绝。又说：“一切繁礼细故，猥尊鄙贵，文武名场，恶例劣范，诠选档册，谬条乱章，大正鸿法，普宪均律，四民学校，风情土俗，一革从前，搜索无剩，唯泰西者是效。用孔子纪年，除拜跪繁节，以与彼见而道群。”这意思就是，大大小小、方方面面，一切的一切，都要效法西方。用后来的话说，就是要全盘西化。樊锥还强调，要“行平等平权之义”，要“人人平等，权权平等”。

易鼐的《中国宜以弱为强说》，也在这时于《湘报》发表。易鼐提出了使中国富强的四项措施：一曰“改法以同法”，亦即“西法与中法相参也”；二曰“通教以绵教”，亦即“西教与中教并行也”；三曰“屈尊以保尊”，亦即“民权与君权两重也”；四曰“合种以留种”，亦即“黄人与白人互婚也”。[36]

樊锥、易鼐的此类思想，在当时的湖南引发众怒，毫不奇怪。就是在今天，也难免会令无数人咬牙切齿，必欲食其肉而寝其皮的。

五

时务学堂的札记，《湘报》上樊锥、易鼐的文章，令王先谦、叶德辉集团感到大反攻的时机成熟了。有这样的罪证在手，他们相信一定能摧毁新学新政。他们当然没有想错。

王先谦、叶德辉先唆使岳麓书院学生宾凤阳、杨宣霖等数人上书王先谦，请求作为名流领袖的王先谦出面干预新学新政，否则便“上负君国，下误苍生”。信中说，湘省本来“民风素朴”，自古是“一安静世界”。自从熊希龄、梁启超、黄遵宪、谭嗣同等人办学堂、办报纸，闹新学新政，而“民心顿为一变”。信中强调:“吾人舍名教纲常，别无立足之地；除忠孝节义，亦岂有教人之方?”宾凤阳等一干岳麓书院学生，特别仇视“民权”“平等”，他们如此义愤填膺:“今康梁所用以惑世者，民权耳，平等耳。试问权既下移，国谁与治？民可自主，君亦何为？是率天下而乱也。平等之说，蔑弃人伦，不能自行，而顾以立教，真悖谬之尤者。戴德诚、樊锥、唐才常、易鼐等，承其流风，肆行狂煽，直欲死中国之人心，翻亘古之学案，上自衡、永，下至岳、常，邪说浸淫，观听迷惑。不解熊、谭、戴、樊、唐、易诸人是何肺腑，必欲倾覆我邦家也。”[37]宾凤阳等人强调，湖南全省都为梁启超等人的“邪说浸淫”所影响，以至于全省“民心顿为一变”。如果这与事实相符，那恰好说明陈宝箴以几年时间，实现了转变一地“风气”的目标。曾国藩曾说，要转移一地的风气，“不必达而在上也。但汝数君子……沉潜味道，各存一不求富贵利达之心，一人唱之，百人和之，则风气转矣”。陈宝箴在湖南的实践，也证明曾国藩并非妄言。

宾凤阳等人还将时务学堂的课艺批、日记批，整理、摘编成十九条“罪状”，加以按语，一并呈送王先谦，强烈要求王先谦敦请陈宝箴赶走梁启超，整顿时务学堂。[38]

有了宾凤阳等人的信和提供的材料，王先谦便有了“民意”做后盾。于是，王先谦串通叶德辉、刘凤苞等数人，向巡抚衙门送上了一份态度激烈、措辞强硬的公呈，这就是清末维新运动中著名的《湘绅公呈》。这份“公呈”首先强调“纲常实千古不易”，而“湘省风气醇朴，人怀忠义”，时务学堂的开办，则在毁纲常的同时，也把全省风气弄坏了。“公呈”说：“梁启超及分教习广东韩、叶诸人，自命西学通人，实皆康门谬种。而谭嗣同、唐才常、樊锥、易鼐辈，为之乘风扬波，肆其簧鼓。学子胸无主宰，不知其阴行邪说，反以为时务实然，丧其本真，争相趋附，语言悖乱，有如中狂，始自会城，浸及旁郡。虽以谨厚如皮锡瑞，亦被煽惑，形之论说，重遭诟病。而住堂年幼生徒，亲承提命，朝夕濡染，受害更不待言。是聚无数聪颖子弟，迫使斫其天性，效彼狂谈，他日年长学成，不复知忠孝节义为何事，此湘人之不幸，抑非特湘省之不幸矣。”[39]在《湘绅公呈》上签名者，都是在政界学界久有影响的人物，所以这“公呈”当然在社会上声响很大。这份《湘绅公呈》，是湖南顽固守旧势力向变法维新阵营的宣战书，也向全湘顽固守旧势力下达了动员令。全湘的腐臭之徒立即行动起来。针对时务学堂的学约，长沙的岳麓、求忠、城南三所书院的学生，共同炮制了《湘省学约》。《湘省学约》也鹦鹉学舌地猛烈攻击时务学堂：“自新会梁启超来湘为学堂总教习，大张其师康有为之邪说，蛊惑湘人，无识之徒，翕然从之。其始随声附和，意在趋时，其后迷惑既深，心肠顿易。考其为说，或推尊摩西，主张民权；或效耶稣纪年，言素王改制。甚谓合种以保种，中国非中国。且有‘君民平等’‘君统太长’等语，见于学堂评语、学会讲义及《湘报》《湘学报》者，不胜偻指。似此背叛君父，诬及经传，化日光天之下，魑魅横行，非吾学中人之大患哉！孟子曰：杨墨之道不息，孔子之道不著。韩昌黎曰：不塞不流，不止不行。今与吾湘人士约，屏黜异说，无许再行传播，煽惑人心。其被诱误从者，均宜悔改，尚其严身心义利之界，晰古今政学之精，究国家利病之原，探东西艺能之蕴，共相砥砺，期于有成。”《湘省学约》在抨击时务学堂的同时，提出了“正心术”“核名实”“尊圣教”“辟异端”“务实学”“辨文体”“端士习”七项主张，也就是他们认为应该信奉的核心思想。[40]

《开诚篇》的作者樊锥是湖南邵阳人，任邵阳南学会分会会长。此人1872年生，出身贫寒而豪气干云，十三岁已粗通群经诸子。曾自署楹联云：“顶天立地三间屋，绝后空前一个人。”[41]王先谦、叶德辉等“湘绅”在省垣向陈宝箴发难后，邵阳的腐恶之徒也行动起来，他们以“士绅”的身份发布广告，宣布将樊锥驱逐出境。一百二十年后的今天读来，文告仍很有趣：

> 今因丁酉科拔贡樊锥，首倡邪说，背叛圣教，败灭伦常，惑世诬民，直欲邑中人士尽变禽兽而后快。我邑公同会议，于四月十五日，齐集学宫大成殿，祷告至圣孔子先师，立将乱民樊锥驱逐出境，永不容其在籍再行倡乱，并刊刻逐条，四处张贴，播告通省。倘该乱民仍敢在外府州县倡布邪说，煽惑人心，任是如何处治，邵阳并无异论。特此告白。

邵阳的“士绅”在祷告孔子后，向樊锥下达了驱逐令，并且把这驱逐令刊刻而贴遍全省。他们之所以要在邵阳以外的府州县也四处张贴这文告，是要让外府州县的人知道，这个樊锥已与邵阳无关，如果樊锥在你们那里再倡邪说，你们可随意处置，就是乱棍打死、乱石砸死，也与邵阳毫不相干。他们还把邵阳南学会分会章程和樊锥文章中的主要内容摘录出来，逐条批判。[42]这样做，当然意在彻底肃清樊锥流毒。

王先谦、叶德辉等人，不仅向全湘腐恶势力吹响了集结号，还致函京中湘籍官员，策动他们在京师干预湘中新学新政。1922年，梁启超在《时务学堂札记残卷序》中说："新旧之哄，起于湘而波动于京师。御史某刺录札记全稿中触犯清廷忌讳者百余条，进呈严劾，戊戌党祸之构成，此实一重要原因也。"[43]湘籍京官，虽然位不高权不重，但他们摘录湖南时务学堂学生札记批语进呈朝廷，对陈宝箴等湘省变法维新官员严加弹劾，所以在戊戌政变中其实发挥了重要作用。王先谦等人致函京中湘籍官员，在1898年四五月间。维新派在天津创办的《国闻报》立即以《湘抚被劾》为题，报道了此事："湖南士民向来勇于守旧，故中国通商数十年，而洋人之车辙马迹于湘省独稀，即一切泰西利国新法，亦丝毫不能举行。自陈右铭中丞莅湘以后，一意以开化风气为先务，凡延见僚属绅商，无不剀切晓谕，因而如电报、轮舟、铁路、矿务、学堂、报馆诸事，得以先后举行。湖南士绅固不乏明体达用与中丞气求声应之人，而其中之守旧者，虽面从而心滋不悦，于是纠集多人，联名函告京中湖南同乡官，谓陈右帅紊乱旧章、不守祖宗成法，恐将来有不轨情事，不能不先事豫防。信中之语，并牵连署臬司黄公度廉访。湖南京官得信后，即敦请徐寿蘅总宪据情揭参。想朝廷明镜高悬，若右帅者，真今日督抚中忠荩爱国勇于任事之人，必不为此等谤言所惑也。”[44]陈宝箴字右铭，因任巡抚，湘人称之为“右帅”。黄公度即黄遵宪，其时代理湖南按察使，所以有“臬司”“廉访”之称。京中湘籍官员接到长沙来信后，敦请湘籍御史徐寿蘅（树铭）上书光绪，参劾陈宝箴、黄遵宪。正如有人指出过的那样，王先谦、叶德辉等人信中最有杀机的话，是“恐将来有不轨情事”。何谓“不轨情事”？当然立即让人想到造反，想到革命，想到推翻清廷了。该报道说“若右帅者……必不为此等谤言所惑也”，表达的不过是维新派对陈宝箴的希望。他们希望陈宝箴不要被此等谤言吓倒，希望陈宝箴一如既往地干下去，希望陈宝箴把变法维新大业进行到底。但陈宝箴本人，面对这样的指控，要说完全不在意，那是决不可能的。

一个月后，湘籍监察御史黄均隆也上了一道弹劾陈宝箴的奏折，黄均隆对陈宝箴在湖南的新政彻底否定，最后说：“伏思沿海各行省，俱与外洋交涉，或设制造商务等局以收利权，或延教习招生徒以资讲肄，未闻不求实际，徒事虚誉，如湖南之甚者。相应请旨饬下湖南巡抚，另择实事求是之人，主持时务学堂，勿腾口说而乱是非，勿袭皮毛而忌实用，务求有用之学，以作富强之基。散南学会以息横议，撤保卫局以省虚糜，庶士习民风，不致嚣张决裂，则杜渐防微，所系良非浅显矣。”[45]在黄某看来，湖南是全国把“新政”办得最糟糕的省份。他要求朝廷撤销陈宝箴湖南巡抚之职，取缔南学会，废除保卫局。总之是，一切回到从前。

黄某这封奏折，口气还不算激烈，以后还有更血腥的表演。

六

而湖广总督张之洞，也于此时对《湘报》《湘学报》表示了责难。1898年5月11日，张之洞给长沙发来两电。一电致陈宝箴与黄遵宪，一电致湖南学政徐仁铸。致徐仁铸电中，指责徐主持的《湘学报》“多有不妥，恐于学术人心有妨”，电文还说：“乃近日由长沙寄来《湘学报》两次，其中奇怪议论，较去年更甚，或推尊摩西，或主张民权，或以公法比《春秋》”，而“此间士林，见者啧有烦言”。致陈宝箴电，是将《湘学报》和《湘报》一并斥责，尤其对《湘报》所载易鼐文章痛加批判：“《湘学报》中可议处已时有之，至近日新出《湘报》，其偏尤甚。近见刊有易鼐议论一篇，直是十分悖谬，见者人人骇怒。公政务殷繁，想未寓目，请速检查一阅，便知其谬。此等文字，远近煽播，必致匪人邪士，倡为乱阶，且海内哗然，有识之士，必将起而指谪弹击，亟宜谕导阻止，设法更正。”[46]

湖南本地的滔天浊浪，天子脚下的怨声怒语，顶头上司张之洞的斥责，当然对陈宝箴形成巨大的压力。陈宝箴不得不有所妥协，同时也努力抗争，有时还抗争得很激烈。1898年六七月间，湖南省垣流传一份攻击时务学堂的匿名揭帖，抄录宾凤阳等人致王先谦信，并附上“学堂教习争风，择堂中子弟文秀者，身染花露，肆行鸡奸”等诬词秽语。时务学堂学生将揭帖呈报了陈宝箴，并提出正式禀词，要求对宾凤阳等人严加追究。陈宝箴看了时务学堂学生禀词和所附揭帖，震怒异常，批语写道：

据禀并抄粘揭帖，所刊宾凤阳等上王院长禀函，殊深诧异。查本年五月间，岳麓王院长等，以“学堂关系紧要，公恳主持，以端学术，而挽敝习”等词，具呈到院，并附宾凤阳等呈王院长函禀各件。本部院查阅宾凤阳原函，只有指斥教习诸人学术宗旨之语，尚无格外污蔑之词。兹阅该学生等抄粘此函，丑诋污蔑，直是市井下流声口，乃犹自托于维持学教之名，以图报复私愤。此等伎俩，阅者无不共见其肺肝。若出于读书士子之手，无论不足污人，适自处于下流败类，为众论所不耻耳。又查揭帖所称“不解这班禽兽及学堂诸人，自命豪杰，至阴为此禽兽之行”数语，鄙俚恶劣，有如梦呓狂吠，为前次王院长附来宾凤阳等原函所无。是否宾凤阳等自行删去，殆刊布揭帖时，始行增入？抑或另有痞徒，假托掺杂？揭帖传播已久，宾凤阳等岂无见闻？如果系为人假托妄增，自应早为辩白，以自明其不为此市井无赖之行。乃竟嘿无一言，听其流播，是诚何心！此等飞诬揭帖，原于被谤之教习与肄业诸生，毫无所损。惟其意专欲谣散学堂，阻挠新政，既显悖朝廷兴学育才之至意，又大为人心风俗之害，极堪痛恨！仰总理学堂事务布政司，迅饬长沙府查明宾凤阳等，系何学生员，立传到司，彻底根究。究竟出自何人，刊于何时何地，务得确情禀复，严加惩办，以挽浇风，而端士习。切切。仍候学院批示。[47]

陈宝箴的怒火在字里行间燃烧着。他先指出，出此“下流声口”之人，竟然打着“维持学教”的旗号，真是恬不知耻。进而指出，这类“梦呓狂吠”，是先前王先谦送来的宾凤阳信中没有的，那么，是否宾凤阳呈送给王先谦信中隐匿了此等“下流声口”“梦呓狂吠”，而在刊布揭帖时才加上？如果不是这样，那就是另有痞徒假托宾凤阳等人之名刊布了此揭帖，然而，揭帖流传已久，宾凤阳等人不可能不知晓，却不站出来辩白，用心何在？总之，此等下流行径，对时务学堂师生毫无所损，但是，却是对抗朝廷、阻挠新政、伤风败俗。所以，陈宝箴命管理学堂的布政司迅速饬令长沙府传讯宾凤阳，查明实情。

陈宝箴所列揭帖罪状中，有“阻挠新政”一条。这是因为，这时候，“新政”本身还是正面的东西，还有着政治正确性，因为光绪皇帝明确表示支持各地新政。顽固守旧派可以对各种具体的新政措施大加攻击，但却不能攻击抽象的“新政”本身。

光绪于1898年6月11日颁布“明定国是”诏书，宣布正式开始变法维新，而慈禧太后则于8月间即开始策划政变，废掉光绪。9月21日，光绪被囚禁于瀛台，慈禧又一次垂帘听政，全国政局风云突变。维新变法人士被清算、整肃。9月28日，康广仁、杨深秀、杨锐、林旭、谭嗣同、刘光第“六君子”在北京被杀害。陈宝箴当然在劫难逃。湖南是维新变法声势最浩大的省份，此其一。光绪曾谕旨表彰陈宝箴在湖南新政上的大刀阔斧，光绪认为是陈宝箴功勋之处，自然便是慈禧认为罪孽之处，此其二。在政变前的几月间，陈宝箴曾连上五折专奏，有时一天两折，对全国性的维新变法提出意见，此其三。其四，被杀的“六君子”中杨锐、刘光第，是陈宝箴在此期间向光绪保举的。在一折专奏中，陈宝箴向光绪举荐了十七人，其中有杨锐、刘光第、杨枢等人。对杨锐的考语是:“才学淹通，志性端谨；切究当世之务，绝无浮夸之习。”而刘光第则被陈宝箴认为“器识宏远，廉正有为”。[48]

更何况，在朝廷之外，盯着陈宝箴不放，必欲置其于死地者，颇不乏人。前面说过的湘籍监察御史黄均隆，在政变后一周，又上了一道奏章。该奏章认为朝廷对维新变法人士太宽纵，直白地说，就是人杀得太少，只杀六人远远不够。黄某指出，“现在渠魁漏网，党类从宽”，而实际上，“其中奸恶与谭嗣同等辈同者”，大有人在。也就是应该像谭嗣同一样被杀掉者，还有许多人。黄均隆点了一些可杀之人的名，他们是：陈宝箴、陈三立、黄遵宪、江标、徐仁铸、熊希龄、樊锥、毕永年、唐才常、易鼐、何来保、蔡钟浚、康有为、梁启超、麦孟华等。这其中，康有为、梁启超本来就是慈禧首先要杀的，只不过他们及时逃脱了。但这名单中，基本上是在湖南参与维新变法的人士。可见，在顽固守旧者眼里，湖南实在是“重灾区”。

黄均隆奏折之后，还有一附片：

再，陈宝箴信任梁启超、黄遵宪、熊希龄等，在湖南创立时务学堂、南学会、保卫局，伤风败俗，流毒地方；屡保康有为、杨锐、刘光第等，其称康有为至有“千人诺诺，不如一士谔谔”等语。旋闻前数日内，又电保谭嗣同等。今逆党已明正典刑，陈宝箴应如何惩治之处，出自圣裁。其时务学堂、南学会、保卫局应请旨一并裁撤，以端风化而厚人心。谨附片具陈，伏乞圣鉴施行。谨奏。[49]

这是在把陈宝箴的处理问题再强调一遍。虽然黄某说“陈宝箴应如何惩治之处，出自圣裁”，但其实是在强调陈宝箴应予处死，因为黄某已在奏折中周纳了陈宝箴充分的可死之罪。

1898年10月6日，慈禧针对陈宝箴等人的上谕下达：

湖南巡抚陈宝箴以封疆大吏滥保匪人，实属有负委任。陈宝箴著即行革职，永不叙用。伊子吏部主事陈三立招引奸邪，著一并革职。候补四品京堂江标、庶吉士熊希龄庇护奸党，暗通消息，均著革职，永不叙用，并交地方官严加管束。[50]

陈宝箴父子只是遭革职、永不叙用，并没有下狱，杀头；而且，罪名仅是滥保匪人和招引奸邪，并没有把办报纸、办学堂和各种新政措施作为罪状。慈禧似乎还是很宽大的。不过，事情并没有结束。

七

虽然在谕旨中没有把湖南的新政建设作为陈宝箴父子的罪状，但慈禧下达惩处陈宝箴等人谕旨的同时，也给湖广总督下达了裁撤、捣毁、取缔湖南所有新政建设的旨令。果然如黄均隆等人所愿。

不过，能够裁撤、捣毁、取缔的，是那些物质性的建设，至于已经进入许多人脑中的种种"邪说"，是无法清除的。梁启超后来不止一次地谈及湖南时务学堂。在《鄙人对于言论界之过去及将来》一文中又说："当时学生四十人，日日读吾所出体裁怪特之报章，精神几与之俱化。此四十人者，十余年来强半死于国事，今存五六人而已。"[51]梁启超说，时务学堂的首批四十名学生，此后的十余年间，一大半死于国事了。唐才常于1900年在湖北发动自立军起义，林圭、李炳寰、田邦璇、蔡钟浩等参与此役并殉难，他们都是梁启超手把手教过的时务学堂首批学生。[52]至于首批学生中的蔡锷，1915年在云南发动护国战争、"再造民国"，更是人们熟知的了。

1898年11月3日，陈宝箴、陈三立父子携家眷离开湖南，前往江西南昌。陈宝箴夫人于一年前逝世，灵柩暂厝长沙，现也一并迁回江西。家眷中，有陈衡恪、陈寅恪兄弟数人。陈寅恪于1890年7月3日出生于长沙，此时年方八岁。陈家没有回到修水县老家，而是临时在南昌磨子巷赁屋而居。第二年春，陈宝箴葬夫人于南昌西山。陈宝箴因为喜欢西山的自然风光，便在墓旁筑庐，名之曰“崝庐”，庐成后就定居于此，“日夕吟啸偃仰其中，遗世观化，浏乎与造物者游”。[53]看来，陈宝箴一心要终老于此了。

但事情并不这么简单。陈三立在《湖南巡抚先府君行状》中这样说到戊戌政变后的情形：

……二十四年八月，康梁难作，皇太后训政，弹章遂蜂起，会朝廷所诛四章京而府君所荐杨锐、刘光第在其列，诏坐府君滥保匪人，遂斥废。既去官，言者中伤周内犹不绝。于是府君所立法次第寝罢，凡累年所腐心焦思、废眠忘餐、艰苦曲折经营缔造者，荡然俱尽。[54]

这里最值得注意的一句话，是“既去官，言者中伤周内犹不绝”。这让我们知道，围绕着陈宝箴的纷争并没有因为他的被革职而停息。陈宝箴归隐南昌后，仍有人不断地在中伤他，仍有人在深文周纳地罗织罪名攻击他。既然革职并不能消这些人的心头之愤，那么，陈宝箴不死，他们便不甘罢休了。陈宝箴本欲在南昌西山静度余生，但“树欲静而风不止”，他仍在风口浪尖上。

陈宝箴只在南昌西山悠闲了一年多。1900年春夏间，突然逝世。陈三立在《湖南巡抚先府君行状》中的说法是：“是年六月二十六日，忽以微疾卒，享年七十。”“忽以微疾卒”，卒得有些离奇。

刘梦溪在《陈宝箴和湖南新政》中，援引了江西宗九奇在《文史资料选辑》1983年第87辑上发表的《陈宝箴之死的真相》一文中披露的一则史料，这则史料是近人戴明震的父亲远传翁（字普之）的《文录》手稿，有这样的记载：

> 光绪二十六年（庚子，1900年）六月二十六日，先严千总公（名闳炯）率兵弁从巡抚松寿驰往西山崝庐，宣太后密旨，赐陈宝箴自尽。宝箴北面匍匐受诏，即自缢。巡抚令取其喉骨，奏报太后。[55]

陈宝箴由慈禧密旨赐死一事，这虽然是孤证，但我以为所述是真的。我以为，当戊戌政变发生后，慈禧就有处死陈宝箴之心，因为在慈禧那个阵营看来，陈宝箴实在罪该万死。但是，陈宝箴毕竟是封疆大吏。清室已经风雨飘摇，政变已是大事，政变后立即公开屠杀封疆大吏，慈禧不能不有所顾虑。所以，暂时只给一个革除职务永不叙用的处分。但是，当陈宝箴在南昌西山欣赏青山秀水时，慈禧并没有忘记他。加之这期间“言者中伤周内犹不绝”，就更坚定了慈禧处死陈宝箴的决心了。时间过去快两年了，政变风波平息了，处死陈宝箴不会有多大反弹了。但即便如此，慈禧仍然只敢秘密处死他。慈禧给其时的江西巡抚松寿下了一道密旨，令松寿带兵到陈宝箴住处，逼其自尽。陈宝箴当然只能从命，于是接旨后自缢而死。

令人不寒而栗的，是松寿令人取下陈宝箴的喉骨，送北京奏报太后。这大概是因为，自缢而死者，喉骨必有绳索的勒痕。慈禧要亲眼验证，陈宝箴确实死了。

取下喉骨呈验，当然是慈禧密旨中的要求。陈宝箴那块有着勒痕的喉骨，慈禧看过之后，太监就当垃圾处理了吧？

2018年1月1日夜

注释：

［1］［3］（清）郭嵩焘撰，梁小进主编《郭嵩焘全集》第15册，岳麓书社2012年版，第574页，第574页。

［2］［10］陈寅恪：《寒柳堂集》，上海古籍出版社1980年版，第168页，第167页。

［4］汪荣祖：《陈寅恪评传》，百花洲文艺出版社1992年版，第3页。

［5］［6］［7］［11］［53］［54］陈三立著，李开军校点《散原精舍诗文集》（增订本）中册，上海古籍出版社2014年版，第845页，第845页，第846页，第851—852页，第855页，第853页。

［8］［9］［14］［15］［16］［21］［25］［26］［27］［34］［35］［36］［37］［38］［39］［40］［41］［42］［44］［45］［47］［48］［49］［50］［52］［55］刘梦溪编《陈宝箴和湖南新政》，故宫出版社2012年版，第18—

20页，第17—18页，第52页，第57页，第59页，第95页，第64页，第66页，第66—67页，第78页，第80页，第136—137页，第153页，第155页，第156—157页，第158—159页，第136页，第159—160页，第140页，第143页，第177—178页，第166—167页，第227—228页，第230页，第81页，第250页。

［12］［13］［20］［23］［24］［29］［33］［46］周秋光：《熊希龄传》，华文出版社2014年版，第49页，第52页，第99页，第107页，第78—79页，第83—84页，第110页，第115—116页。

［17］梁启超：《饮冰室合集》第14册，中华书局2015年版，第3871页。

［18］［19］梁启超：《饮冰室合集》第17册，中华书局2015年版，第4745页，第4745—4746页。

［22］梁启超：《饮冰室合集》第2册，中华书局2015年版，第249页。

［28］［43］梁启超：《饮冰室合集》第13册，中华书局2015年版，第3579页，第3579—3580页。

［30］梁启超：《饮冰室合集》第25册，中华书局2015年版，第6828页。

［31］［32］杜迈之、张承宗：《叶德辉评传》，岳麓书社1986年版，第4页，第1—3页。

［51］梁启超：《饮冰室合集》第11册，中华书局2015年版，第2894页。

陈寅恪对中医的看法

一

陈寅恪的祖父陈宝箴，在清末的变法维新运动中，是非常重要的人物。但陈宝箴还是一个具有专业水准的中医，能够为人处方看病。陈宝箴的父亲陈伟琳（字琢如）是乡间名医，陈宝箴继承了父亲在医学方面的志趣。而陈宝箴对中医的兴趣也为儿子陈三立所承袭。陈三立同样具有为人看病开药的本领。所以，义宁陈氏，其实是中医世家。陈三立之子陈寅恪，从小耳濡目染，对中医也了解甚深。对中医，陈寅恪有自己独特的看法。

陈宝箴、陈三立父子，在清末政坛有轰轰烈烈的表现，也与其时政坛上清浊两类人物都多有瓜葛。陈寅恪晚年，曾撰《寒柳堂记梦未定稿》，记述和评说清末政坛状况及祖父和父亲在清末政坛的所作所为。据陈寅恪门人蒋天枢说，此稿作于1965年夏至1966年春，是陈寅恪最后之作。[1]这个《寒柳堂记梦未定稿》，目录如下：

弁言

（一）吾家先世中医之学

（二）清季士大夫清流浊流之分野及其兴替

（三）孝钦后最恶清流（佚）

（四）吾家与丰润之关系（佚）

（五）自光绪十年三月至二十年十一月间清室中央政治之腐败（佚）

（六）戊戌政变与先祖先君之关系

（七）关于寅恪之婚姻（佚）

正文原有七个部分，三、四、五、七四个部分都在混乱中散失了。现存者是经蒋天枢整理的残稿。在《弁言》中，陈寅恪说："今既届暮齿，若不于此时成之，则恐无及。因就咸同光宣以来之朝局，与寒家先世直接或间接有关者，证诸史料，参以平生耳目见闻，以阐明之。并附载文艺琐事，以供谈助，庶几不贤者识小之义。既不诬前人，亦免误来者。知我罪我，任之而已。"[2]又说："清代季年，士大夫实有清流浊流之分。寅恪本人或以世交之谊，或以姻娅之亲，于此清浊两党，皆有关联，故能通知两党之情状并其所以分合错综之原委。因草此文，排除恩怨毁誉务求一持平之论断。他日读者倘能详考而审察之，当信鄙言之非谬也。”[3]陈寅恪要以乃祖乃父的事迹为中心，对晚清政坛清浊两党做一评说，并且自信是站在客观公正的立场上立论，经得起历史的检验。

然而，这部《寒柳堂记梦未定稿》，却首先说的是自家的“家学”：中医之学。曾祖、祖父、父亲三代俱习中医，俱能处方治病，实在与清末政治没有什么关系。陈宝箴、陈三立父子的中医知识，与他们的政治作为，与清季政坛之清浊，也实在看不出有何牵扯。陈寅恪首先述说“吾家先世中医之学”，岂非下笔千言，离题万里？但陈寅恪何许人，岂会犯博士买驴的错误？此中或有深意存焉。此一层，最后再说。

第一部分“吾家先世中医之学”，一开头写道：

吾家素寒贱，先祖始入邑庠，故寅恪非姚逃虚所谓读书种子者。先曾祖以医术知名于乡村间，先祖先君遂亦通医学，为人疗病。寅恪少时亦尝浏览吾国医学古籍，知中医之理论方药，颇有由外域传入者。然不信中医，以为中医有见效之药，无可通之理。若格于时代及地区，不得已而用之，则可。若矜夸以为国粹，驾于外国医学之上，则昧于吾国医学之历史，殆可谓数典忘祖欤？曾撰三国志中印度故事，崔浩与寇谦之及元白诗笺证稿第五章法曲篇等文，略申鄙见，兹不赘论。小戴记曲礼曰：“医不三世，不服其药。”先曾祖至先君，实为三世。然则寅恪不敢以中医治人病，岂不异哉？孟子曰：“君子之泽，五世而斩。”长女流求，虽业医，但所学者为西医。是孟子之言信矣。[4]

又说：

中医之学乃吾家学，今转不信之，世所称不肖之子孙，岂寅恪之谓耶？[5]

这里主要表达了三种意思。第一层意思是，自家虽然自曾祖至父亲，三代俱通中医，自己也读过不少中医古籍，然而，自己却并不相信中医。中医固然有见效之药，但却无法用科学理论进行解释。在特定的时代和地区，不得已而用中医，自然是可以的，但如果把中医矜夸为“国粹”，让中医凌驾于西医之上，那就是十分荒谬的。第二层意思是，自己虽然读过不少中医古籍，但却不敢像曾祖、祖父和父亲那样为人看病开药。虽然是中医世家，但自己的长女流求却学的是西医，所以，自己是家学的背叛者，是不肖子孙。第三层意思尤为重要，那就是所谓中医，也并非完全是中土的产物，在理论和方药两方面，都颇有域外传入者。换句话说，所谓中医，也并非纯粹是中国人的发明创造。

二

郭嵩焘是陈宝箴挚友。当陈宝箴在湖南巡抚任上锐意革新时，郭嵩焘多有赞助。郭嵩焘曾为陈宝箴父亲陈伟琳撰墓碑铭，其中写道：

江以西有隐君子，曰陈琢如。先生讳伟琳，系出江州，世所称义门陈氏者也。先世有仕闽者，遂为闽人。祖鲲池，由闽迁江西之义宁州。再传而生先生。考克绳，以孝义，生子四人，先生其季也。始六七岁，授章句，已能通晓圣贤大旨。端重简默，有成人之风。及长，得阳明王氏书读之，开发警敏，穷探默证，有如夙契，曰："为学当如是矣！奔驰夫富贵，泛滥夫词章，今人之学者，皆贼其心者也。惟阳明氏有发聋振聩之功。"于是刮去一切功名利达之见，抗心古贤者，追而蹑之。久之，充然有以自得于心。一试有司，不应选，决然舍去，务以德化其乡人，尤相奖以孝友。其事父母，竱力壹心，承顺颜色，不言而曲尽其意。母谢太淑人病亟，夜驰二十里，祷于神。比反，太淑人寐方觉，言神饵我以药，疾以霍然。先生以太淑人体羸多病，究心医家言，穷极《灵枢》《素问》之精蕴，遂以能医名。病者踵门求治，望色切脉，施诊无倦。自言："无功德于乡里，而推吾母之施以及人，亦吾所以自尽也。"[6]

这让我们明白，陈家先前便是江西江州人，后来因为有人在福建做官，一度徙家福建。到了陈伟琳的祖父一代，又从福建迁回江西。

陈伟琳的父亲名克绳，生子四人，伟琳是最小的儿子。伟琳之所以研习起医学，是因为母亲体羸多病。为治母病而学医，卒成地方名医，以至于“病者踵门求治”。

伟琳的中医之学，传给了儿子宝箴。陈寅恪在《寒柳堂记梦未定稿》中，记述了几件祖父在中医上的表现。翁同龢日记“光绪二十一年乙未正月二十日”条云：

> 晚访陈右铭，未见。灯后右铭来辞行，长谈。为余诊云，肝旺而虚，命肾皆不足。牛精汁白术皆补脾要药，可常服。（自注：“脉以表上十五秒得十九至，为平。余脉十八至，故知是虚。”）[7]

宝箴字右铭。光绪二十一年，即1895年。这一年，是宝箴春风得意的一年。1893年，宝箴被任命为直隶布政使，并受到光绪皇帝的召询。中日甲午战争爆发后，宝箴被任命为东征湘军的粮台，驻守天津。此时，宝箴已准“专折奏事”。1895年秋天，宝箴被任命为湖南巡抚，达到政治生涯的顶峰。[8]为翁同龢把脉疗疾时，应该尚在粮台任上。正月二十这天，太阳落山时分，翁同龢拜访陈宝箴，未遇。掌灯后，宝箴回访兼辞行，二人长谈。长谈中，宝箴大概看出翁同龢气色不佳，于是主动提出为其把脉。翁同龢曾任帝师，此时是军机大臣。陈宝箴敢于为其把脉开药，可见他对自己的医学是很自信的。

陈寅恪《寒柳堂记梦未定稿》又说：

> 犹忆光绪二十一年乙未，先祖擢任直隶布政使，先君侍先祖母留寓武昌……一日忽见佣工携鱼翅一榼，酒一瓮并一纸封，启先祖母曰，此礼物皆谭抚台所赠者。纸封内有银票五百两，请查收。先祖母曰，银票万不敢受，鱼翅与酒可以敬领也。佣工从命而去。谭抚台者，谭复生嗣同丈之父继洵，时任湖北巡抚。曾患疾甚剧，服用先祖所处方药，病遂痊愈。谭公夙知吾家境不丰，先祖又远任保定，恐有必需，特馈以重金。寅恪侍先祖母侧，时方五六岁，颇讶为人治病，尚得如此酬报。在童稚心中，固为前所未知，遂至今不忘也。[9]

这说的是陈宝箴为时任湖北巡抚的谭继洵（谭嗣同之父）治病之事。陈宝箴任直隶布政使，在光绪十九年，陈寅恪记忆略有误。北上任职前，陈宝箴是湖北布政使，居家武昌。北上时，家眷未随行，仍留居武昌。陈宝箴治好了谭继洵的重病，于是谭继洵差人送上鱼翅、美酒和重金。陈寅恪时方五六岁，颇惊异于为人治病竟获如此厚报。

陈寅恪在《寒柳堂记梦未定稿》中，还说了这样一件事：

> 又光绪二十五年先祖寓南昌，一日诸孙侍侧，闲话旧事，略言昔年自京师返义宁乡居，先曾祖母告之曰，前患咳

嗽，适门外有以人参求售者，购服之即痊。先祖诧曰，吾家素贫，人参价贵，售者肯以贱价出卖，此必非真人参，乃荠苨也。盖荠苨似人参，而能治咳嗽之病。本草所载甚明（见《本草纲目》壹贰“荠苨”条）。特世人未注意及之耳。寅恪自是始知有本草之书，时先母多卧疾，案头常置《本草纲目》节本一部，取便翻阅。寅恪即检荠苨一药，果与先祖之言符应。是后见有旧刻医药诸书，皆略加批阅，但一知半解，不以此等书中所言为人处方治病，唯藉作考证古史之资料，如论胡臭与狐臭一文，即是其例也。[10]

戊戌政变后，陈宝箴、陈三立父子被朝廷革职。1898年11月，陈宝箴携眷定居于南昌。这里说的，便是陈宝箴闲居南昌时对诸孙回忆旧事。荠苨似人参而能治咳嗽之病，是《本草纲目》上写明了的，但“世人未注意及之”。而宝箴一听母亲以贱价购得人参并且果然治愈咳嗽之症，便知此必非真人参而实为荠苨，可见其中医素养超乎流俗。陈寅恪生于光绪十六年（1890年），此时年方九岁，但已知有《本草纲目》一书。九岁的寅恪，听了祖父对于荠苨的介绍后，居然想到查阅《本草纲目》以验证祖父之言，宜乎日后成为学术大家。而且，从此以后，见到旧刻医学书籍，都要看一看。虽然寅恪自谦曰一知半解，但以他的资质，读了许多中医古籍，对中医的知解绝非很粗浅。

《寒柳堂记梦未定稿》没有提及父亲陈三立为外人处方治病事，但说到了他常给儿子看病开药：

寅恪少时多病，大抵服用先祖先君所处方药。自光绪二十六年庚子移家江宁，始得延西医治病。自后吾家渐不用中医。盖时势使然也。[11]

寅恪儿时生病，都由祖父和父亲以中医诊治。可见父亲三立也是能开药方的。1900年，陈三立携眷移居南京。自此家中有人生病，便请西医治疗。1900年便能放弃中医而信任西医，是不容易的，而作为中医世家，能断然舍中医而就西医，就更是难能可贵了。陈三立在父亲主导的湖南新政中，扮演着重要角色，实非偶然。

三

陈寅恪虽然自幼便读中医古籍，读了许多，具备丰富的中医知识，但却并不以此为人疗疾，只是把中医知识用于历史研究。应该说，中医方面的学养，帮助陈寅恪弄明白了历史上的一些问题；而政治史、经济史、文化史方面的广博知识，又让陈寅恪对中医发展史有独特而深刻的见解。下面，对陈寅恪涉及中医的几篇文章略做介绍。

（一）《狐臭与胡臭》

此文颇短小，才一千多字，原刊1937年6月出版的《语言与文学》，后收入上海古籍出版社1980年6月出版的陈寅恪文集之一《寒柳堂集》。

《狐臭与胡臭》一开始写道:“中古华夏民族曾杂有一部分之西胡血统，近世学人考证之者，颇亦翔实矣。寅恪则疑吾国中古医书中有所谓腋气之病，即狐臭者，其得名之由，或与此端有关。”陈寅恪在中古医书中发现“腋气”病名，又称“狐臭”。他想到中古时期华夏民族曾与“西胡”混血，便疑“狐臭”之病，源自“西胡”，而本来称“胡臭”，后来才衍变成“狐臭”。

陈寅恪首先纠正了隋代巢元方《诸病源候论》和唐代孙思邈《千金要方》中关于“狐臭”(“胡臭”)叙说的错误。巢元方《诸病源候论》“狐臭”条云:“人有血气不和，腋下有如野狐之气，谓之狐臭，而此气能染，易著于人。小儿多是乳养之人先有此病，染著小儿。”这种关于“狐臭”的描述，基本是胡说了。陈寅恪指出，巢元方认为患腋气者“腋下有如野狐之气”，所以又称“狐臭”，这在字面上虽然说得通，但其实是在望文生义。欧美之人，当盛年时，大抵有腋气，与血气不和也没有关系。至于说“狐臭”具有传染性，也是谬误。孙思邈《千金要方》论“胡臭”:“有天生胡臭者，为人所染胡臭者。天生臭者难治，为人所染者易治。”“胡臭”都是天生，没有后天染上者。孙思邈所说也颇谬。

陈寅恪指出，南宋杨士瀛所撰《仁斋直指》中有“腋下胡气”条目，并为明代李时珍在《本草纲目》中沿用。“胡臭”之“胡”，自然是“胡人”之“胡”。古代“胡”“狐”二字虽可通用，但在《千金要方》《仁斋直指》《本草纲目》编撰之时，却不可认为“胡”乃“狐”之同音假借；诸书都写作“胡”而不写作“狐”，也不可认为是音近而讹写。实际上，在古代，所谓腋气一病，尚有“胡臭”与“狐臭”两种称谓并行。

陈寅恪又举了两个古籍所载身有“胡臭”而有“胡人”血统者的例子。当然，即便如此，也不能断定有“胡臭”者就必定有“胡人”血统。陈寅恪说：

> ……证据之不充足如此，而欲依之以求结论，其不可能，自不待言。但我国中古旧籍，明载某人体有腋气，而其先世男女又可考者，恐不易多得。即以前述二人而论，则不得谓腋气与西胡无关。疑此腋气本由西胡种人得名，迨西胡人种与华夏民族血统混淆既久之后，即在华人之中亦间有此臭者，倘仍以胡为名，自宜有人疑为不合。因其复似野狐之气，遂改“胡”为“狐”矣。若所推测者不谬，则“胡臭”一名较之“狐臭”，实为原始，而且正确欤？[12]

借助中医旧籍中关于腋气的介绍，陈寅恪指出腋气本来是“西胡”人种独有，所以，有“胡臭”之名行世。后来，当华人与“西胡”混血之后，后代便也有人体有腋气，再称之为“胡臭”便不合适了，又因为腋气之症颇似野狐之骚，便改“胡臭”为“狐臭”了。

（二）《三国志曹冲华佗传与佛教故事》

此文原刊《清华学报》第六卷第一期，后收入上海古籍出版社

1980年6月出版的陈寅恪文集之一《寒柳堂集》。

这篇文章，指出《三国志》中作为真实事迹介绍的曹冲和华佗的故事，有的其实是来自佛教读物，是把佛教读物中的神话故事，嫁接到曹冲、华佗身上而已。文章一开始说：

> 陈承祚著三国志，下笔谨严。裴世期为之注，颇采小说故事以补之，转失原书去取之意，后人多议之者。实则三国志本文往往有佛教故事，杂糅附益于其间，特迹象隐晦，不易发觉其为外国输入者耳。[13]

陈寿（承祚）著《三国志》，以态度谨严为人称道。裴松之（世期）注《三国志》，常常援引小说故事来补充本文叙述，也因此时常遭到后人的讥嘲。因为小说故事往往出自想象虚构，不能视作历史事实。然而，人们没有想到的是，《三国志》本文中叙述的故事，有些也正是来自佛教的神话传说。

《三国志·魏志》说曹操之子曹冲从小便异常聪慧，有成人之智。有一次，孙权送来一头大象，曹操想知道其重量，遍询诸人，无人能想出称量的办法。曹冲说，置大象于大船之上，在吃水线上刻下印痕，然后称物入船，便能得知大象的重量了。曹操大喜，即依法而行。这就是著名的曹冲称象的故事。后人往往信以为真。陈寅恪指出，这故事其实出自北魏时期译出的《杂宝藏经》。《杂宝藏经》云：

天神又问，此大白象有几斤？而群臣共议，无能知者。亦募国内，复不能知。大臣问父，父言，置象船上，著大池中，画水齐船，深浅几许，即以此船量石著中，水没齐画，则知斤两。即以此智以答天神。[14]

陈寅恪指出，《杂宝藏经》虽然到北魏时期才译出，但此书原本杂采诸经而成，其中所载故事，别见于中国先后译出之佛典中。所以以船称象的故事，完全可能先于《杂宝藏经》而传入中国。如果找不到先于《杂宝藏经》传入中国而载有此故事之佛典，那也不能证明此故事绝对没有先期传入，因为载有此故事之书完全可能已经亡逸而无可查考。并且："或虽未译出，而此故事仅凭口述，亦得辗转流传至于中土，遂附会为仓舒（引按曹冲字仓舒）之事，以见其智。但象为南方之兽，非曹氏境内所能有，不得不取其事与孙权贡献混成一谈，以文饰之，此比较民俗文学之通例也。"

那时的人们为了夸饰曹冲之智，遂把佛经中的故事粘贴到曹冲身上。又因为曹操统治的地域，不可能有大象，便拉扯上南方的孙权，说大象是孙权赠送。《三国志》有《华佗传》，其中关于华佗行状的叙述，很多也来自佛教典籍，并"华佗"这个名称，也源自天竺语（梵文）。《三国志・华佗传》中说，华佗字元化，深谙"养性之术"，时人以为其年已过百，但仍是壮年之态。华佗精通医术，为人治病，往往药到病除。华佗还擅长"外科手术"。如果病"结积在内"，针灸、服药俱无用，必须"刳割"（开刀），便先让病人服下"麻沸散"（麻醉药），病人立即便如醉死一般，失去知觉。于是华佗便“破取”，也就是切开身体。如果是肠子有病，便把有病的那段剪下来“湔洗”，然后再缝上去。病人不醒不痛，四五天后病就好了，一个月后伤口便恢复如初。一次，华佗在路上遇见一人患咽喉堵塞病，食物不得下咽。家人用车子载着欲往就医。华佗听见呻吟声，停车往视，对那人说：“刚才路过的地方，有一卖饼家有蒜泥姜汁大醋调和的佐料，你去弄得三升饮下，病便好了。”那人依言而行，“立吐蛇一枚”。他把蛇挂在车边。华佗尚未走远。此人赶上华佗，却见华佗车内挂着此种蛇十多条。又有一个士大夫身体不适，华佗说：“你的病已经很严重，必须破腹除病。但你的寿命也只剩十年。此病不足以让你丧命，你忍病十载，也就免得受破腹之苦。”此人痛痒难耐，必欲除之，华佗于是为其破腹治病。病虽然立即好了，但此人也在十年后死了。广陵太守患病，胸中烦闷，面色赤红，食欲减退。华佗诊脉后说：“你胃中有虫数升，快要形成内疽，是吃多了腥物的原因。”于是煎了二升汤药，先让病人服一升，过一会儿把剩下的服完。不一会，吐出虫儿三升左右。虫儿皆赤头，身子蠕动，半身是生鱼丝。病也立即好了。曹操听说了华佗的神技，便把他召到身边。曹操患有头风病，深以为苦。每次发病，心乱目眩。华佗针扎曹操胸膈，病痛立愈。华佗离家日久，十分想家，便说收到家信，要请假回家一趟。回家后又一再以妻子生病为由续假。曹操多次写信催促华佗回来，又命地方官赶紧把华佗送回。但华佗自恃身怀绝技，不愿在曹操身边受驱使，迟迟不上道。曹操大怒，派人到华佗家查看。如果其妻果然患病，便赏赐小豆四十斛，延长其假期，但限定回来的日子。如果华佗是说谎，便将其捕押到许昌。华佗被押解到许昌，经审讯拷问，如实供述了自己的行为。曹操便把华佗杀了。华佗死了，而曹操头风病仍在。曹操说："华佗能治愈此病。但这个小人故意不治愈，想以此自重。我就是不杀他，他也不会为我断此病根。"后来，曹操爱子曹冲病重，曹操哀叹说："我后悔杀了华佗，让这个儿子活活死掉。"[15]

陈寅恪指出，华佗为历史上真实人物，这没有疑义。但《三国志》中叙述的那些神技，却让人无法相信。断肠破腹、数日即愈，在当时绝无可能，只能是一种神话。梵文中"药"，发音为"阿伽佗"，后来省去"阿"，犹如"阿罗汉"只剩"罗汉"。元化固然本姓华，但本名却并非"佗"。"当时民间比附印度神话故事，因称为'华佗'，实以'药神'目之。"

而后汉安世高所译《㮈女耆域因缘经》中所载神医耆域种种神术，则与《三国志》中所叙华佗神技相同或同似。耆域为人治病，曾取利刃破肠，把肠子清洗处理后再在腹内还原。又治迦罗越家女病，以金刀破开其头，把其中小虫悉数取出，封入瓮中，以三种神膏涂在创口上，七日便愈。又治迦罗越家男儿"肝反戾向后病"，以金刀破腹，把肝脏调个头，以三种神膏涂之，三日便愈。所以陈寅恪说，耆域的断肠破腹术，与《三国志》所述华佗故事相同。而华佗壁悬病者所吐蛇十数条，以及治广陵太守病而令其吐出赤头虫三升，也与耆域治迦罗越家女病，不无类似之处。耆域因医暴君病而险些被杀，华佗也因治曹操病致死，"则其遭际符合，尤不能令人无因袭之疑"。所以，

《三国志》中关于华佗种种神技的叙说，无非是以外来之神话，附益于本国之史实。陈寅恪《三国志曹冲华佗传与佛教故事》最后说：

……总而言之，三国志曹冲华佗二传，皆有佛教故事，辗转因袭杂糅附会于其间，然巨象非中原当日之兽，华佗为五天外国之音，其变迁之迹象犹未尽亡，故得以推寻史料之源本。夫三国志之成书，上距佛教入中土之时，犹不甚久，而印度神话传播已若是之广，社会所受之影响已若是之深，遂致以承祚之精诚，犹不能别择其伪，而并笔之于书。则又治史者所当注意之事，固不独与此二传有关而已。[16]

陈寿撰《三国志》时，佛教传入中国尚不久，而其神话故事却已传播如此之广，在民间社会之影响已经如此之深，以至于以陈寿的严谨、精诚，都不能识别其为来自印度的神话，难怪陈寅恪要大发感慨了。

（三）《崔浩与寇谦之》

本文原刊《岭南学报》第十一卷第一期，收入上海古籍出版社1980年8月出版之陈寅恪文集之二《金明馆丛稿初编》。

文章首先强调崔浩与寇谦之之关系，是北朝史中一大公案。寇谦之是著名的道教人物。道教虽然一开始是中国本土产物，但后来渐渐接受模仿外来之学术和技艺，变易演进，便成为一庞大复杂之混合体。综观两千年来道教的发展变化，每一次变革，必与一种外来学说的影响有关，而影响道教最深最巨者，当推佛教。佛教影响道教的方式，是医药和天算。借助医药和天算，佛教从精神上征服道教人士，让他们心悦诚服地接受佛教的学说、思想。陈寅恪进而说：

……自来宗教之传播，多假医药天算之学以为工具，与明末至近世西洋之传教师所为者，正复相类，可为明证。吾国旧时医学，所受佛教之影响极深……[17]

以医药与天算为传播手段，是宗教传播的通例。基督教传教士在中国的传教，亦复如此。佛教在中国的传播，也大大借助了医药。佛教的医学理论和技术手段，进入中医系统，深刻地影响了中医的理念与方法。所以，从佛教传入之日起，中医便不能认作纯是中国本土产物。

陈寅恪接着又说到了耆域："如耆域（或译耆婆）者，天竺之神医，其名字及医方与其他神异物语散见于佛教经典，如柰女耆婆经温室经等及吾国医书如巢元方病源候论王焘外台秘要之类，是一例证。"耆域是印度传说中的神医，其名字、医方和种种神奇故事，不但散见于佛教经典，也见于中国人撰写的医学书籍中，便是佛教医学影响中医的明证。《高僧传》中有"耆域传"，略云：

耆域者，天竺人也。晋惠之末，至于洛阳，时衡阳太守南阳滕永文在洛，寄住满水寺，得病，两脚挛屈，不能起行。域往看之，因取净水一杯，杨柳一枝，便以杨枝拂水，举手向永文而咒，如此者三，因以手搦永文膝，令起，即时起，行步如故。此寺中有思惟树数十株枯死。域问永文：此树死来几时？永文曰：积年矣。域即向树咒，如咒永文法，树寻荑发，扶疏荣茂。尚方署中有一人病症将死，域以应器著病者腹上，白布通覆之，咒愿数千言，即有臭气薰彻一屋。病者曰：我活矣。域令人举布，应器中有若淤泥者数升，臭不可近，病者遂活。洛阳兵乱，辞还天竺，既还西域，不知所终。[18]

耆域不但能治人之病，还能令死了多年的树起死回生。《高僧传》本是为佛教高僧来游中国者立传，传主当是真实人物。而耆域原本是印度传说中的神话人物，却与真实人物同列僧传。陈寅恪指出："事虽可笑，其实此正可暗示六朝佛教徒输入天竺之医方明之一段因缘也。"又说："至道教徒之采用外国输入之技术及学说，当不自六朝始，观吾国旧时医学之基本经典，如内经者，即托之于黄帝与天师问对之言可知。"[19]

四

陈寅恪在《元白诗笺证稿》第五章《新乐府》中，论白居易《法曲》时，指出白居易等人认为是“华声”的音乐，其实不过是先前输入之“胡乐”。例如《霓裳羽衣曲》，“实原本胡乐，又何华声之可言？”进而指出：

> 夫琵琶之为胡乐而非华声，不待辩证。而法曲有其器，则法曲之与胡声有关可知也。然则元白诸公之所谓华夷之分，实不过今古之别，但认输入较早之舶来品，或以外国材料之改装品，为真正之国产土货耳。今世侈谈国医者，其无文化学术史之常识，适与相类，可慨也。[20]

陈寅恪认为，元白诸人在音乐上强行进行“华夷之分”，是十分可笑的。他们所谓的“华声”，不过是较早输入中国之“夷音”。陈寅恪又把话题转到医学上。今天那些侈谈“国医”，认定所谓“中医”是“国粹”者，其可笑正与元白相同。今天人们熟知、信奉的种种中医理念、方法，或许正是先前输入的外国货。

现在回到本文开头提出的问题。陈寅恪的《寒柳堂记梦未定稿》，意在揭示祖父和父亲与清末政坛的关系，尤其是要说明祖父和父亲在戊戌变法中所起的作用。但一开始却写的是自家先前三代与中医的因缘，并且发表了一通对中医的看法。这看似偏离主旨，其实恐怕意在借中医演变，表达对清末思想界中西之争的看法。中医的许多理论方法被视作“国学”“国粹”，但其实不过是较早输入之外来东西。同样，在许多方面，清末守旧者认作是“传统”“国粹”的东西，也不过是早些时候从外国输入的洋货，而被守旧者视作洪水猛兽，与传统观念冰炭难容的思想，只因是新近输入，便有如此遭遇。

陈寅恪让我们知道，至迟从元稹、白居易的时候开始，所谓中西之争、华夷之别，实不过是古今之争、早迟之别而已。

2018年4月30日

注释：

[1][2][3][4][5][7][9][10][11] 陈寅恪:《寒柳堂记梦未定稿》,《寒柳堂集》,上海古籍出版社1980年版,第163页,第165—166页,第167页,第168页,第169页,第169页,第169页,第169—170页,第169页。

[6](清)郭嵩焘撰,梁小进主编《陈府君墓碑铭》,《郭嵩焘全集》第15册,岳麓书社2012年版,第574页。

[8] 刘梦溪编《陈宝箴和湖南新政》,故宫出版社2012年版,第21—22页。

[12] 陈寅恪:《狐臭与胡臭》,《寒柳堂集》,第140—142页。

[13][14][15][16] 陈寅恪:《三国志曹冲华佗传与佛教故事》,同上书,第157页,第157—158页,第158—159页,第160—161页。

［17］［18］［19］陈寅恪：《崔浩与寇谦之》，《金明馆丛稿初编》，上海古籍出版社1980年版，第113页，第114页，第114页。

［20］陈寅恪：《元白诗笺证稿》，上海古籍出版社1978年版，第144页。

胡适的驻美大使当得怎么样

一

1937年7月7日，“卢沟桥事变”爆发，日本的全面侵华开始，中国的全面抗战也开始。8月间，蒋介石希望胡适偕同钱端升、张忠绂，以半官方身份赴欧美，以演说、发表文章等方式揭露日军在中国的暴行，争取欧美国家政府和民众对中国的同情和道义上的支持。胡适一开始是不愿意的，在国难当头时离开，他觉得不光彩，但终被说服。9月9日，胡适等人在南京上船前往武汉，船到武汉后换乘飞机到香港，又从香港飞往美国。胡适于1937年9月26日抵达旧金山。1938年7月26日，从美国到了欧洲。9月17日，国民政府任命胡适为“中华民国驻美利坚特命全权大使”。10月3日，胡适从欧洲回到美国纽约。10月5日，胡适赴华盛顿就任中华民国驻美大使。

1941年12月8日(美国东部时间为7日),驻美大使胡适正在使馆内吃午饭时,接到了美国总统罗斯福的电话。罗斯福说:“方才接到报告,日本海空军已在猛烈袭击珍珠港!”[1]对于身心疲惫的胡适,对于处于深重苦难中的中国,这真是天大的喜讯。这意味着美日之间战争的开始,意味着太平洋战争的爆发,意味着中国的对日抗战在切实的意义上成了世界反法西斯战争的一部分。既然美国参战了,日本的失败便是无可置疑的,而且时间不会太久。此前,胡适一直以“苦撑待变”自勉,也以此勉励包括蒋介石在内的国人。苦撑了几年,这“变”终于来了。胡适当驻美大使,本来就是客串,从这一刻起,胡适便觉得自己作为中国驻美大使的使命已经完成了,应该尽快辞去这个外交官的职务,回到本来的生活中。

但胡适真正辞去此职,则要到1942年秋。1942年8月15日,胡适接到重庆发来的准其辞职的电报,当晚11时,胡适复电曰:“蒙中枢垂念衰病,解除职务,十分感激。”[2]9月6日,中央通讯社正式发布了胡适辞驻美大使职的消息:“我国驻美大使胡适,近来因患心脏衰弱,不胜繁剧,迭向中枢表示去志。兹闻中央已准其所请,拟另畀工作。其驻美大使继任人选,已内定由魏道明氏担任。”[3]中央社的消息,强调了是先有胡适的一再请辞,后有中枢的免职决定。9月8日,国民政府行政院国务会议正式决议,准驻美大使胡适辞职,以魏道明继任。9月18日,胡适离开华盛顿,卜居纽约。[4]

日本全面侵华后,与美、英等国的矛盾也渐渐尖锐,而美、英等国对华援助的态度也渐渐积极。国民政府竭力争取美、英等国物质上和道义上的援助，而废除不平等条约，则是争取美、英等国援助的重要内容。如果在中国人民正在艰难地抗击日本侵略者时，美、英等国宣布废除此前与中国缔结的一切不平等条约，那对中国的抗战当然是巨大的支持。太平洋战争爆发前，国民政府就已经开始了这方面的努力。太平洋战争爆发后，废除不平等条约的可能性大大增加了。既然中国的抗战成了整个世界反法西斯战争的一部分，中国战场的地位也就大大上升。[5]1942年1月1日，中、美、英、苏、荷等二十六个国家在华盛顿签订《对法西斯轴心国共同行动宣言》(即《二十六国公约》，后又称《联合国家共同宣言》)。《宣言》宣布，各签字国政府赞同罗斯福、丘吉尔于1941年8月14日签订的《大西洋宪章》。《宣言》更规定：各签字国必须使用全部军事和经济力量，共同对抗德、意、日法西斯国家的侵略；各国保证不单独与敌国缔结军事协定或和约。[6]在这次共同行动中，中国是领衔者。中国国际地位的提升，使得废除不平等条约的时机真正成熟。

1943年1月11日，中国驻美大使魏道明与美国国务卿赫尔代表两国政府在华盛顿签署了《关于取消美国在华治外法权及处理有关问题之条约》，简称“中美新约”。同一天，国民政府外交部长宋子文与英国驻华大使薛穆在重庆签署了《关于取消英国在华治外法权及处理有关问题之条约》，简称“中英新约”。[7]“中美新约”和“中英新约”的签订，宣告了中美、中英之间此前签订的一切不平等条约的废除。

废除不平等条约与国民政府解除胡适驻美大使职务，有什么逻辑关系呢?

2013年7月,台湾远见天下文化出版股份有限公司出版了《郝柏村解读蒋公八年抗战日记一九三七～一九四五》,厚厚的两大册,共一千四百多页。郝柏村抗战时期是国民党军官,参与了抗战全过程,赴台后曾任"总统府侍卫长",长期在蒋介石身边服务,由他来解读蒋介石抗战时期的日记,自然是很合适的。由于某种技术性困难,郝柏村解读蒋介石日记时,未能附上日记原文,不过,从郝氏的解读中,完全能够知晓日记原意。蒋介石每个星期日,会在日记中写下"上星期反省录"。1942年10月18日,是星期日,蒋介石照例写了对上星期言行的反省。对这一天的"星期反省",郝柏村做了这样的解读:

> 胡适在著名文人中,算是支持蒋公的,以其在中美的声望,任为驻美大使四年,但无工作绩效可言,仅个人得名誉博士十余项。他不是职业外交官,不敢说话,恐获罪于美国,但外界犹以为美倭破裂交战,是胡的功劳。其实当时对美外交,系由宋子文奔走,故决定撤换胡适,否则现在取消了不平等条约,外界必认其功劳更大,政府要撤换他更难了。蒋公感叹文人名流,其为国不过如此,其实用胡,乃代表中美立国共同理想象征,非依其外交实务。[8]

晚年的郝柏村显然对胡适并无好感,在解读中也可能多少夹带了自己的看法。但郝氏基本是在转述蒋介石的看法和感叹，则是毋庸置疑的。抗战爆发后，蒋介石选择胡适任驻美大使，并非因为胡适是外交长才，乃是因为胡适在美国的巨大声望，这一点，是一开始便为天下人明了的。但天下人不知道的，是蒋介石在这一天的日记中透露的这两种信息：（一）蒋介石对胡适在驻美大使任内的表现，是很不满的，对其业绩评价甚低，甚至认为“无工作绩效可言”；（二）蒋介石之所以在1942年秋下定解除胡适大使职务的决心，是因为不愿意由胡适代表中国政府在废除中美之间不平等条约的“中美新约”上签字。代表中国政府在废除不平等条约的“新约”上签字，这当然是极其荣耀的事情。如果胡适依然是驻美大使，这份荣耀便当然地属于他。而蒋介石则不愿意让胡适享有这份荣耀，于是在“中美新约”签字前，解除胡适的驻美大使职务。

胡适生前不知道蒋介石内心对他的真实看法和态度竟然是这样，如果知道，也许会伤感不已，也可能会令他更深刻地思考民国时期文人与政府、知识分子与政治的关系。

但胡适的驻美大使到底当得如何，也不能完全由蒋介石、郝柏村一流人说了算。

二

我所见过的所有胡适传记、年谱，不管是海外、境外，还是大陆出版，都对胡适使美期间的外交劳绩，有高度评价，当然，不包括大陆特殊时期的出版物。

胡适这样的学者，办理具体事务的能力当然不会很强。但蒋介石选中胡适为抗战时期的驻美大使，看重的本来就不是他的事务性能力。胡适对美国很了解，胡适在美国的朝野都有良好声誉，作为中国的“形象大使”，胡适是极其合适的。在那个特殊时期，有胡适代表中国活跃在美国的朝野，能够赢得美国从官方到民间对中国的好感，而这对美国最终大力援助中国、与中国并肩抗击日本，意义绝非很小。用今天的时髦话说，胡适体现的是一种“软实力”。这样说，并非意味着胡适使美期间具体事务上无可称道，而是强调：蒋介石所期望于胡适的，胡适尽心尽力地做到了。如果蒋介石真的认为胡适使美期间“无工作绩效可言”，那是蒋介石忘了任命胡适当驻美大使的“初心”了。

在众多谈论胡适使美功绩的文字中，傅安明的《略谈胡适使美的成就》一文具有特别的权威性，因为作者在1936年至1949年间，任中华民国驻美大使馆秘书。作为胡适的部属，他目睹和参与了胡适当驻美大使的全过程。

傅安明的文章首先介绍了《纽约时报》闻知胡适将卸大使任而于1942年9月3日发表的评论。《纽约时报》的评论对中国政府解除胡适大使职务表示了惊讶，文章说:“重庆政府遍寻中国全境可能再也找不到比胡适更为合适的人物。他1938年来美国上任，美国朋友对他期望至高，而他的实际表现，又远超过大家对他的期望。他在美国读书、旅行、演讲，对美国文化之熟悉，犹如对其本国文化之了解。他所到之处，都能为自由中国赢得支持。如果对于他的去职深感遗憾，尚不足以表达我们的心意。”于此可见，胡适使美四年，是怎样赢得美国舆论界的尊敬与重视。

傅安明文章从“演说造势”“外交胜利”“善交美国政要”等方面介绍了胡适的使美成就。

胡适擅长演讲。使美期间，胡适频频在美国各地演讲。所有的演讲都围绕一个中心，即揭露日本在中国的暴行，分析战争局势，强调日本必败而中国必胜，当然还要呼吁美国朝野对抗战中的中国给予道义和物质上的支持。应该说，胡适演讲的成效是巨大的，大到引起了日本的恐慌。傅安明文章说，《纽约时报》1940年10月31日引述了日本最具影响力的英文报纸《日本时报》的一篇专电，专电声言，在美国的大选年，中国驻美大使胡适在美国巡回演讲，激发美国民众的仇日情绪，引导美国进入战争危境。专电特别强调，美国总统已经保证置美国于战争之外，而胡适竟公然不断呼吁美国参与战争，这是极其危险的，专电说，如果是英国驻美大使这样做，一定会引起美国内政利益集团的抗议，而胡适的言行，竟然没有受到任何非议，只能说明是受到了美国政府的幕后支持。专电最后要求美国国会的相关机构对于中国驻美大使胡适意欲祸害美国的行为予以关注。日本的报纸发表这样的专电，实际是在对美国政府放任胡适的演讲表示抗议。而这也从反面说明胡适的演讲是有明显作用的。

郝柏村解读蒋介石日记时，指责胡适不务正业，“仅个人得名誉博士十余项”。其实，胡适使美期间，所得各大学名誉博士学位有几十个。然而，一个外国使节，接受驻在国大学的名誉博士学位，绝不能说是与大使职责无关。胡适使美期间，美国各大学争相授予其名誉博士学位，这说明了什么？这说明了美国各大学对胡适的认可。而对中国驻美大使的认可，就是对中国的认可。那时的中国，多么需要国际社会的认可，多么需要美国朝野的认可。

美国各大学之所以争相送上博士帽，又与胡适以演讲征服了各大学有关。

傅安明以胡适成功阻止美国对日妥协并最终促使日美开战为例，说明胡适的“外交胜利”。此事胡颂平编著的《胡适之先生年谱长编初稿》叙之甚详。日本全面侵华后，美国对日本进行了一定程度的经济封锁，其中包括重要战略物资的禁运。1939年7月26日，美国政府更是宣布废止《美日商约》。1941年7月25日，罗斯福命令冻结日本在美国的全部资金。美国的经济制裁对日本形成巨大的压力。1941年11月21日，日本方面向美国国务卿赫尔提出了“临时妥协方案”，日本将越南南部驻军减少至二万五千人，美国则有限度地恢复美日通商，特别是要让日本获得石油供应，同时要求美国停止对中国的一切道义和物质上的援助。为缓和美日紧张关系，美国政府一开始有意接受日本的条件。果如此，则对中国极其不利。胡适第一时间将此情况报告了蒋介石，并立即向赫尔表示了严重抗议，蒋介石闻讯十分惶恐，复电胡适说：

此次美日谈话，如果在中国侵略之日军撤退问题没有得到根本解决以前，而美国对日经济封锁政策无论任何一点之放松或改变，则中国抗战必立见崩溃。以后即使美国对华有任何之援助，皆属虚妄，中国亦不能再望及友邦之援助，从此国际信义与人类道义皆不可复问矣。请以此意代告赫尔国务卿，切不可对经济封锁有丝毫之放松。中（正）亦万不信美国政府至今对日尚有如此之想像也。[9]

从蒋介石的复电，可知此事对中国的关系何其重大。这也等于给胡适下了死命令，一定要阻止美国对日妥协，哪怕是一丁点的和临时的妥协，都对中国是致命的打击。胡适于是见赫尔，见罗斯福，反复强调美国对日妥协之不可。当时日本方面代表官方在美国从事外交活动的是野村和来栖两个使者。赫尔曾同时召见胡适、宋子文和野村、来栖，胡适与日本使者自然进行面对面的辩论。中日两国使者几番较量的结果，是美国方面认可中国的意见，放弃对日妥协，日本败下阵来。12月1日，日本御前会议决定对英美作战，数日后，日军偷袭珍珠港，太平洋战争爆发。

据《胡适之先生年谱长编初稿》，12月8日（美国东部时间为7日），罗斯福召见胡适。罗斯福与胡适有很亲密的友谊，所以不拘形迹。罗斯福对胡适总是直呼其名，不用敬语。一见面，罗斯福便说："胡适！那两个家伙（引按：英文原文是'The two guys'，指野村和来栖）方才离开这里，我把不能妥协的话，坚定地告诉他们了。你可以即刻电告蒋委员长。可是从此太平洋上随时有发生战争的可能，可能发生在菲律宾及关岛等处。”[10]罗斯福预料到拒绝对日妥协，必定让日本恼羞成怒、狗急跳墙，只不过没想到日本先在珍珠港发疯。

胡适离开白宫不久，就接到了罗斯福的电话，得知了日本偷袭珍珠港之事。

三

使得美日关系破裂，把美国拉入抗击日本的战争中，无疑是抗日期间中国最大的外交成就，不平等条约的废止还在其次。而这项成就，是胡适在驻美大使任上取得的。郝柏村解读蒋介石日记时，把胡适在此事上的功劳一笔抹杀，认为完全归功于宋子文，实在是很荒谬的。

《胡适之先生年谱长编初稿》引述了王世杰、罗家伦等人对此事的看法。也曾当过国民政府外交部长的王世杰认为，促成美国拒绝日本要求，从而导致日本偷袭珍珠港，是胡适使美期间的“历史性成就”之一。王世杰说:“在日本与美国交涉期间，胡适博士曾将我国政府的主张和希望剀切诚恳地向美国政府披陈。除此以外，他并未作任何特殊的活动，或运用任何外交手腕去影响美国政府；可是当时的罗斯福总统和赫尔国务卿对于这位‘书生大使’和他的慷慨陈辞，是很重视的，他的披陈是有重大的影响力的。”王世杰进而感慨：

"在现代的外交工作上，使节的人格与信望究竟重于使节的外交技能。"[11]罗家伦也说，促成美日破裂、日军偷袭珍珠港，与抗战成败有着重大关系，而"这项决策虽是由于当时蒋委员长的明智和坚定，但是执行的大使在其驻在国的声誉、人望，及其和当局的友谊与互信不能说不是其中重要的因素"。[12]王世杰、罗家伦都强调了胡适的声誉、人望在对美外交中的不可取代的作用。胡适本不是职业外交家。那一套职业性的外交技能当然非其所长。但是，胡适有一般职业外交家所没有的声誉、人望，有一般职业外交家所没有的坦荡、诚实。而在罗斯福这样伟大的政治家面前，胡适的声誉、人望，胡适的坦荡、诚实，远胜于那种职业性的外交技巧。

傅安明在以此为例说明胡适的"外交胜利"时，引述了美国学者比尔德（Charles A. Beard）的观点。比尔德是极端的孤立主义者，对于美国因珍珠港事件而卷入战争十分不满，所著*President Roosevelt and the Coming of the War, 1941*对此有尖锐批评，书中强调："美日最后交涉的失败，实由于胡适的影响。"[13]

傅安明还从胡适与罗斯福私谊的角度阐述了胡适使美的成就。使美期间，胡适与美国总统罗斯福建立了十分亲密的私人关系，这一点是众所周知的。在那时，能与罗斯福建立那样亲密关系的中国人，除胡适外，还能找到何人？而在那个时候，作为中国的驻美大使，与罗斯福这样的美国总统建立亲密的关系，对于中美关系、对于中国的抗战，又何等重要！这期间，美国政府克服重重障碍，借款给中国，拒绝与日妥协，以各种方式支持中国的抗战，谁能说与罗斯福喜爱、欣赏、信赖胡适这个驻美大使没有关系？

但蒋介石的确对胡适不太满意，最有力的证据便是任命胡适为驻美大使后，又命宋子文以其私人代表的身份赴美，与美国政府打交道。胡适是在1938年9月被任命为驻美大使的，宋子文则是1940年6月赴美。宋子文赴美后，中国的驻美大使实际上就有两位。胡适被称作“书生大使”，而宋子文由于与蒋介石的特殊关系，又是作为蒋的私人代表出现，便被称作“太上大使”。胡适本来就看不起宋子文这种绣花枕头。宋子文赴美后，对胡适颇多责难，二人关系就自然不会融洽了。胡适这一时期的日记、书信，多次透露了与宋子文的矛盾。1940年7月12日，胡适在日记里记述了宋子文对其到处讲演的指责。宋子文对胡适说:“你莫怪我直言。国内很多人说你演说太多，太不管事了。你还是多管正事吧。”对此，傅安明在《略谈胡适使美的成就》中予以了驳斥:“其实，胡的部属多人帮他管理‘正事’，只有两事部属帮不上忙，必须他亲自出马，一项是广交朋友，以及与总统、部长、议员及名流显要的接触。另一项就是发表演说。因为他有中国大使职位与国际名流声望的双重身份，由于这双重身份，他与美国显要接触及在美公开发言，都能发挥高度效力！”[14]

指责胡适讲演太多，固然荒谬，但宋子文表达的可能真不只是一己看法，“国内很多人说你演说太多”，应该并非虚言。

宋子文以蒋介石私人代表的身份赴美后，便急于立功，急于显示自己比胡适能干。对于宋子文这种心态，王松在《宋子文大传》中有所分析。1940年11月29日，日本正式承认汪伪政权的前夕，美国决定将拖延了许久的一亿元对华借款立即兑现，以示对重庆国民政府的支持。对于蒋介石和重庆国民政府，这当然是重大喜讯，也是驻美使节的大功一件。但宋子文却想独享此功。胡适是中华民国政府官方派遣的驻美大使，当然应该由胡适代表中国在借款的有关文件上签字。但其时胡适人在纽约。在华盛顿的宋子文得知借款即将发放，立即命人打电话给胡适，让胡适在纽约等他，不要回华盛顿，他有要事须赶往纽约与胡适商谈。没能联系上胡适，宋子文又给胡适下榻的旅馆打电话，又请李国钦等人转告胡适，务必留在纽约等他。“宋子文的做法显然是不想让胡适分享借款成功的功劳。”后来，当胡适看穿宋子文的“巧计”后，禁不住嘲讽道：“真是‘公忠体国’的大政治家的行为。”[15]

宋子文如此小肚鸡肠，胡适与他共事之艰难，就可想而知。胡适的生日是12月17日。1940年12月17日，是胡适五十岁生日，这天的日记里，胡适写道：

> 做事的困难，一面是大减少了，因为局势变得于我们有利了；一面也可以说是增加了，因为来了一群“太上大使”。但是我既为一个主张发下愿心而来，只好忍受这种闲气。我的主张仍旧不变，简单说来，仍是“为国家做点面子”一句话。叫人少讨厌我们，少轻视我们——叫人家多了解我们。

这番话，有些沉痛，有些悲壮，也有些自负。所谓“为国家做点面子”，就是当好中国的“形象大使”之意。作为中国的大使，美国朝野和国际社会，对胡适的看法，某种意义上就是对中国的看法；对胡适的好感，某种意义上就是对中国的好感。然而，因为来了宋子文这“太上大使”，“书生大使”胡适要扮演好“形象大使”的角色，难度就更大了。

四

不过，宋子文拼命与胡适争功、抢功，未必完全是个人私欲和野心驱使，也可能有蒋介石以某种方式的授意。蒋介石1940年6月派遣宋子文赴美，与胡适共同从事对美外交，这时候宋子文的身份是蒋介石私人代表。“珍珠港事件”发生后，蒋介石干脆以宋子文取代郭泰祺任中华民国外交部长，但仍留在美国工作。这里的原因应该是很复杂的。对胡适的工作力度不满意，无疑是原因之一，但这应该不是主要原因，更不是全部原因。抗战期间，美国的援助，对于中国之重要，是无论怎样估计都不过分的。负责对美外交和争取美援的工作，是特别重要的工作，这方面的成就、功绩，也是最受人重视、尊崇的。这期间如果在对美外交、争取美援方面取得重大成就、建立卓越功绩，那就是辉煌的政治资本，那就在日后国内的政治舞台上举足轻重。正因为如此，驻美大使，是一个极受人瞩目的职位。可以说，胡适从就任此职的第一天起，就受到国内许多人的关注、挑剔，受到许多人的艳羡、忌妒。时任国民党中央宣传部长的王世杰，1940年8月8日给胡适写了一封回信，信中先说："七月二十二日来信，已于前日收到，鲠生信亦收到。关于外电所传召兄返国事，日前弟曾致兄一电，想已递到，兄函已分送布雷、咏霓看过，并已送请介公阅过。介公阅后，嘱弟否认外电所传。弟当告以此事已过去多日，不必再发否认消息，不过外交部对于此类消息，此后以即刻纠正为是，介公深以为然。布雷兄已将此意告亮畴，彼谓今后当照办。此事只好就此结束。"所谓"召兄返国"，就是中国政府免去胡适驻美大使职务，召其回国。这是外电的报道。胡适就此事致信国内王世杰等人，究问为何有此传闻。王世杰将此事报告了蒋介石，蒋介石命令宣传部长王世杰辟谣。这虽然是谣传，但却未必事出无因。因为这时候，蒋介石的确在考虑撤换胡适。郝柏村在解读蒋介石1940年11月13日日记时，写道：

> 胡适之使美，因其非职业外交官，且以学者大师性格，蒋公并不满意其工作，诸如美援的争取贷款要求，或许学者性格，不习于向他人低声下气，故实际对美工作，均由宋子文以私人代表身份办理。而蒋公对大师级的大使，亦不愿稍显责难之意，故调换驻美大使，为考虑已久之事。[16]

这番话中其他的意思下面再说。这里只指出，蒋介石早已在考虑撤换胡适了。外电之所以有召胡适回国的报道，应该是蒋介石在某种场合透露了撤换胡适的想法。甚至是蒋介石有意将此消息透露出去，让外电先报道此事，试探一下国际国内和胡适本人的反应。毕竟，撤换胡适这样的驻美大使，并非随意之举，蒋介石必须反复斟酌、权衡。

王世杰1940年8月8日给胡适的回信，在解释了对外电谣传的处理后，接着写道：

> 兄一生是一个友多而敌亦不少的人。兄的敌人，有的是与兄见解不合的，这可以说是公敌。有的只是自己不行，受过兄的批评指斥，怀恨不已。这种小人也颇不少。兄的友人可以说都是本于公心公谊而乐为兄助的；也许有些是"知己"，却没有一人是"感恩"。这是兄的长处，任何人所不及的。兄自抵华盛顿使署以后，所谓进退问题，便几无日不在传说着。有的传说，出于"公敌"；有的传说，出于"小人"；有的传说，也不是完全无根。同时与这些公敌或小人对抗的，也不少。譬如最近返国的陈光甫，就是一个。我不相信兄是头等外交人才；我也不相信，美国外交政策是容易被他国外交官转移的。但是我深信，美国外交政策凡可以设法转移的，让兄去做，较任何人为有效。这不是我向兄说恭维话，这是极老实话……[17]

从王世杰的信中可知，自胡适就任驻美大使始，国内就对此事议论不断。有人是出于公心而怀疑胡适的外交能力，有人则出于私怨而妒忌胡适的被如此重用。王世杰则坚定地认为，胡适是最合适的使美人选。美国的外交政策如果能够因为中国使节的工作而变得有利于中国，那么，最适合扮演这个角色的中国人，就是胡适。

蒋介石未必不明白这一点，不然就不会派遣胡适使美。胡适之后，再派宋子文赴美，也不必然意味着蒋介石对胡适的不满。对美外交，是极其重大的事情。中日两国，在华盛顿进行着激烈的外交战。日本方面就有野村和来栖两名大使级人员在美工作，中国也派两名大使级人员，完全不稀奇。但蒋介石又的确对胡适的工作绩效不很满意。前引郝柏村对蒋介石1940年11月13日日记的解读，告诉我们蒋介石主要是嫌胡适争取美国借款的力度不够，其原因，蒋介石认为是胡适以学者大师之尊，不肯对美国政要低声下气。换个别人，蒋介石可以训斥，可以把自己的不满尽情发泄。但对方是胡适，蒋介石即便内心有再大的怨气，也只能忍着。在政府体制内，胡适是蒋介石的部属。但胡适更是“学者大师”和国际名流，蒋介石不能“稍显责难之意”，只能总是客客气气地下命令。这一定令蒋介石很郁闷，很窝火。

至于蒋介石认为胡适工作不力，恐怕更多的还是一种主观的感受，而非客观公正的评价。中国急需美国援助，蒋介石对美国借款的期待，真如大旱之望云霓。旱得冒烟了，旱得着火了，情急之下，再派宋子文赴美，希望有更厚黑的云霓飘过来。

但蒋介石早就考虑撤换胡适，却另有更重要的原因。这就是，胡适人在美国，担负的是对美外交使命，却要隔着太平洋干涉国内的政事，这才是更令蒋介石恼怒的事情。

五

郝柏村在解读蒋介石1939年9月3日日记（“上星期反省录”）时，写道：

> 令胡适赴美办外交，胡竟与蒋辩难内政诸问题，一个自由主义的学者，与以国家民族利益而牺牲个人自由格格不入，可想而知，故蒋公叹中国首领之苦，异于先进国家。[18]

胡适以驻美大使身份而与蒋介石辩难内政诸问题，这才是令蒋最终决心撤换胡适的最根本原因。胡适本来身份是“自由主义的学者”。从郝柏村的语气里，可以看出他对胡适这类“自由主义的学者”是何等厌恶、鄙夷。郝柏村是如此，蒋介石当然不会不如此。此前，作为一个自由主义学者，胡适屡屡批评“党国”的大政方针，也与蒋介石的“党国”发生过尖锐冲突。蒋介石内心深处，对胡适这类人是厌恶、鄙夷的。作为“党国”体制外的知识分子，胡适批评党和政府，虽然逆耳，但蒋介石还可忍受。当胡适被任命为中华民国驻美大使时，就成了“党国”体制内的一名官员，就成了蒋介石的部属，再要思出其位、干预国内政事，那就是蒋介石无法忍受的了。在蒋介石看来，胡适的身份是驻美大使，本职是对美外交，与自己谈“正事”时，只应谈中美关系，此外都是胡适不应闻问的。而胡适呢，当了几十年自由主义学者，批评了几十年国内政治，决不会因为一纸驻美大使的任命，便脱胎换骨的。胡适仍然在原有的言行轨道上惯性滑行，仍然远隔重洋与蒋介石辩难内政诸问题，怎不令蒋介石觉得胡适太不“懂事”？驻美大使的官阶虽然不算很高，但在当时是极其重要的使命。能否争取到必要的美援，关乎对日抗战能否坚持、重庆政府能否存续的大问题。如果争取到了可观的美援，那就是头等功臣。而蒋介石又是很不情愿让胡适来当这样一个头等功臣的。蒋介石本来内心里对胡适是嫌恶、鄙夷的。只是因为在中国亟需美国援助时，胡适最适合作为中国的“形象大使”与美国交涉。孰料胡适虽然进入了体制，虽然到了万里之外的美国，虽然本分是外交，却仍然恶习不改，故伎重演！那些年，蒋介石最关心的，是来自美国的消息。可以想象一下：当蒋介石在清晨、在深夜，接到胡适从美国发来的电报，急切地想要知道美国对华态度的新变化，而胡适却是在与其探讨国内问题，蒋介石的失望和哀痛有何等深重，蒋介石的怒火又是何等炽烈。这样的时候，蒋介石一定会想：必须撤换胡适，否则，如果对美外交取得重大胜利，那胡适便是国家的大功臣，到了那个时候，无论他留在体制内还是退回体制外，都是无法应付的。

所以，撤换胡适的想法，应该在胡适上任不久就在蒋介石心中产生了。只不过，撤换胡适，并不是一件简单的事，不能贸然行事。既然不能撤换，那就再派一人赴美，既分胡适之劳，更分胡适之功。于是有宋子文以私人代表赴美之事发生。前面说过，日本也有两名大使级人物在美国活动，中国再派一人，本不奇怪。但加派一人，本意应该是令其协助胡适，令其与胡适携手并肩、共同作战。但派宋子文赴美，则说明蒋介石的“本意”并非如此。因为，胡适本不喜欢宋子文，二人气味不投，这一点，蒋介石是深知的。明知胡、宋二人不可能有良好的合作，却偏是派宋子文赴美与胡适合作，这岂不耐人寻味？

胡适使美期间，一般是通过陈布雷与蒋介石联系，给蒋介石的报告和建议都通过陈布雷转达。1939年11月27日，胡适致电陈布雷，请陈向蒋转达对行政院人事变动的看法。这期间，胡适在美听说“宋子文先生将任要职”，或许取代孔祥熙任财政部长，胡适认为此举不妥，于是通过陈布雷向蒋介石表达反对意见。胡适强调，孔祥熙作为财政部长，在协助、配合使美人员向美借款方面，措施有力，而宋子文如果代孔掌财部，则在向美借款上“恐不能如向来之顺利”。胡适指出，宋子文“个性太强”，难以与人合作，在美国政要那里，宋子文也“印象颇不佳”。胡适对陈布雷说，这种种情形，“因国内恐无人为介公详说，故弟不敢避嫌疑，乞吾兄密陈，供介公考虑”。[19]陈布雷当然会立即向蒋介石转达，而蒋介石也一定会十分反感。在蒋介石看来，这就是在干涉国内政事，这就是作为外交官的胡适在思出其位，不守规矩。但蒋介石也同时知道，胡适是颇不欣赏宋子文的，是觉得宋子文难以与人共事的。而明知胡适与宋子文水火不相容，蒋介石却在数月后偏派宋子文赴美与胡适共同从事对美外交，只能理解为蒋的本意就不是让宋子文去协助、配合胡适，而是让宋子文去覆盖、取代胡适。

胡适是被正式任命的驻美大使，而宋子文只是蒋介石的私人代表。按理，宋子文应该充分尊重胡适，在处理对美外交事务时，胡适理所当然起主导作用，但到了美国后的宋子文，根本不把胡适放在眼里。1941年4月15日，罗斯福约见胡适、宋子文，在座有美国财政部长、次长以及其他人员多人，而宋子文高谈阔论、滔滔不绝，全无胡适说话的份。当天日记中，胡适记道："全是子文一人谈话。"[20]胡适虽没有过多地表示不满，但特意记述全是宋子文一人谈话，却分明流露了内心的压抑，流露了难言的委屈、哀愁与凄凉。宋子文之所以敢于如此不在乎胡适，恐怕不能仅用其是"国舅"来解释。宋子文赴美前，蒋介石肯定会与其谈话，面授机宜。如果蒋介石谆谆告诫宋子文，赴美后一定要与胡适搞好关系，一定要充分尊重作为"国家代表"出使美国的胡适，那宋子文应该不至于在胡适面前如此放肆。或许我们不能认为，蒋介石明确授意宋子文赴美后处处与胡适为难，但我们却可以相信，蒋介石并没有嘱咐宋子文要与胡适友好相处。而只要蒋介石没有嘱咐要与胡适友好相处，宋子文便可以不与胡适友好相处。宋子文并非愚钝之徒。蒋介石派自己赴美，并非是要自己协助、配合胡适，而是要自己实际上覆盖、取代胡适，这一点，他是心领神会的。

珍珠港事件发生后，在蒋介石看来，胡适就变得可有可无，或者说，变成完全多余了。1941年12月23日，重庆国民政府任命宋子文为外交部长，仍在美国工作。此举令胡适与宋子文的关系发生重大变化。此前，宋子文的身份是蒋介石的私人代表，而胡适是被正式任命的驻美大使。尽管宋子文实际上并不把胡适放在眼里，但在名分上，胡适毕竟居于宋子文之上。而现在，宋子文成了外交部长。外交部长是驻外使节的顶头上司。宋子文一夜之间成了胡适的顶头上司，却又仍然留在胡适身边领导胡适，这就让胡适非常尴尬了。

前面说过，1942年1月1日，《二十六国公约》在华盛顿签订。而蒋介石就是要赶在这个历史性的文件诞生前任命宋子文为外交部长。郝柏村在解读蒋介石1942年1月1日日记时，写道："宋子文此际接替郭泰祺为外交部长，但仍在美工作，驻美大使则为胡适，故在重庆乃由蒋公暂兼代外交部长。昨日日记，中美英俄四国（后及二十六国）宣言，如由胡适签字，则宋子文亦应以外交部长身份，参与仪式。"[21]原来，蒋介石匆匆任命宋子文为外交部长，就是为了让宋子文参与签订《二十六国公约》这历史性的事件。而之所以要让宋子文与胡适共同参与签字仪式，固然有刻意让宋子文获得光环、荣耀的成分，但更主要的，恐怕还在于不愿意让胡适独自享有这份光环和荣耀。换句话说，是不愿意让胡适这"自由主义的代表"获取更多的政治资本，具有更大的政治力量。

六

现在我们明白了，蒋介石是分两步走，才把胡适从驻美大使的职位上挪开。第一步，是在《二十六国公约》签订前，任命宋子文为外交部长，参与“公约”的签字仪式，同时也架空胡适作为驻美大使的权位；第二步，是在分别与美英签订“中美新约”“中英新约”前，撤换胡适，根本不让胡适有参与取消不平等条约这极为辉煌的历史时刻的机会。

宋子文被任命为外交部长而仍旧留在美国，胡适的驻美大使就彻底地有名无实了。宋子文实际上以外交部长的身份扮演起驻美大使的角色，对胡适这个名分上的驻美大使，连起码的礼仪也不讲了。1942年5月17日，胡适给翁文灏和王世杰写了一封信，其中说:“某公在此，似无诤臣气度，只能奉承旨意，不敢驳回一字。我则半年来绝不参与机要，从不看出一个电报，从不听见一句大计，故无可进言，所以我不能不希望两兄了。”所谓“某公”就是宋子文。这里的意思说得明白，自从宋子文被任命为外交部长后，胡适就完全出局了。半年来没有看一个电报，没有听一句大计，这不是他自己不要看、不要听，而是宋子文根本不拿给他看，不说给他听。所有的电报都不给名分上仍是驻美大使的胡适看，哪怕是蒋介石直接发给胡适的电报，宋子文也不容胡适闻问；所有的事情都不与名分上仍是驻美大使的胡适商量，宋子文独自就处理了。宋子文之所以敢于如此，是因为他知道，这正是蒋介石希望他采取的态度。而胡适是关心国家前途命运的，是对“机要”“大计”有自己的看法的，但因为别人根本不理睬他，也就没有“进言”的可能，所以只好寄希望于翁文灏、王世杰，希望他们能对蒋介石有所诤谏。在信中，胡适又说:“去年十二月八日我从国会回家，即决定辞职了。但不久即有复初之事，我若求去，人必以为我‘不合作’，对内对外均须费解释。故我忍耐至今。我很想寻一个相当机会，决心求去。我在此毫无用处，若不走，真成‘恋栈’了。两兄知我最深，故敢相告，不必为他人道也。”[22]郭泰祺字复初。胡适说，珍珠港事件一爆发，他就知道自己的使命已经完成，就有了辞职的打算。而这时，重庆国民政府任命宋子文取代郭泰祺任外交部长，胡适担心自己如果辞职，会被国内国外认为是不愿与宋子文合作，所以就暂时隐忍了。

到了1942年的9月8日，胡适的驻美大使职务终于被免。

但蒋介石真的认为宋子文在美国干得很好吗？也未必。郝柏村解读蒋介石1942年9月13日的“上星期反省录”时，写道：

> 美国外交对我冷淡轻视，如为人的问题，则调回宋子文，当不难恢复原状。[23]

这句话实在意味深长。这里被蒋介石反省的“上星期”，就是重庆国民政府宣布免去胡适驻美大使后的一星期。这意味着，美国方面获悉中国政府免去胡适驻美大使的职务后，是很不高兴的。所谓“对我冷淡”，当然是美国政要对在美国的宋子文很冷淡。而美国的这种反应，自然也是宋子文向蒋介石报告的。美国的态度当然十分重要。蒋介石在得知消息后，甚至有了“调回宋子文”以求“恢复原状”的打算。这里的“原状”是什么“状”呢？就是宋子文以蒋介石私人代表赴美前的状态。

如此说来，以罗斯福为首的美国政要，的确不怎么喜欢宋子文而更喜欢胡适。而蒋介石始而以宋子文架空胡适，继而干脆撤换胡适，让胡适彻底离开对美外交的岗位，真是一个错误。

1937年9月，胡适受命以半官方身份赴欧美时，随行者有钱端升和张忠绂。张忠绂后来在回忆录《迷惘集》中说："二十世纪的外交家应当是一位诚恳可亲，广交游，平易近人，能获驻在国一般人民爱戴的真君子。适之正是这种人物。他曾一度赢得'一个伟大的民主人'(A Great Democrat)雅号。抗战期间，由他先之以半官式，继之以正式大使的身份，驻在美国，这对于国民政府甚为有利。独惜在美国战争爆发后，他被撤换，外交部长亦由宋子文继任。战后美国舆论对国民政府由同情转为敌视，其原因虽多，但与重要官吏人选，似亦不无关系。"[24]张忠绂的意思是说，如果胡适的驻美大使一直当下来，战后美国对国民政府的态度就不至于"由同情转为敌视"，而如果美国没有抛弃国民政府，或许历史的发展演变就会有所不同。

蒋介石或许是最早意识到这一点者之一。1947年12月，当美国政府对蒋介石政权日益不满时，当美国越来越明显地流露出欲抛弃蒋介石政权的意向时，蒋介石又想请出胡适去当驻美大使。胡适12月14日、16日、17日和29日的日记都记述了此事。这一回，胡适以几种理由拒绝了。[25]我想，还有一种理由胡适没有说，那就是上一回的大使，当得人太累而心太凉了。

蒋介石再度请胡适使美，充分证明胡适上一回把驻美大使当得很好，否则，蒋介石怎么会在危急关头又请这个他内心深处颇为不喜的“自由主义的学者”再作冯妇呢？

2017年5月21日深夜急就

注释：

[1][4][9][10][11][12][19][22][24] 胡颂平主编《胡适之先生年谱长编初稿》第五册，联经出版公司1984年版，第1748页，第1783—1784页，第1744—1745页，第1748页，第1747页，第1748页，第1688—1689页，第1777页，第1784页。

[2][3] 曹伯言、季维龙编著《胡适年谱》，安徽教育出版社1989年版，第598页，第598页。

[5][7] 李新总编，中国社会科学院近代史研究所中华民国史研究室编，石源华、金光耀、石建国著《中华民国史》第十卷（1941—1945），中华书局2011年版，第414页，第423、428页。

[6] 李新总编，中国社会科学院近代史研究所中华民国史研究室编，韩信夫、姜克夫主编《中华民国史·大事记》第九卷（1940—

1942)，中华书局2011年版，第6697页。

[8][21][23]郝柏村：《郝柏村解读蒋公八年抗战日记一九三七～一九四五》(下)，远见天下文化出版股份有限公司2013年版，第992页，第873页，第977页。

[13][14][25]傅安明：《略谈胡适使美的成就》，见耿云志主编《胡适研究丛刊》第二辑，中国青年出版社1996年版，第9页，第8页，第12页。

[15][20]王松：《宋子文大传》，团结出版社2011年版，第161页，第162页。

[16][18]郝柏村：《郝柏村解读蒋公八年抗战日记一九三七～一九四五》(上)，远见天下文化出版股份有限公司2013年版，第639页，第429页。

[17]中国社会科学院近代史研究所中华民国史组编《胡适来往书信选》中册，中华书局1979年版，第471—472页。

费城的钟声

一

1942年10月10日，处于艰难抗战中的中华民国迎来了自己的第三十一个国庆日。这一天，美、英两国政府同时发表声明，宣布废除在华治外法权及其他有关权益，加拿大政府也在这一天宣布废除在华特权。而美国最高法院院长在费城独立厅扣鸣自由钟三十一响，庆祝中华民国建国三十一周年。[1]

美国和英国率先放弃由不平等条约所赋予的在华治外法权和相关权益，实际上就意味着鸦片战争以来西方列强强加于中国的所有不平等条约的寿终正寝。美、英两国政府当然是特意选择了这一天同时宣布这一决定，而美国最高法院院长特意在费城独立厅为中国鸣钟，与其说是庆祝中国“国庆”，毋宁说是庆祝束缚、凌辱中国的所有不平等条约的废除。

这一天，战时首都重庆，各界都举行国庆活动。在这山河破碎的时刻，在这全民族咬紧牙关抵抗外寇的时候，国庆活动具有特别重要的意义。下午四时，蒋介石在重庆夫子池精神堡垒广场检阅青年团和国民兵时，宣布了美、英自动放弃在华治外法权及相关权益的消息，也告诉大众，美国最高法院院长在费勒得斐亚独立厅前发表“最亲切的祝词”，并鸣自由钟三十一响。重庆的群众闻讯，当然欢声雷动，陪都各报都出了号外。当天，蒋介石致电罗斯福，表示真挚的感谢，特别强调，费城的钟声，对中国军民坚持抗战的鼓励，胜过任何事物。蒋介石满怀深情地说:“自童年以来，‘自由钟’‘独立厅’就在我内心留下深刻印象。几十年为中国争自由的奋斗中，持续不断地梦想中国终必成为一独立并且是民主的国家”，而今日费城的自由钟终于为中国而鸣响，怎不让人激动不已。16日，罗斯福总统复电蒋介石:“取消在华领事裁判权是美国政府及我个人多年的心愿；今幸能与中华民国建国纪念良辰相配合，至感愉快。中国抵抗侵略者的英勇奋斗令人敬佩。我们两国共同奋斗，并且和其他志同道合的国家携手合作前进，一定获得完全胜利。”[2]

1942年10月10日的时候，美、英等国还只是宣布放弃在华特权，要从法理上终结不平等条约，还须中国与美、英等国签订新约。这当然还有许多具体问题要通过谈判达成共识。1943年1月11日，接替胡适出任中国驻美大使的魏道明，与美国国务卿赫尔代表两国政府在华盛顿签署《关于取消美国在华治外法权及处理有关问题之条约》；同一天，国民政府外交部长宋子文和英国驻华大使薛穆在重庆签署《关于取消英国在华治外法权及处理有关问题之条约》。中美、中英之间签订的取代此前不平等条约的新条约，分别简称“中美新约”“中英新约”。

新的条约的签署，才宣告旧的不平等条约在法理上的废除。中国社会科学院近代史研究所承担的国家出版基金项目《中华民国史》(李新总编) 评价说，尽管中美、中英间的“新约”还有不够彻底之处，“但毕竟是中国人民长期进行反帝斗争，尤其是六年半艰苦卓绝的抗日战争取得的一大胜利，百年来作为中国对外关系基础的不平等条约体系彻底崩溃，消息传出，举国欢腾，普天同庆”。国民政府颁令，放假三天，“悬旗志庆”。蒋介石发表了《告全国军民书》，强调与美、英签署的“新约”“不仅是我们中华民族在历史上起死回生最重要的一页，而且亦是英美各友邦为世界人类的平等自由建立了一座最光明的灯塔”。所有的报纸都发表社论表示祝贺。《大公报》社论以《百年耻辱，一笔勾销》为题；《中央日报》以《平等自由的光明灯塔》为题；《国民日报》则以《五十年外交奋斗之光荣》为题。[3]

延安方面对此也做出了应有的反应。中共中央文献研究室编撰的《毛泽东年谱》中，1943年1月27日有这样的记述：“出席中共中央书记处工作会议。会议决定：为了庆祝中美、中英分别签订《关于取消美国在华治外法权及处理有关问题之条约与换文》和《关于取消英国在华治外法权及其有关特权条约与换文》，委托王稼祥为中央起草一决定，公开发布，另对党内发一指示。”[4]对党内发的指示当然与公开发布的决定不同，但到底以中央决定的形式，对此事表示庆祝。重庆的《新华日报》，于1943年2月5日报道了中共中央决定：各抗日根据地“在战地环境许可下，均应于旧历元旦前后召开军民庆祝大会”。[5]也就是，要在过旧历年的时候，举行庆祝活动，让年过得更有意义。

二

中外间的不平等条约起源于鸦片战争。所谓鸦片战争，是有着四万万五千万人口的大清帝国，与只有二千二百万人口的大英帝国之间的战争，战争以大清帝国的惨败告终。1842年8月29日，在南京下关江面的英国军舰上，中英之间签订了《南京条约》。这是中国近代史上第一个不平等条约，标志着中国开始进入半殖民地社会。此后，一个又一个的不平等条约，被强加到中国身上。同时，废除不平等条约，让中国成为一个正常的国家，也是几代志士仁人的“中国梦”。孙中山就毕生做着这样的“中国梦”。1925年3月12日，孙中山在北京病逝，留下了简短的遗嘱。遗嘱首先说的就是“废除不平等条约”，嘱咐同志们“须于最短期间，促其实现”。

李世安在《太平洋战争时期的中英关系》一书中指出，北洋政府时期，中国就开始与列强交涉废除不平等条约问题。南京国民政府于1927年成立后，“采取了许多措施以废除不平等条约”。1928年，中国迫使英国交还了武汉、九江的租界，实际开启了废除不平等条约的进程。在南京政府的要求下，英国开始与中国进行修约谈判。1931年，中英开始了废约谈判。“九一八”事变爆发后，谈判便中止。[6]日寇的侵华，使得刚刚开始的废约谈判停止，但是，也使得那些不平等条约，在很大程度上名存实亡。李世安指出，日军很快占领了大半个中国。在这些沦陷区，英美等国根本不可能行使不平等条约赋予的治外法权及各种特权。另一方面，在中国共产党控制的陕甘宁边区和敌后根据地，西方各国也不可能行使不平等条约赋予的特权。而在国统区，“国民政府也毫不客气，采取措施收回和限制列强在华特权”。例如，财政部成立了关务处，收回了近百年来由英国掌控的海关权。国民政府颁布了战时法令，对外国人在华活动进行限制。在贵州省贵阳市，当局以间谍罪逮捕了两名从香港来黔的英籍欧亚混血华人，并且将他们投入监狱，英国驻华大使馆对此一筹莫展。在昆明，当局传讯了英国缅甸兄弟钢铁公司在华代理人麦凯，审理该公司与中国人的债务纠纷案，对此，英国财政部负责对华贷款事务的专员奈梅耶哀叹道：“整个不平等条约体系，包括治外法权，已经不存在了。”[7]

不平等条约名存实亡是一回事，名实俱亡又是一回事。某种意义上，“名”比“实”更重要。不从法理上摧毁不平等条约，中国就仍然是一个名义上的半殖民地国家。抗战爆发前，国民政府就启动了与列强的废约谈判。抗战爆发，谈判中止。当时，国际社会普遍认为中国不可能抵挡日本的攻击，亡国是必然的事。既然国家都亡了，还谈什么废约。然而，几年下来，中国并没有亡。虽然大半国土沦于敌手，但中华民国依然存在。太平洋战争爆发前夕，美、英等国与日本的矛盾日益尖锐，对援助中国也表现出更大的热情。国民政府于是重启与美、英的废约交涉。这时候，国民政府是把废除不平等条约作为中国最急需的援助向美、英提出的。国民政府一再向美、英强调，如果在中日战争处于相持阶段时，美、英愿意废除与中国的不平等条约，那将是对中国抗战的最有力支持，胜过其他方式的援助。1941年4月，国民政府任命驻英大使郭泰祺为外交部长，并训令郭在归国途中转赴美国交涉废除旧的不平等条约而签订平等的新约问题。5月31日，郭泰祺与美国国务卿赫尔交换函件，美国政府承诺，一旦中国境内恢复和平，将与中国政府就取消在华特权进行谈判。7月4日，英国政府也照会中国做出同样的表示。美、英的这种表态，虽然还仅是口惠而实未至，“但仍对中国的抗战具有鼓舞作用”。[8]

1941年12月8日，太平洋战争爆发。12月9日，国民政府正式对日宣战，并向国内外宣布：与日本的所有条约、协定、合同，一律废止；同日，又宣告与德国、意大利两国处于战争状态，与两国的所有条约、协定、合同一律废止。这等于宣告废除了与日、德、意三国的一切不平等条约。

太平洋战争的爆发，使得中国战场成为整个世界反法西斯战场的重要部分，战略地位大为提高。1942年1月1日，由中国领衔，中、美、英、苏等二十六个国家在华盛顿签订了《对法西斯轴心国共同行动宣言》，又称《二十六国公约》和《联合国家共同宣言》。该《宣言》宣布，各签字国赞同罗斯福、丘吉尔于1941年8月14日签订的《大西洋宪章》的基本原则，并做出规定：签字国保证运用全部军事和经济资源，共同对抗德、意、日的法西斯侵略；各国保证不同敌国单独缔结军事协定或和约。这标志着国际性的反法西斯统一战线的正式形成。[9]

《联合国家共同宣言》的签订，使得中国与签字国之间的不平等条约在法理上出现了危机。既然是并肩作战、生死与共的战友了，相互间还存在不平等条约，当然很有些说不过去。所以，应该说，中国领衔的《联合国家共同宣言》的签订，真正把废除签字国与中国的不平等条约问题，提上了议事日程。

中国社会科学院近代史研究所承担的国家出版基金项目《中华民国史》认为，促使美、英等国坐在谈判桌前与中国商谈废除不平等条约的因素中，中国军队取得的第三次长沙会战的胜利所产生的影响不可忽视。[10]

日军偷袭珍珠港的次日，驻广州的日军向英国军队控制下的香港九龙地区发起攻击。而驻武汉的日军也向长沙周边进击，目的是牵制中国军队，不使南下策应英军，这样，便有了中国军队与日军的第三次长沙会战。长沙会战中，中国方面的总指挥是第九战区司令长官薛岳，日军总指挥是第十一军司令官阿南惟畿。会战从1941年12月中旬开始，至1942年1月中旬结束，前后近一月。日军参战人数七万余人。整个过程异常惨烈。在傅家桥激战中，薛岳所辖第二十军第一三三师第九八团第二营营长王超奎率全营官兵死守傅家桥，“激战终日，风雪交加，腥红满地，直至全营壮烈牺牲”。而“第三营副营长吕海群率领部下在洪桥战斗至最后一刻，全体为国捐躯”。受命防守长沙的第十军，以不到日军一个师团的兵力，抵抗日军两个师团连续四天的进攻，为最后围歼日军创造了必要的条件。第三次长沙会战，中国军队为国捐躯者一万一千余人，受伤一万六千人。日军方面被击毙三万三千人，受伤二万三千人，一百三十九人被俘。日军为策应香港作战而发动长沙会战，结果伤亡人数是香港作战的二点五倍。[11]

三

太平洋战争爆发之初，日军攻势凶猛，在海上尤其凌厉，美、英军队连连受挫。而中国军队却取得如此辉煌的胜利，立即轰动世界。中国的国际形象也大放异彩。美国陆军参谋长马歇尔、海军部长诺克斯先后来电和发表《告中国人民书》，对中国军队取得的胜利表示热烈祝贺，并认为这是同盟国军队的共同胜利。[12]英国《泰晤士报》评论说：“十二月七日以来，同盟军唯一决定性之胜利系华军之长沙大捷。”伦敦《每日电讯报》则说：“际此远东阴雾密布中，惟长沙上空之云彩确见光辉夺目。”[13]

由中国领衔签订《联合国家共同宣言》，中国军队在长沙的大捷，为与美、英的废除不平等条约谈判奠定了坚实的基础。国民政府外交部在积极与美、英就废约接触的同时，也努力做着前期准备。美、英分别于1941年4月和7月做出愿意在中国恢复和平后商谈废除不平等条约的表示，国民政府外交部便于7月26日拟定了《取消其他特权及特种制度办法》和《租界租借地及其他特殊区域之收回办法》。在军事方面，规定取消外国军舰在中国内河沿海游弋停泊之特权和外国在中国指定地区驻扎军队警察之特权，废止不平等条约规定的中国在本国境内指定区域不得驻扎军队或设立炮台的限制；在势力范围方面，取消不平等条约中关于中国不得将某地割让或租借给他国的规定，取消外国在某地享有的筑路开矿等特权或优先权，宣布外国间相互协定强指中国某地为势力范围之条款无效，废止中国在某地不设平行铁路之声明或类似之限制等；在通商方面，取消外国在华沿岸贸易之特权以及外籍人员可以充当中国境内引水员的特种制度，外侨在中国设立之行栈、工厂、学校、教会、医院，应受中国法律之限制与管理，敌侨在中国设立者，照敌产处理等；在交通方面，规定国内铁路由敌方投资或经营者，依据清理敌产之规定处理，凡友邦政府或人民经营者，我方备价收回，取消外国在华经营及收发一切有线无线电信特权、在华设立邮政特权、外国邮件由外籍职员检查等制度；在财政方面，规定外国人在华应依法缴纳一切捐税，禁止外国人在华设立的银行发行钞票，废止海关任用外籍总税务司及其他任用外籍人员制度；规定租界租借地及其他特殊区域，均应立即无条件收回；并强调废止非以平等互惠为原则之最惠国待遇，“取消日本在东三省，苏联在外蒙、新疆、北满之特权等”。《取消其他特权及特种制度办法》《租界租借地及其他特殊区域之收回办法》这两个文件，很细致全面地提出了废除不平等条约将涉及的种种问题以及中国方面的处理原则，为后来的谈判做了必要的准备。[14]

要真正从法理上废除与中国的不平等条约，在美、英国内也是阻力重重。在美国，即使总统、国务卿等人都主张立即废约，政府和民间也仍然有强有力的反对声音。在英国，即使首相和外长主张立即废约，政府和民间也有许多障碍。总的说来，美国的态度更积极些，而英国的态度则相对犹疑、暧昧。1942年春，国民政府借助有利的国际形势，对英、美等国发动了一场舆论战。1942年3月17日，丘吉尔发表了重建大英帝国的誓言，誓言具有浓烈的殖民主义色彩。中国方面便以此为突破口，开展了批判殖民主义思想的运动。李世安在《太平洋战争时期的中英关系》一书中指出，打响这场运动第一枪的，是其时旅美的中国作家、学者林语堂。1942年3月21日，林语堂在美国发表了《亚洲的命运》(*The Future of Asia*)一文，文中指名批判了丘吉尔。林语堂写道:“四天之前，即三月十七日，英国首相丘吉尔十分露骨地说英国的殖民地，包括印度、缅甸、马来亚、新加坡、香港，必须继续由英国统治，这是大英帝国唯一的责任。”林语堂强调，这意味着英国认为，战后仍然必须在亚洲维持殖民统治。林语堂进而批判了英国一再强调的第二次世界大战的战略方针是“欧洲第一”，也就是打败德国先于打败日本。林语堂认为，这是一个殖民主义的阴谋，其目的就是抑制、打击中国，反对支持中国的抗战，达到削弱战后中国在谈判桌上的地位之目的。这样一来,在希特勒被打败后,英国就可以高唱到亚洲来“拯救中国”的调子。那么,“被拯救的中国,就不可能成为主要打败日本的胜利国之一,这样白人帝国主义在亚洲的巢穴就会十分安全”。林语堂指出,“欧洲第一”的战略原则,为美、英、苏共同遵循,但英国提出这一战略,本质上是为其殖民主义服务。这一战略在美国社会引起广泛的不满。美国是因为直接遭受日本袭击而参战,广大美国民众希望在太平洋战区投入更多的力量,以尽快打败日本。然而,在“欧洲第一”的战略原则下,美国大量的战略物资和武装力量被投入欧洲和地中海地区。林语堂强调,这并非美国民众所希望的,也正因为如此,美、英之间常有摩擦。也正因为遵循“欧洲第一”的原则,英国根本没有打算在亚洲对日本军队进行真正的抗击。林语堂反复强调,英国不愿意看到中国的强大,因为这会成为战后英国在亚洲重建殖民统治的威胁。林语堂尖锐地指出,世界性的反法西斯战争,正在按照丘吉尔精心策划的方案进行,“现在我们可以明白为什么英国要关闭滇缅路和削弱中国,为什么英国要拒绝帮助中国建设自己的空军。从帝国主义的战略观点来看,这些问题就可以一目了然”。林语堂嘲讽地说:“维多利亚女王的大英帝国缺乏一位有才干的首相和更多有献身精神的官员。丘吉尔辈缺乏洞察力、勇气、远见卓识和较好的政治素养。”[15]

《中华民国史》也论述了林语堂的《亚洲的命运》在废除不平等条约过程中所起的作用,[16]可见林语堂的这篇雄文的确是载入史册的。

顺便指出，国内的林语堂研究者中，似乎罕见知晓此文及其历史意义者。例如，刘炎生的《林语堂评传》（百花洲文艺出版社）和万平近的《林语堂评传》（上海远东出版社），都以简短的文字介绍了抗战爆发之初林语堂在美国的抗日宣传，但都没有提及稍后几年的《亚洲的命运》，而《亚洲的命运》实在是林语堂人生中一次耀眼的闪光。

四

林语堂对英国的谴责，基本是有的放矢的。在第二次世界大战中，同盟国的“带头大哥”表面上是罗斯福，实际上是丘吉尔，罗斯福往往被丘吉尔牵着走。所谓集中力量首先打败德国的战略，就是丘吉尔提出而为罗斯福和斯大林接受的。在亚洲战场，英军对日军处处退让，动不动就举手投降，更谈不上对中国的支持了，更有甚者，一度关闭滇缅路，给中国的抗战带来极大的困难。

在国内，重庆、昆明等地的报刊也发表了许多批判丘吉尔和英国的文章。例如，著名学者钱端升、陈朗川都著文批评英国的帝国主义姿态和消极抗日的做法。英国政府对此次中国舆论界的反英运动“十分惊恐”。在那时候的中国，国民党对舆论也是严加管控的。英国毕竟与中国是反法西斯阵线的盟友。中国舆论界集中火力攻击英国，英国政府知道，当然是中国政府的授意。英国民众对中国所知甚少，本来也不关心中国。抗战爆发后，才通过报纸了解中国。忽然在中国报纸上看到连篇累牍的攻击英国首相和政府的文字，自然也很惶惑，希望从自己政府那里得到答案。英国政府对中国舆论界的反英运动“十分重视”，想努力化解这一运动。英国外交部把林语堂、钱端升、陈朗川的文章全文复印，分发政府各职能部门，请各部门研究平息中国愤怒的策略。[17]

李世安在《太平洋战争时期的中英关系》中说，中国舆论界的反英斗争在1942年4月达到高潮。是宋美龄的访美把反英运动推向了高潮。“宋美龄的访美取得了巨大成功，千千万万美国人都崇敬宋美龄。”宋美龄在美国报刊上连续发表文章，批判英国对待中国的帝国主义态度和在远东战场面对日军的软弱无能。这些文章在美国引起轰动。[18]

宋美龄在美报刊发表的文章中，以1942年4月29日刊登于《纽约时报》的长文《如是我观》最具有代表性。宋美龄的文章，一开始就指出，在西方与中国发生关系的开始阶段，是西方“用武力为对付中国的工具，枪口对准着我们，使我们一再蒙受耻辱”。一系列不平等条约，使得中国人民对西方充满了恐惧和愤恨，严重阻碍了中国真正融入世界。宋美龄说，依据不平等条约，西方在中国领土上，按照他们自己的方式建立了若干自治城市，为了顾全自己的面子，“美其名曰租界”。宋美龄列举了列强依据不平等条约在中国享有的种种特权以及给中国造成的损害，特别对“领事裁判权”予以强烈谴责。接着，宋美龄指出，中国军队以低劣的装备奋勇抗击日军五年之久，而太平洋战争爆发后，英国在亚洲的军队面对日军的攻势，却往往不堪一击甚至望风而逃。宋美龄说，“过去五年之中，中国军队完全没有对敌投降的例子”，可以举出许多的实例，证明中国的官佐士兵，每当弹尽援绝，除了投降没有保全生命可能的时候，总是选择了战至最后，牺牲生命。更有一些高级将领，在除了投降别无生路时，选择了杀身成仁，而“决不肯向敌人投降以污辱其国体，丧失其人格”。宋美龄同时指出：“过去三个月来，我中国人民以惊奇而难信的眼光，目睹着西洋军队处处对敌人屈降；据他们解释，是因为日军实力优越之故，这个解释，在我们中国人是难于理解的。”宋美龄所谓的“西洋”，就是指英国，人们一看便懂。宋美龄对英国军队在日军面前的狼狈不堪，表示了不解，也表达了嘲讽。宋美龄并非泛泛而谈，而是明确以英国实行殖民统治的新加坡和香港的沦陷为例：“不到二三个月以前，香港和新加坡也被攻击了，这两处都曾花费了巨额的经费来设防，使敌人无由从海上前来进攻。结果也都是被敌人从炮台后面攻陷了。”宋美龄最后呼吁，“西洋人必须改变他们对东方的观念”，强调在未来的世界里，“应当人人平等，全世界各民族的男男女女大家携手向一个伟大的理想迈进”。[19]

《纽约时报》在发表宋美龄这篇文章时，加了一个醒目的标题：“东方第一夫人致西方”，因此引起国际社会的广泛注意，[20]尤其在美国朝野引发热议。宋美龄抨击英国在东方的殖民统治，能引起美国社会的同情，一个特别的原因，就是美国也曾经是英国的殖民地，宋美龄对殖民主义的控诉，能够让美国社会产生共鸣。李世安在《太平洋战争时期的中英关系》中指出，英国是非常重视美国舆论界的态度的。丘吉尔“欧洲第一”的战略必须得到美国的认可，英国也需要大量美援来抵抗希特勒。宋美龄作为蒋介石夫人，代表中国在美国连续发表批判英国的言论并得到美国社会的同情、支持，自然引起英国政府的高度关注。[21]

1942年8月27日，国民政府行政院政务处处长、著名历史学家蒋廷黻就中外间第一个不平等条约中英《南京条约》签订一百周年发表公开演讲，大声疾呼:“不平等条约应该早取消，完全取消。”10月6日，重庆《大公报》趁美国总统特使威尔基即将启程回国之际，发表社评《希望美国首先放弃对华不平等条约》，强调“这种不平等条约的枷锁，那不仅是中国四亿五千万人的奇耻大辱，且根本摧残了中国国家的独立尊严，剥蚀了中国民族的生存大权”;“最难令人索解的是我们并肩作战的盟邦还与中国不平等”;“中国已把国家命运生存整个交给血泪交迸的战争”，“当然有权要求盟友把我们身上的锁链解除”。社评要求威尔基特使把中国政府和人民废除不平等条约的意愿转告罗斯福总统暨美国人民，希望美国率先放弃不平等条约。中国政府和人民的强烈吁求，在美国朝野得到广泛的认同，美国国务卿赫尔说:“中国政府在废除领事裁判权方面的任何要求都会在美国得到强有力的支持。”[22]

日本和汪伪政权携手上演的所谓废除不平等条约的丑剧，也是促使美、英在战争期间即宣布废除与中国的不平等条约的动力之一。日本政府与汪伪政权商谈废除与中国的不平等条约，这当然是一个笑话，但在当时却具有一定的宣传蛊惑作用。日本以亚洲的领袖自居，口口声声说要带领亚洲各国反抗英美帝国主义的殖民统治。日本如向汪伪政权宣布废除此前与中国签订的一切不平等条约，那对重庆国民政府和对美、英都是不利的。重庆《大公报》的社评《希望美国首先放弃对华不平等条约》也以此提醒美国。社评指出，汪精卫宣传“他已将英美驱逐，收回了租界，取消了领事裁判权，废弃了不平等条约；重庆却拥护不平等条约，替帝国主义的特权作战。日本发言人也做着同样的宣传。这种宣传真是恶毒之至。”日本和汪伪借不平等条约大做文章，令中国政府和人民羞愤不已，既如此，“我们的盟邦又何吝惜而不给我们为正义而战的中国人解除这种羞愤呢？”[23]《大公报》在此问题上的提醒，美国政府也听进去了。

五

中国政府和人民希望美国带头废除与中国的不平等条约，为其他各国做出表率。美国也没有让中国失望。李世安在《太平洋战争时期的中英关系》中论及废除中英间不平等条约时说:“要在废约问题上有所突破，必须有外力的推动。这股力量来自美国。”美国也很不愿意看到日本在汪伪政权辖区内抢先宣布“废除治外法权”“美国人民在废约问题上是同情中国的”。美国的民间有一股支持废除与中国不平等条约的强劲力量。美国著名的专栏作家李普曼于1942年9月中旬专程到英国，走访了英国外交部远东司司长克拉克。李普曼希望英国在战争结束前废除与中国的不平等条约，并宣布把香港归还中国。克拉克表示可以废除不平等条约，但不同意立即归还香港，理由之一，是“在全体英国人心目中，香港属于英国。我们占领香港时，它只是一个荒凉的小岛。今日繁荣的香港完全是我们建设起来的。”这当然令李普曼很沮丧。“然而美国政府决定立即废除在华的治外法权。1942年9月15日美国向英国建议立即废除在华的治外法权，英国表示同意。于是双方就有关事宜进行磋商。”[24]这样，就有了美英于1942年10月10日（中国时间）联合向国民政府正式宣布废除在华治外法权及相关权益之举。

接下来，就是以签订新约为目的的谈判。在废除旧约、签订新约的问题上，美国态度明确、动作麻利。10月24日，美国国务卿赫尔即将《中国关系条约草案》面交中国新任驻美大使魏道明。“中美之间的谈判相当顺利，至11月下旬谈判已实际结束。”[25]

蒋介石对“中美新约”和“中英新约”的签订翘首以盼，他认为至迟要在1943年元旦签订，因为如果日汪间的“新约”先期签订，那便使中国和美英间的新约减色，当然令人遗憾。但是，中英间的谈判却未能如中美间那般顺利。美国本可先期与中国签订新约，蒋介石也希望如此，但美国执意要与英国同步，“中美新约”的签订也只得等待中英间谈出个结果，这样，“中美新约”和“中英新约”未能在1943年元旦签订。在中国和美英谈判之际，日本和汪伪间的所谓“废约谈判”也在紧锣密鼓地进行。1942年12月下旬，汪精卫应日本首相东条英机邀请访问东京，日汪间围绕日本“交还”租界、“撤废”治外法权和“移交”英美产业等问题进行谈判。日本方面获悉中国和美英之间的新约将在1943年1月中旬签订，便于1943年1月9日与汪伪政府签订了《交还租界撤废治外法权协定》，宣布“交还”在中国的专管租界、“承认”中国收回上海、厦门公共租界、北京使馆区，“撤废”治外法权等。[26]汪伪已承认伪满，那么东北就等于分割出去；台湾也仍旧是日本领土。汪伪间的此种“协定”，当然是闹剧。虽然是闹剧，毕竟抢在了前面，仍令蒋介石遗憾不已。

中英谈判主要卡在香港问题上。英国同意废除与中国的不平等条约，但却拒绝就香港归还中国进行谈判。英国强调必须在中国国内实现了和平，既无内战又无外战的情况下，才能与中国讨论归还香港事宜。国民政府则坚持必须立即收回香港。谈判胶着了许久。最后，国民政府为顾全大局，勉强同意将香港问题暂时搁置。这样，才有了1943年1月11日“中英新约”的签订。

1943年1月11日，“中美新约”和“中英新约”同时签订。“中美新约”签署后，国民政府又趁热打铁，要求美国政府废除《排华法案》。《排华法案》于1882年制定，当时规定十年内禁止华工进入美国，并禁止批准华人归化为美国公民。十年期满后又延期，并于1904年由美国国会决议无限期有效，且对华人的限制性规定越来越多。此种针对华人的种族性歧视，在太平洋战争爆发后，日益激起美国民众的反感。美国国会中主张废除《排华法案》者也越来越多。1943年6月29日，参议员马格纳森提出“HR3070案”，主要内容是：废除现存的一切排华法令；每年允许一定数量的中国移民进入美国；准许合法进入美国的中国移民加入美国国籍等。[27]太平洋战争爆发后，日本则屡屡拿美国的种种排华法令做文章，以此挑拨中美关系，煽动中国民众的反美情绪。来自中国的敦促，来自国内的呼吁以及日本对排华法令的阴险利用，使得罗斯福总统于1943年10月11日致函国会，提议废除一切排华法令。罗斯福说："中国是我们的盟国。多年来，她为反对侵略而孤军奋战。今天我们和她一起战斗。它在极端不利的条件下始终坚持英勇的斗争。""国家和个人一样，也会犯错误。我们要有足够的勇气承认过去的错误，并加以改正。""通过废除排华法，我们就可以改正一项历史性错误，并消除日本人的歪曲宣传。"[28]美国众议院和参议院于1943年10月21日和11月26日，先后通过了"HR3070案"，亦即《马格纳森法》。12月17日，罗斯福总统签署了该法案。[29]

"中英新约"未能让香港、九龙回归中国，蒋介石对此耿耿于怀。李世安在《太平洋战争时期的中英关系》中说："蒋介石在香港和九龙问题上与英国进行了针锋相对的斗争。"蒋介石甚至宣称战后要以武力收回香港。"中英新约"签订两月后，蒋介石出版了《中国之命运》一书（1943年3月10日），在书中，蒋介石强调要废除一切不平等条约，收回港九，并将之列入国民党党纲。此举引起英国政府高度重视。英国外交部认真研究了有关报告和《中国之命运》一书。蒋介石还提出了关于香港法律地位的两个概念："主权"和"拥有"。他强调：即使英国不归还香港，也仅仅只是在法律上"拥有"香港，而香港的主权则属于中国。日本宣布投降后，麦克阿瑟将军宣布由英军前往香港受降，蒋介石则立即提出抗议，他强调香港主权属于中国，而他自己是盟军中国战区最高司令长官，理应由中国军队在香港接受日军投降。[30]

虽然抗议在当时是徒劳的，但毕竟抗议了。

六

《中华民国史》强调，“中美新约”“中英新约”的签署，标志着在国际法的意义上，中美、中英间建立了平等互惠的关系，“对于中国人民的抗日战争事业起了巨大的鼓舞作用”。同时，两个新约的签署，也使中国的国际形象得到极大的改善，十分有利于世界性的反法西斯战争的推进和战后中国的国际地位的提高。伦敦《泰晤士报》发表专论指出：“战胜为急务，以中国之坚卓抗战，得英、美之明白承认完成主权，其精神将益加强，并保证战胜后居大国优越地位，以重整新亚洲。”[31]

太平洋战争爆发后，中国即宣布与日本、德国、意大利处于交战或战争状态，因此，与这三国间的一切条约、协定均宣告作废，所以，与德、日、意的不平等条约，在太平洋战争爆发后，便已经废除。而在“中美新约”“中英新约”的影响下，同盟各国也相继宣布放弃在华特权，与中国签订新的平等互惠的条约。1943年8月20日，中国与巴西在里约热内卢签署新约；10月20日，中国与比利时在重庆签署新约；11月10日，中国与挪威在重庆签署新约；1944年4月14日，中国与加拿大在渥太华签署新约；1945年4月5日，中国与瑞典在重庆签署新约；5月29日，中国与荷兰在伦敦签署新约。战后，中国又先后与一些国家签署新约。1946年2月28日，中国与法国在重庆签署新约；4月13日，中国与瑞士在伯尼尔签署新约；5月20日，中国与丹麦在南京签署新约；1947年4月1日，中国与葡萄牙在南京签署新约。“百年来，中国人民废除不平等条约运动胜利告终。”[32]

细心的读者会想到中国与沙皇俄国之间的不平等条约问题。现依据《中华民国史》对此问题做一交代。

俄国革命发生后，新生的苏维埃政权内忧外患十分严重。国内面临白军的反叛，国外则有列强的干预。在远东，形势尤其严峻，白军在西伯利亚与红军的对抗，受到日本派出的军队支持。在这种时候，苏维埃政权把眼光投向了中国。与中国建立良好关系，有利于打破在国际上的孤立局面，对于远东局势的稳定尤其重要。1918年7月4日，苏俄外交人民委员齐切林首次提出，苏俄可以放弃沙俄在中国获得的赔款等权利，并可由中国提前赎回中东铁路。1919年7月25日，苏俄政府发表《俄罗斯苏维埃社会主义共和国对中国人民和中国北方与南方政府宣言》，此即所谓苏俄第一次对华宣言。宣言表示，废除中俄间所签订的一切密约与协约，放弃帝俄在华所有特权，放弃庚子赔款，将中东铁路及其附属产业无偿归还中国。1920年9月27日，苏俄政府代理外交人民委员加拉罕署名发出《致北京政府外交总长函》，此即所谓苏俄第二次对华宣言。宣言重申了此前的主要内容，向中国政府提议就废除不平等条约进行商谈，并签订平等互惠的新条约。但是，苏俄放弃与中国的不平等条约，并非是无条件的。在第二次对华宣言中，苏俄提出了条件，诸如中国不应支持俄国反革命派之旧党，必须不允许旧党势力在中国境内活动；中国应解除境内反对苏俄之军队及各团体的武装；应当驱逐旧俄驻华外交人员；中国不得将苏俄放弃之庚子赔款交付旧俄人员；等等。第二次对华宣言还有一个引人注目之处，就是对于中东铁路的态度发生了很大变化，不仅没说放弃中东铁路，“而且要求两国订立苏俄需用中东铁路办法之专约”。“可见苏俄自始即无将中东路归还中国之意。”“不能不指出的是，在苏俄提出放弃沙俄在华特权时，前沙俄政府的在华特权因第一次世界大战及其倒台等因素的影响已所剩无几，苏俄宣言的实际目的，实为以放弃此等空洞特权为条件，争取中国对苏俄革命的同情、合作与支持，争取中国站在反帝反日及反白军的立场上，以恢复苏俄对仍在日本和白军控制和威胁下的远东地区的主权。而在苏俄实际利益所在的中东路问题上，苏俄自始就是有保留的。1920年成立的远东共和国的‘独立宣言’甚至将中东路区视为其领土之一部分，遭到北京政府的抗议。”[33]

中东铁路，又称“东清铁路”“东省铁路”，是中国东北地区几条铁路干线的旧称，于清末建成，其所有权和经营权长期为沙俄霸占，沙俄崩溃后，苏俄接管了中东铁路的控制权。当苏俄政府发布几次对华宣言，声称要放弃在华特权时，中东铁路的控制权才是苏俄在中国真正有实际意义的权益，而苏俄并无放弃之念。到了1929年，中苏还发生了一场战争，即所谓“中东路事件”。张学良要收回中东铁路所有权和经营权，苏联出兵保卫在中东铁路上的权益，双方打了起来，以中国的退让告终。

2017年6月17日

注释：

[1][9] 李新总编，中国社会科学院近代史研究所中华民国史研究室编，韩信夫、姜克夫主编《中华民国史·大事记》第九卷（1940—1942），中华书局2011年版，第6952页，第6697页。

[2][13] 吴相湘编著《第二次中日战争史》下册，综合月刊社1974年版，第842页，第792页。

[3][5][8][10][11][12][14][16][20][22][23][25][26][27][29][31][32] 李新总编，中国社会科学院近代史研究所中华民国史研究室编，石源华、金光耀、石建国著《中华民国史》第十卷（1941—1945），中华书局2011年版，第428页，第428—429页，第414页，第414页，第88—98页，第415页，第415—416页，第417—418页，第418页，第418—419页，第420页，第423页，第423页，第

424页，第424页，第429页，第429—430页。引文中名词为特定历史时期说法。

[4]逄先知主编，中共中央文献研究室编《毛泽东年谱》中卷，人民出版社、中央文献出版社2013年版，第425页。

[6][7][15][17][18][21][24][30]李世安:《太平洋战争时期的中英关系》，中国社会科学出版社1994年版，第62页，第65页，第32页，第31—32页，第33页，第33页，第66—67页，第78页。

[19]宋美龄:《如是我观》，见袁伟、王丽平选编《宋美龄自述》，团结出版社2007年版，第105页。

[28][美]富兰克林·德·罗斯福:《罗斯福选集》，关在汉编译，商务印书馆1982年版，第444—445页。

[33]李新总编，中国社会科学院近代史研究所中华民国史研究室编，王朝光著《中华民国史》第四卷(1920—1924)，中华书局2011年版，第95—96页。

抗战时期蒋介石的一种内忧

抗战时期，蒋介石的内忧有多种，而担心国家的高级干部、军中的高级将领投敌叛国，则是内忧之一。国家的高级干部、军中的高级将领当汉奸，对内，影响抗日士气；对外，损害国家形象。抗击日本侵略者，需要全国军民同仇敌忾，而国家、军队的高级干部变节，则会造成军民抗战意志的动摇。抗击日寇，需要国际社会道义和物质两方面的支持。虽然敌强我弱，虽然在军事实力上中国远逊于日本，虽然中国军队常常败给侵略者，但中国军民有顽强的抗敌意志，所以一直在屡败屡战，决不会向侵略者屈服——这是蒋介石和国民政府争取国际同情和支援时反复强调的。虽然我们是弱者，但正义在我们这边，我们一直在战斗，所以，国际社会应该同情和支援我们。而如果有国家和军队的高级干部和高级将领叛国投敌，尤其是如果有很多这样的人出现，那在争取国际社会的同情和支援时，便没有底气，便难以开口。

所以，提防国家和军队的高级干部和高级将领，特别是那种方面大员与日本妥协、向日本投降，是整个抗战期间蒋介石的心头大事之一。

一

1938年9月30日，唐绍仪被戴笠指挥的军统特务用利斧劈杀于上海。我们不妨就从唐绍仪说起。

唐绍仪，字少川，是中国近现代史上赫赫有名的人物。1862年1月2日，唐绍仪出生于广东香山县唐家村。中国第一个赴美留学，毕业于耶鲁大学的容闳，就是广东香山南屏人。1868年，第二次归国的容闳，向中国当局提出了四条建议，其中第二条是"政府宜派遣颖秀青年到国外接受完善的教育，以为国家服务。妥善的留学方法是：可先选派一百二十名学生作为一次实验。这一百二十名学生可分为四批，每批三十人，按年递派，每年派送三十人。这些学生完成留学教育需十五年。他们的平均年龄为十二岁至十四岁。如果第一批和第二批学生出洋肄业证明是卓有成效的，那么，这项留学计划则可连续实行下去，成为永久定例……政府可从上海关税项下抽拨数成作为全部留学费用。"[1]当局采纳了这条建议。1872年8月1日，第一批挑选出的三十名幼童从上海启程赴美，其中有后来成为"中国铁路之父”的詹天佑。1874年，第三批幼童赴美，十二岁的唐绍仪名列其中。这些孩子到美国后分住在美国人家庭中。唐绍仪当然也不例外。在美国，唐绍仪读完了小学、中学，后进入哥伦比亚大学文科。本来要在美国学习十五年，但后来，清政府担心这些孩子在美国学坏了，遂决定取缔这项措施，并把已在美国的学生召回 。1881年，在美的全部幼童回到国内。

唐绍仪回国后，进入天津水师附设的洋务学堂继续学习。毕业后，在袁世凯手下任职，很快得到袁的宠信，成为袁的心腹之人。此后几十年间，担任过天津海关道、外务部右侍郎、沪宁京汉铁路督办、邮传部左侍郎、奉天巡抚、邮传部尚书等职。特别值得一提的是1904年，英国对西藏的侵略日益升级，清政府派唐绍仪为全权议约大臣，赴印度与英国代表谈判。1911年10月10日，武昌起义爆发，各省纷纷响应。清廷在慌乱无奈中，起用袁世凯为内阁总理大臣。袁在武昌前线指挥清军作战的同时，就释放出愿与南方军政府议和的信号。南方军政府接受袁世凯和谈的提议。1911年12月18日，南北代表在上海举行首轮会谈。而唐绍仪被袁世凯任命为北方全权代表，南方全权代表则是伍廷芳。[2]在中国近代史上，发生过两次“南北和谈”，此系第一次。

1912年2月，袁世凯就任中华民国临时大总统。3月，袁世凯任命唐绍仪为内阁总理。所以，唐绍仪是中华民国首任内阁总理。这期间，在蔡元培、黄兴的介绍下，唐绍仪加入了同盟会，宣誓仪式由孙中山主持。《中华民国临时约法》规定，国家政体为责任内阁制。唐绍仪就任内阁总理后，坚守“内阁制”这一法定的原则，这就与权欲熏心的袁世凯发生尖锐冲突。在袁世凯心目中，内阁不过是摆设，充其量是总统的智囊团或者执行机构，一切大事都应该由总统说了算。当王芝祥改委事件发生时，唐绍仪终于忍无可忍。直隶都督，是极其重要的职务，唐绍仪组阁之初，本已决定由王芝祥出任此职，并得到袁世凯认可，但袁世凯实在不愿如此重要的位置不由自己的心腹、爪牙占据。1912年5月底，袁世凯改委王芝祥为南方军队宣慰使。依据《临时约法》，大总统发布命令，须有内阁总理副署。但袁世凯完全无视这一规则，在没有唐绍仪副署的情况下，下达了对王芝祥的任命。这是对《临时约法》的公然践踏。唐绍仪遂于6月15日宣布辞职，并不辞而别，出走天津。唐绍仪内阁的崩溃，激起同盟会的强烈不满。同盟会本部致电驻沪机关部，强调“唐为保持民国计，为保持约法计，不能不退者”。陈其美质问袁世凯:“唐总理固受逼而退矣，试问逼之者何心？继之者何人？果于大局无害而有益，即更举总统可也。”南方的上海、南京、南昌、广州等地，齐声谴责袁世凯，指出袁世凯蓄意摧毁内阁，实欲行“拿破仑之目的”。[3]

应该说，唐绍仪为维护《临时约法》的尊严而愤然辞职，在一百多年来的中国政治史上，是特别值得称颂的行为。张晓辉、苏苑所著《唐绍仪传》，对此评说道:“唐绍仪出任内阁总理仅有短短的3个月，但‘事事咸恪遵约法’，对民初的政治建制起了积极的作用。唐虽然不能阻止袁世凯独裁，但以辞职的方式宣示了忠于民国、恪守约法精神的立场。”[4]这样的评价是很公允的。

唐绍仪在天津短暂逗留后便到了上海。袁世凯称帝时，唐绍仪约集在上海的蔡元培、汪精卫等人联名通电，对袁世凯发出严厉警告，要求袁辞职以谢天下。此举在全国产生较大影响。1917年7月，孙中山在广州建立护法军政府，唐绍仪也离沪赴粤参加军政府，出任财政总长。第一次世界大战结束后，中国的北洋政府和广州的护法军政府，也有意举行和谈。经过一段时间的酝酿，南北和谈于1919年2月20日在上海举行。南方军政府总代表为唐绍仪，北京政府总代表为朱启钤。[5]这便是中国近代史上的第二次"南北和谈"。我们记得，1911年12月第一次"南北和谈"时，唐绍仪是北方总代表，而这第二次，唐绍仪是南方总代表。两次"南北和谈"，唐绍仪都扮演要角，且第一次代表北方，第二次代表南方，亦可称史上趣事。

1920年6月，唐绍仪在上海参与了孙中山、伍廷芳等人反对桂系军阀的斗争。当粤军赶走盘踞广东的桂系军阀后，孙中山等人回到广州，恢复军政府，唐绍仪此时不认可孙中山的政治主张，没有参加军政府，回乡赋闲。

1931年5月，汪精卫、孙科等在广州成立国民政府，与蒋介石的南京国民政府分庭抗礼。唐绍仪应汪、孙之邀参加广州国民政府，担任常务委员。"九一八"事变后，宁粤合流，唐绍仪任国民党中央监察委员、国民政府委员。1932年1月，广州设立"西南政务委员会"，唐绍仪任常委，并兼任中山县县长。后因与广东军阀陈济棠发生了权力之争，在广东待不下去，又回到上海。[6]

1937年11月，日军攻占上海。仍住在上海法租界的唐绍仪很快便被日本人盯上。日本全面侵华后，便急切地要在中国建立傀儡政权。建立傀儡政权，要有本来具有重大社会影响的人物出来撑场面。策动具有重大社会影响的人物背叛中国政府、出掌傀儡政权，便是十分重要的工作。一旦锁定这样的人物，日本方面便以高官厚禄为诱饵，诱使其上钩。唐绍仪的人生履历，唐绍仪的政治生涯，唐绍仪的社会影响，使得他成为日本人特别重视的对象。如果唐绍仪愿意与日本合作，出掌傀儡政权，那对日本人来说，真是太美妙了。唐绍仪被日本人锁定了，也意味着唐绍仪死期不远了。关于这方面的情形，张晓辉、苏苑所著的《唐绍仪传》，叙说得比较详细。下面参考此书，略做介绍。

1938年1月11日，日本天皇在御前会议做出决策，在中国策动寓居上海的唐绍仪和寓居北平的吴佩孚南北出山，“建立新的中央政权”。日本人分析了两人的具体情况，判定两人出山的可能性很大。对这个“南唐北吴”计划，日本人极其重视。相对于吴佩孚，唐绍仪的分量当然更重。日本人的设想是，策反唐绍仪后，再通过唐笼络戴季陶、居正、吴稚晖、何应钦、张群、吴鼎昌、刘湘、龙云以及桂系财政巨头，然后由唐绍仪领衔组建全国性政府，取蒋介石抗日政府而代之。[7]要让唐绍仪取代蒋介石，事情当然重大。日本方面先后有外务省顾问船津、驻沪大使谷正之、南满铁道株式会社参事兼满铁上海社长伊藤、满铁顾问铃江、侵华日军特务机关长楠本和土肥原、华中派遣军特务机关长臼田、特务松冈洋右等参与策反。松井石根也参与了此事。楠本、松冈洋右、松井石根等人先后会晤过唐绍仪。当然，唐绍仪并没有答应日本人的要求。[8]

唐绍仪的行止，当然也是蒋介石关心的。日本人在策反唐绍仪，自然也逃不过中方情报人员的眼睛。唐的一举一动，都在戴笠的视线之内。蒋介石十分担心唐绍仪被日本人拉下水。如果唐绍仪真的甘当日本人手里的木偶，那对中国的国际形象是极大的损害，也会使中国的抗战更为艰难。蒋介石不断派人对唐展开工作。首先是敦促唐尽快离开上海，如果唐愿意到中国政府所在地，可以出任外交委员会主席。唐如果实在不愿离沪，则希望能保持民族气节，勿为日本人所用。在对唐劝告的同时，还送上丰厚的津贴。日本人的对唐工作在加大力度，蒋介石的担心也就日益严重。1938年3月至5月间，重庆方面接二连三地请唐绍仪的故旧亲友专程赴沪，劝说唐尽快离去。行政院长孔祥熙还亲自致电著名金融家钱新之，请其转达对唐的问候和尽快离沪的劝说。孔祥熙此举，便是代表中国政府在规劝唐绍仪了。但唐绍仪仍不为所动。而且，“在抗日救国的重大原则问题上，面对人们的非难，唐绍仪表现隐晦，态度不明朗”。这就更令蒋介石忧心了。

唐绍仪虽然不愿离沪，虽然在抗日问题上态度暧昧，但毕竟一直没有答应日本人的要求。日本便也急不可耐了。土肥原与唐绍仪本是旧相识，遂决定亲自出马。1938年9月底，土肥原拜访唐绍仪，希望唐绍仪发表一个“和平通电”。这期间，时常有沪上汉奸被戴笠派人刺杀，鉴于此，土肥原提议由日本方面为唐绍仪提供保护。唐绍仪也没有接受。

土肥原与唐绍仪谈话的结果如何，戴笠的情报人员无由知晓。但土肥原与唐绍仪的晤谈，令重庆方面觉得事情不能再拖下去了。应该是在土肥原与唐绍仪晤谈后不久，军统特工谢志磐便接到了除掉唐绍仪的指令。当然。除掉唐绍仪的准备工作，早就开始了。谢志磐是经过精心挑选的。谢是唐绍仪的同乡，唐绍仪当中山县县长时，谢便与其相识，此后过从甚密。唐家的警卫、仆役都认识谢志磐，对其无防备。唐绍仪就更不会对谢志磐有什么疑虑了。唐绍仪热爱古玩。9月30日上午九时许，谢志磐等四人驾车来到唐宅门前。然后，谢志磐和两名化装成古董商人的同伙抬着两箱古玩进入唐宅，其中一只箱子的底层藏着外国特制的利斧。箱子打开，唐绍仪的注意力自然全部集中在箱子里的东西上。仆役知道唐绍仪要买东西，便上楼取款。谢志磐等人便抽出利斧向唐绍仪头上砍去。唐绍仪当场倒下，谢志磐等人则悄然离去。仆役下楼，唐绍仪已浸身血泊中，斧头还嵌在脑袋上。[9]仆役狂呼乱叫，于是警报长鸣。法租界巡捕房闻讯，迅速调遣铁甲车两辆驰赴唐宅路口。警务人员到达后，立即将已不省人事的唐绍仪送广慈医院，医院立即采取输血手术，由唐绍仪亲属提供血液。但唐绍仪毕竟年事已高，又失血过多，还是于当日下午四时许断气了。[10]

二

蒋介石每天写日记。他每日的担忧也都写在日记中。在《郝柏村解读蒋公八年抗战日记一九三七～一九四五》一书中，郝柏村逐日解读了蒋介石抗战期间的日记。虽然由于某种技术性原因，日记原文未能出现，但从郝柏村的解读，基本能够明白原文的意思。唐绍仪9月30日毙命，蒋介石当然马上就知道了。知道后，蒋介石肯定松了一口气。10月1日的日记中，记述了此事。郝柏村对10月1日的日记有这样的解读："唐绍仪为辛亥革命时，南北议和的北方代表，日后亦为北洋政府的要角，一向反国民党。南京失守后，日本拟利用唐绍仪，在南京成立一个伪组织，今唐毙命，蒋公认为乃革命除一大奸。"[11]唐绍仪与蒋介石不睦，这应该也是他不愿随国民政府内迁的原因之一。蒋介石在多方努力无效后，断然杀之，固然也与其本来并非一路人有关。但在那样的情势中，作为政坛老手，唐绍仪的行为确实严重不妥。以他的身份，置身沦陷区，必然要被日本人纠缠，这一层他不会不早就知晓。最明智的做法，是在日本人占领上海之前便离去。实际上，淞沪抗战一爆发，国民政府就敦促在沪知名人士尽快撤离。即便没有在战事初期撤离，那在日本人三番五次找上门来而国民政府也一再派人上门劝说的情况下，也应该果断做出离开的选择。尤其当国民政府行政院长孔祥熙代表国家十分客气地请求唐绍仪离沪时，就决不应该再犹豫了。唐绍仪如果愿意到重庆，可以就任外交委员会主席。孔祥熙电报中甚至有这样的奉承："少老纳豪，外交硕彦，声誉懋著，国事前途，利赖实深。"[12]这是说：您老人家是外交方面的杰出人才，有非常崇高的声望，快到重庆来就职吧，国家的前途，大大地仰仗您老人家呢！这可谓给足了面子。唐绍仪不屑于与重庆为伍，也无妨，可以到香港啊！总之，只要唐绍仪肯挪窝，一应琐事，戴笠的部属都会办好。但唐绍仪始终不为所动。唐绍仪固然没有跨出最后一步，但毕竟一直在与日本人周旋。而只要唐绍仪不离开沦陷区，就随时可能跨出那最后一步。汪精卫的角色，本来日本人是希望唐绍仪扮演的。而无论何人可能扮演汪精卫的角色，只要有可能，蒋介石都会除掉他。所以，唐绍仪被杀，应该说是咎由自取。

从蒋介石日记看，抗战期间，方面大员中，气节方面他最不放心的，是云南的龙云和山西的阎锡山。龙云和阎锡山可能叛国投敌，是蒋介石一直忧心的事情。龙云1929年即任云南省主席，此后便成为云南王；1935年11月，龙云又被任命为滇黔绥靖公署主任，后又兼任陆军副总司令和昆明行营主任。阎锡山在山西的根基就更深了。1911年的辛亥革命中，阎锡山就登上政治舞台，当了山西都督，开始对山西的掌控、统驭。抗战前，阎锡山是太原绥靖公署主任，统治山西和绥远两省，又任国民政府军事委员会副委员长。抗战开始后，则被任命为第二战区司令长官。蒋介石特别担心龙云和阎锡山会沦为汉奸，并非没有道理。不过，对唐绍仪、汪精卫这样的徒有社会影响和政治资历的文人型人物，蒋介石可用暗杀手段消灭之，但龙云、阎锡山这样的人，是地方实力派，是军事强人，用暗杀手段显然不行。即便是唐绍仪，也是因为已经投闲置散，在国家政治机构中并没有任何职务，才可以在预见其可能变节时即暗杀之。对汪精卫这样的现任高级官员，即便已经预见其必定变节，也无由在其叛国行为显露前对其采取任何措施。所以，抗战期间，蒋介石对龙云、阎锡山是高度防范，恩威并施。一方面尽量满足其政治、军事上的要求，另一方面则时时暗示、提醒他们切不可走上投敌叛国之路。与此同时，则尽可能进行军事布置，即一旦他们果然投敌，则以军事手段剿伐之，也让他们明确地看到这种后果，从而形成一种威慑。

先说龙云。

龙云与汪精卫有着亲密的关系。汪精卫1938年12月出走河内从而投敌叛国，龙云与之有永远说不清的牵连。

陈春圃是汪精卫的堂侄，随汪精卫一起经昆明逃河内，他在《汪精卫投敌内幕》一文中，叙说了汪精卫在昆明与龙云接触的内情。汪精卫是国民党副总裁，他乘飞机到昆明，不可能不让龙云知晓。实际上，事先已通知龙云接应。12月18日，汪精卫一行飞抵昆明，龙云率各厅、署、局长到机场迎接。当天晚上，汪精卫对陈春圃说，他“已把全部计划毫无保留地告诉了龙云，得到龙的赞同”。汪精卫最后对龙云说:“好了，我现在把全盘经过透底告诉了你。你如果不同意，可以马上打电报给蒋先生，并把我扣留，那你可以立功。”龙云回答说:“汪先生说哪里话，我完全同意。”汪精卫于是请龙云安排次日飞河内的飞机，龙云拍着胸脯说:“定机位的事包在我身上，由省政府出面包一架专机，明天我亲自恭送。”第二天，12月19日，汪精卫、陈璧君、周佛海、陶希圣、曾仲鸣，以及陈春圃等一行十多人乘龙云安排的飞机，从昆明飞抵河内。[13]

汪精卫应该不只向龙云透露了自己的所谓“和平运动”计划，必定也劝说龙云加入自己的阵营，一齐投身“和平运动”。江南所著的《龙云传》中说:"一九三八年十二月汪精卫抵达昆明,希望说服龙云以及其他西南军事首长,支持他的'和平运动'。蒋介石一度如坐针毡。"[14]

美国学者易劳逸所著的《毁灭的种子:战争与革命中的国民党中国(1937—1949)》,第一章即是《地方和中央:云南对重庆》,论述的是抗战期间云南对重庆的阳奉阴违、软抵硬抗。在这一章中,易劳逸谈及了龙云与汪精卫的关系。易劳逸说,龙云是众所周知的亲汪派人物,当汪精卫打算投敌时,一定希望能说服龙云这样的西南军事首领响应其"和平运动":

> 12月19日,汪精卫同龙云在密室会谈中干了些什么不得而知。事后,龙云声称他告诫汪说他的计划根本不合实际。可是,重庆却如坐针毡一般,因为在随后的几个月里,龙云的言行举止足以令人担忧他很可能参加了汪精卫的阴谋。例如,1939年1月10日,他竟然明目张胆地不参加在重庆召开的各省首脑会议。香港的一位汪派富翁,辗转送给昆明300万元,表面上说是支持滇省的财政改革计划,实际上大概算是争取龙云援汪的一种贿赂吧。[15]

汪精卫出走后,蒋介石当然忧心忡忡。西南地区是抗战基地。西南诸省中,地位最重要者是四川,而云南对于抗战的重要性,仅次于四川,甚至可以说不亚于四川。实际上,后来云南也的确在抗战中发挥了极为关键的作用。汪精卫出逃并发表“艳电”后，如果龙云在云南起而响应，那便是极其糟糕的事。

蒋介石日记显示，他掌握着更多的龙云与汪精卫勾结的证据。蒋介石日记透露，1938年12月16日，龙云派云南教育厅长到重庆。蒋介石认为，这名义上是向中央要钱要枪，实际上是来与汪精卫商谈出逃之事。1939年1月15日，在汪的亲戚陈昌祖（应是汪妻陈璧君亲族）处发现龙云回复汪精卫的信，称汪为“钧座”，而称中央为“重庆方面”。信中写道：“其间有关日方，虽内阁改组而政策不变，我方似存幻想，毫无其他办法。不久大战重开，静观如何应付，此刻钧座暂守缄默，甚为得宜，至于钧座所主张各节，将来必有实现之一日也。”蒋介石对此感慨道：“人心难测如此，诚为世道、国事寒心也，可不戒慎乎哉。幸此函发现，犹可补救于将来，此亦天意之不亡中国之一证也。”郝柏村解读曰：

> 无龙的协助，汪不可能到河内；而龙的内心反对抗战，与日本妥协，才能继续称霸云南，军阀只图割据，罔顾国家存亡，乃自然之理。[16]

龙云之所以认同汪精卫的所谓“和平运动”，郝柏村的解释是，如果与日本妥协，那龙云仍然可以把云南王当下去。而如果抗战胜利，就意味着中央政府的权力全面进入云南，云南也就不再是龙云的独立王国了。这当然言之有理。抗战之前，云南只是名义上奉中华民国的“正朔”而已。中央政府，对于云南的各级官员，只不过是一种幻影，而对于广大底层民众来说，恐怕连这幻影也不存在。云南有自己的税收体系，有自己的货币，有自己的军队。名义上是中华民国的一个行省，其实是高度独立的。抗战爆发，云南成为国家极其重要的抗战基地。这意味着中央的军队要进入云南，意味着云南的军队要出省作战，意味着云南的各种物质资源要由国家调配。而如果抗战胜利了，当然不可能再恢复到抗战前的状态，中央对云南的控制只会继续下去。所以，龙云内心不愿意对日抗战而宁愿与日妥协。——这样解释龙云认同汪精卫“和平运动”的动机，逻辑上是成立的。

郝柏村解读蒋介石1939年11月29日日记时，指出蒋心中有三种不能说的痛苦，之二是：“汪伪投日，抗战阵营内与其暗通款曲的谋和阴影。”[17]我想，龙云应是蒋介石怀疑一直与汪伪暗通款曲者之一。

蒋介石对龙云极不放心，不仅因为汪精卫出逃与龙云有关，也因为整个抗战期间，龙云一直竭力保持云南的独立性，一直最大限度地抵抗中央的力量进入云南。经济上，云南的富滇银行依然单独发行新钞票，想方设法抵制国家资本在云南的农贷和合作金融方面的活动。[18]江南在《龙云传》中指出，1940年前后，蒋介石要求龙云划分国家与地方的财政，将物资现金一概交付中央，龙云不答应。1941年底，龙云命令省财政厅将积存的银元几千万元、黄金数万两，以及债券、外汇、美钞、英镑、官产烟土等全部拨出，不属省府管控，这样便可逃避中央的征收。为了“与中央争利”，龙云又于1942年1月，成立云南省人民企业公司，接管三十来个包括钨锑、铜矿、锡矿、盐、煤、铁路、水利、造币、火药、汽车、电报、电话、度量衡在内的原有和新建的企业单位。[19]总之，为了与中央争利，龙云绞尽脑汁。对中央军进驻云南，龙云是百般阻挠。郝柏村对蒋介石1942年3月4日日记有这样的解读："龙云来见蒋公，抱怨中央军来了，云南米贵了，仍持一贯反中央军入滇的态度，而对汪精卫仍称汪先生；又因空军特务队与龙的卫队冲突，龙对于中央进入云南，仍耿耿于怀。"[20]抱怨中央军祸害了云南，当然令蒋介石不快，而到了1942年3月仍然称汪精卫为"汪先生"，则令蒋介石寒心和愤怒了。

龙云平时便对中央颇不恭敬，一旦中国军队与日军作战中处于劣势、形势危急，龙云便更是不把中央放在眼里。蒋介石日记，每星期有一次一周事务的"反省录"，每月有一次一月事务的"反省录"。郝柏村在解读蒋介石1942年5月"反省录"时，写道："缅战失败后，云南龙云又行跋扈，要求中央驻军撤退，但因滇西之敌被我阻制，中央军自不能离滇。"[21]既然是"又行跋扈"，那说明此种跋扈行为，是常有的。在解读蒋介石1942年6月29日日记时，郝柏村又写道："滇龙跋扈，放肆更甚。"[22]

龙云的跋扈，是以军事实力为后盾的。抗战期间，对龙云不能撤换，更不能除之，便只能威慑与安抚。

汪精卫发表"艳电"后，冯玉祥致电蒋介石，建议派李烈钧到云南养病，"在社会上可为抗战活动，藉资防范未然"。[23]李烈钧1907年加入同盟会，是国民党元老，也是辛亥革命元勋。李烈钧曾在日本振武学校、日本陆军士官学校学习。1909年春到昆明任云南讲武堂教官，兼兵备道提调，不久，任云南陆军小学堂总办，仍兼兵备道提调。这期间，协助同盟会云南支部长李根源在学校和军队中宣传反清思想，进行革命活动。辛亥革命中，率领部队与清军作战，曾任安徽都督、江西都督。1915年12月25日，唐继尧、蔡锷、李烈钧在云南树起了护国讨袁的旗帜，组织护国军出滇讨袁。蔡锷任第一军总司令，出兵四川；李烈钧任第二军总司令，出兵两广；唐继尧任第三军总司令，镇守后方。此后，李烈钧又在政界和军界担任过多种要职，在军政两界有着崇高的声望。1928年以后，李烈钧仍是国民党中央委员，国民政府委员，但长期在上海养病。抗战爆发后，迁居重庆。[24]冯玉祥建议派李烈钧长住昆明，显然意在让李烈钧就近监视龙云，使龙云轻易不敢有叛国之举。所谓“藉资防范未然”，就是这个意思。应该说，这真是一个极好的主意。有李烈钧这样一个与云南渊源极深的政界军界元老在卧榻之侧，龙云要向日本人输诚，不能不有所顾忌。

稳住龙云，即稳住了作为抗战基地的云南。而为了稳住龙云，使其不至于与汪精卫合流，蒋介石真可谓想尽了办法。郝柏村解读蒋介石1939年1月17日日记时写道：“为巩固西南抗战基地，而龙云心态有异，故先慰之，以期安抚。”[25]这一天，应该是蒋介石又感觉到龙云表现异常，所以对其进行抚慰。所谓“慰”，无非就是唇焦舌敝地晓以大义，并答应尽可能满足龙云提出的要求。郝柏村解读蒋介石1939年1月19日日记时，又写道：

龙云对汪态度，即是否支持抗战，抑从汪主和，关系云南抗战基地之确保，影响甚大，抗战之成败存亡，亦系于云南基地之确保。[26]

这一天的日记中，蒋介石又表达了对龙云态度的忧虑。蒋介石并且在日记里强调了云南地位的重要。龙云是支持抗战还是从汪主和，关乎抗战的成败，可见龙云的态度有多么重要。

1939年1月20日，日本广播中说，龙云忠于“新中央”，也就是在筹建中的南京汪伪政权。这当然令蒋介石的忧虑大大加重。郝柏村对当天日记有这样的解读：

派白崇禧赴云南访龙云，即在安抚，制止其投汪。云南为仅次于或同等于四川的抗战基地，万不可变，白崇禧代表两广，尤其是广西，如态度坚定，亦可使龙云不敢投汪。而日方今日广播，云南忠于新中央（指南京汪伪），可见汪与敌勾结之深，而滇龙与汪之关系，蒋公最为担心，因而昨夜睡眠不佳。盖一般而言，割据军阀本无意问鼎中央政权，更无雪耻救国之意志，汪伪以中央姿态，与日和平相处，则龙云独霸云南之势可固；反之，蒋公坚持以云南为基地抗日，则重庆的中央势力必逐次控制云南，则龙必失独霸之势，此亦汪投敌之初，蒋公竭力安抚龙云之故。[27]

日方广播说云南忠于汪伪，竟使得蒋介石一夜睡不好觉。决定派白崇禧到云南劝告龙云，也是高明之举。白崇禧在军界有崇高地位，龙云也只得敬畏。更重要的是，白崇禧代表两广，尤其能代表广西。四川在东北面与云南接壤，两省有漫长的交界线；而广西在西南面与云南毗邻。四川与广西，在地形上对云南形成合围。白崇禧到昆明，当然对龙云会温词相劝，但在温词相劝的同时，也向龙云昭示了投敌的后果：中央会不惜一切代价敉平云南的叛乱，而四川与广西对云南进行夹击，云南肯定难以抵挡；果如此，龙云非但将遗臭万年，或许还会死无葬身之地。

实际上，抗战期间，重庆一直在与日伪激烈地争夺龙云。蒋介石想尽办法要把龙云稳定在抗战阵营，而日伪则极力要把龙云拉出抗日阵营，走到他们一边。日本人和汪伪，对龙云也是软硬兼施的。只要龙云宣布脱离重庆中央政权，加入汪伪的所谓“和平运动”，日军便不攻击云南，而一旦汪精卫倡导的所谓“和平运动”目标全面实现，龙云的云南王便可永远当下去。——这应该是日伪对龙云利诱的一面。至于硬的手段，便是对云南周边发动猛烈攻击，企图以武力迫使龙云就范。每当日军对云南周边展开凌厉攻势时，龙云也的确就心惊胆战，而蒋介石也就忧心如焚。郝柏村对蒋介石1939年11月16日日记有这样的解读：“敌在广东、广西相邻处北海附近登陆，如果攻广西南宁，其目的则在威胁云南龙云，迫其附和汪精卫主和，分化抗战阵营，则后果严重。下午核定冬季攻势方案，其政治意义在显示我抗战军力已经恢复，有能力采取攻势，以反制汪伪与日寇阴谋，并团结抗战阵营内部，不为汪伪所诱。”[28]日军进攻广西南宁，意在威吓龙云，迫使龙云求和。郝柏村对蒋介石1939年12月27日日记解读曰：

> 敌欲经由西江流域东向，而不进攻曲江，则无法打通粤汉路，而拟深入桂、黔，威胁云南。龙云在敌军未进入前，尚不敢动摇，但最近其态度已犹豫不定。龙云根本对抗战到底无信心，又有汪精卫的诱和，一旦日军进入黔中而至滇北，中央不能控制，则龙有附汪之自由，此其最近犹豫之原因。[29]

对抗战无信心，是所有投敌者共有的心理。龙云也对抗战信心不足。所以每当日军以凶猛的姿态出现在家门口时，便可能暗生异心。

卢汉是与龙云从小一起闯江湖、打天下的兄弟，一直是龙云宠信的爱将，长期以来是云南的第二号人物。为了稳住龙云，蒋介石多次召卢汉到重庆谈话。1939年11月29日，蒋介石“约卢汉到渝，在防制龙云投汪”。[30]对蒋介石1940年6月28日日记，郝柏村有这样的解读：

> 最近频与卢汉谈话，今日亦然，以今日抗战基地，云南地位几与四川同等重要，尤以云南、越南及缅甸的国际交通

线，为抗战的生命线，而龙云态度一直让蒋公不放心，故必须以精诚说服与感动卢汉，以巩固云南。[31]

卢汉是龙云最重要的盟友。龙云果真要投奔汪伪，必然要得到卢汉的同意和协助。蒋介石频频约见卢汉，首先是为了稳住卢汉。只要卢汉有坚定的抗日意志，龙云就很难有异动。当然，蒋介石约见卢汉，还希望通过卢汉去做龙云的工作。

三

龙云即便有过投敌之心，也始终只是想想而已。阎锡山可就不同了。抗战期间，阎锡山曾与日寇建立了密切的关系，离投敌叛国，只差一毫米了。

关于抗战期间阎锡山与日本勾结的情形，已有两种“专书”记述。一是《日阎勾结实录》，郭彬蔚译编，人民出版社1983年8月出版。该书“出版说明”中指出，收录了日阎勾结的密约、往来函电、文件等一百九十余篇。书前有译者根据相关资料写成的《日寇对阎锡山招降工作的概况》。另一种是“山西文史精选”丛书之一的《阎日勾结真相》，由山西文史资料编辑部编纂，山西高校联合出版社出版。该书收录了关于阎日勾结的回忆文章，有些文章作者便是参与阎日勾结的亲历者。例如，首篇文章便是赵承绶的《我参预阎锡山勾结日军的活动情况》，而赵承绶抗战时期任阎锡山的骑兵司令，阎锡山与日本的交涉、谈判，基本上是赵承绶代表阎锡山进行的。

中国开始全面抗战后，日本方面便把对中国各界有影响人士的诱降，作为重要工作，而阎锡山也是日本人一开始就锁定的重点招降对象。据郭彬蔚《日寇对阎锡山招降工作的概况》，抗战开始后，日本方面把阎锡山的部队称为“山西军”，阎锡山则自称“晋绥军”。其实正式的名称是“国民革命军第二战区部队”。日本方面认为，如果阎锡山接受招抚，对分化瓦解中国军队会起到很大作用。日本方面与阎锡山的接触，最初是通过阎宜亭进行的。阎宜亭称阎锡山为“伯父”，于是，日本之中国派遣军参谋长板垣征四郎便决定以“伯”字作为此项工作的秘密代号，称之为“对伯工作”。这样命名的另一个原因，是阎锡山号“百川”，“百”与“伯”谐音。直接负责对阎锡山诱降工作的是日军的华北方面军，该军第一方面军司令官岩松义雄和参谋长花谷正是受命直接与阎锡山谈判之人。岩松义雄军衔是中将，花谷正是少将。日本方面的最终目的，是促使阎锡山与南京汪伪政权合流，而其他本来就不认同蒋介石的将领可能接踵效尤，果如此，重庆政府很可能崩溃，日本便可掌控整个中国了。[32]

日本人把阎锡山作为诱降对象，当然不是无的放矢。阎锡山与蒋介石曾经是战场上的敌对者，刀兵相见过，不可能忠于蒋介石政权。阎锡山从民国初年即统治山西。他的所思所虑，只是山西的生死存亡和山西的独立性能否保持。如果只有投降日本才能让他的独立王国继续存在，他就有可能投降。

抗战开始后，阎锡山选择了“在三颗鸡蛋上跳舞”的策略。这也就是与日本、重庆中央政府和中国共产党都保持既合作又对抗的暧昧关系。也抗日，但抗得很是谨慎，决不轻易与日本彻底撕破脸；也听命于重庆中央政府，但听得很有分寸，决不肯丧失自己实际上的独立性；也与共产党联合，但联合得十分小心，惟恐共产党不知不觉间占据了他的地盘。日本、重庆、延安，在阎锡山看来，都是要侵入他的地盘，都是要动摇、摧毁他的土皇帝地位，因而也都是他的敌人。他没有能力消灭任何一方，不能无条件地投入任何一方的怀抱，也绝不能同时与三者为敌，便只能在三者之间闪展腾挪，最大限度地谋取自己的利益。[33]

美国学者易劳逸在《毁灭的种子：战争与革命中的国民党中国（1937—1949）》一书中说：

> 抗战期间，阎锡山同重庆的关系更是一面镜子，反映了国民党的政治联合体是多么脆弱。当战端初开，阎锡山就被任命为二战区司令长官和蒋介石手下的军事委员会副委员长。可是，八年抗战，他从来没有莅临过重庆，更没有同蒋介石见过一面。虽然山西大部分地方已落入日本人和共产党手中，但他盘踞一隅，俨然是一个独立王国。阎锡山打出了自己的政党，名为民主革命同志会。他决不容忍中央军进驻二战区，并且抹去了他为中央政府和蒋介石效命的诺言。尤其是1942年后，他发展了与日本人密切而亲昵的

关系，甚至在日本人占领的太原建立了双方的联络处。

在阎锡山看来，战争后期，日本人对他的威胁远不如中央政府。据阎军的一个将领讲，在二战区，写在墙头标语中的“敌人”，首先指的是共产党。在阎锡山的名册上，二号敌人是时不时吓唬和插手山西事务的中央政府，下一名是日占区的汉奸，最后才轮上日本鬼子。[34]

蒋介石是军事委员会委员长，阎锡山是副委员长，又是第二战区司令长官，但整个抗战期间，阎锡山未去过重庆一次。1937年12月，阎锡山曾赴汉口参加蒋介石主持的军事会议。但此后直到抗战结束，阎锡山似乎没有与蒋介石见过面。这无论如何都可算“天方夜谭”。实际上，抗战期间，蒋介石召开过多次军事会议，有时在重庆，有时在别处，而阎锡山都是理应参加的。即便不专程到重庆汇报和请示，这种军事会议总应该到场吧，但阎锡山却都不露面。如果说早期不参加还因为要刻意与重庆保持距离，那当阎锡山与日本人开始勾结后，便心中有鬼，怕一见蒋介石便回不来了，成为又一个韩复榘。抗战期间别处军民喊出的口号、打出的标语，都有“抗日”二字。而据有关资料，阎锡山统治的区域和统领的部队中，喊出的口号、打出的标语，一律是“抗敌”二字。此中大有深意。这里的“敌”，首先指共产党。这也很好理解，因为共产党离阎锡山特别近，对他构成的威胁最明显。“敌”其次指重庆中央政府。最后才指日本侵略者。

所以，阎锡山会与日本人勾结，并不奇怪。

1937年11月太原沦陷，阎锡山撤出太原，先后在几地落脚。1940年4月间，阎锡山决定把第二战区司令长官部和山西省政府迁移至晋西南吉县南村坡。由于“南村”与“难存”谐音，阎锡山便把南村坡改名为“克难坡”，把战区司令部驻地称为“克难城”。此后五年间，阎锡山一直生活在这里，直到抗战胜利。[35]

日本人与阎锡山正式接触前，先通过一些与双方都有关系的下层人物进行试探性交涉。关于这方面的情形，各种资料说法不一。赵承绶在《我参预阎锡山勾结日军的活动情况》中说，1940年春，日军先派遣山西孝义人白太冲与阎军中将领接触。白太冲曾是阎锡山手下的区长，后来当了汉奸。阎部六十八师副师长蔡雄飞于两年前投敌。经蔡雄飞介绍，白太冲在一个日本特务陪同下，与阎部警卫军军长傅存怀勾结。后来，日军又派日本特务大矢到傅存怀处，由傅派专人送往克难坡，直接与阎锡山本人接触。赵承绶说，当时，他率部从晋西北撤到晋西隰县。大矢路经隰县，手持傅存怀的介绍信，要求赵派人护送其到克难坡。这样，赵承绶便知道了阎锡山在与日本人往来。[36]从赵承绶的讲述中可做出这样的判断：当白太冲和那个日本特务要与傅存怀见面时，傅存怀请示了阎锡山，得到阎锡山的批准后，傅才能与这两人见面，否则，傅存怀没有这个胆量。而这两人在与傅存怀见面时，便表达了愿与阎锡山直接接触之意，傅将此意转告了阎，阎表示可以与日本人直接接触，才有后面的安排。

经过一段时间的非正式接触后，阎锡山与日本人开始了正式谈判。赵承绶说，1941年11月间，阎锡山把他叫到办公室，对他陈说了晋绥军面临的困境。在阎锡山看来，蒋介石一心要借抗战消灭他的军事力量，所以不给他足够的经费，不补充人员和武器，“处处歧视咱”。至于共产党，阎锡山认为更可怕，“到处打击咱们，八路军在山西各地有严密的组织，把老百姓都拿过去了”。如果日本人再来打，晋绥军就只有被消灭。阎锡山又说，青年干部左倾者，都跑到延安去了，右倾者都跑到蒋介石那里去了。胡宗南在西安，就专门拉阎锡山的干部。所以，阎锡山认为，晋绥军要求生存，就必须借助日军的力量，“这是不得已的办法，也是咱们唯一的出路”。阎锡山告诉赵承绶，已经与在太原投敌并且出任高级伪职的苏体仁（伪省主席）和梁上椿接上头。日本方面希望与阎锡山的代表在太原会面，阎认为暂时不宜在太原接触，在阎锡山建议下，确定双方代表在被日军占领的孝义县白壁关村会谈。阎锡山决定派赵承绶作为代表前往白壁关村。于是，赵承绶带着参谋处长续志仁，身着便衣到了白壁关村。次日，日军山西派遣军参谋长楠山秀吉带着苏体仁、梁上椿也到来了。赵承绶要求日军为晋绥军提供些粮食、金钱和武器弹药，而日方则表示只要阎锡山通电脱离重庆、进驻太原，在日军卵翼下重建山西政权，一切都好办。这次，双方只是试探一下对方的底牌，因此没有达成任何实质性协议，只是约定以后加强联系。但此次接触后，日军即把孝义县属兑九峪、胡家窑、高阳镇等据点，让给阎锡山，由阎的骑兵军派部队驻防。这算是日本人让阎锡山尝一点甜头，引诱其进一步上钩。此后，阎锡山与日本人的接触便很频繁。阎锡山并且派刘迪吉长期住在太原，专门负责与日方联络。

赵承绶代表阎锡山第二次与日军会谈，是在1941年3月，也是在白壁关村。出发前，阎锡山命赵承绶向日军提出让出孝义县的要求。因为阎锡山有了孝义县，就可以多征不少粮食。这次会谈，达成了口头协议，大意是：一、日、阎双方必须消除敌对行为，互相提携，共同防共，前线部队要进行友好往来，不得发生冲突；二、双方划定剿共地带，必要时则会剿。至于赵承绶提出的日本军队撤出孝义城的要求，日方很爽快地答应了。1941年6月间，日军退出孝义城，阎锡山的骑兵部队进驻孝义城。得到孝义县，阎锡山很高兴，因为这个县征得的粮食，可抵晋西四五个县，还可以伸展到平遥、介休。[37]

阎锡山与日本人如此接触，尤其是日本人一再让出据点、城池给阎锡山，重庆不可能不知道。对于阎锡山与日本的接触、交易，蒋介石当然十分警惕、百倍忧虑。阎锡山作为国民政府军事委员会副委员长、第二战区司令长官，如果真的宣布脱离重庆、倒向汪伪，那对抗战大局的影响，将是蒋介石难以承受的。郝柏村对蒋介石1941年6月26日日记解读曰："阎锡山不失其投机本质，重庆、南京与延安似为新三国。阎对成败看法，共党为二分之一，汪伪三分之一，而国民党只有六分之一，其心理则为不降共则降汪"；"今只有降汪矣，乃非人所应为，但经与徐永昌谈话，仍不愿他投机，以冀挽救也，徐系倾向中央晋军将领。"[38]在阎锡山看来，那时的天下大势是"新三国"的局面，即日本、国民党、共产党三分天下、三足鼎立，而共产党最终胜利的可能性最大，国民党最终胜利的可能性最小。所以，他只能在日本人与共产党之间做出选择，而他最终选择了投靠日本人。蒋介石得知山西情形后，找徐永昌谈话。徐永昌本是阎锡山手下的晋军将领，后来亲近蒋介石。1936年脱离晋军，到了南京，被蒋介石任命为军事委员会办公厅主任。1938年1月，蒋介石改组军事委员会，下设军令、军政、军训、政治四部，任命徐永昌为军令部部长。[39]徐永昌毕竟是阎锡山的旧部。蒋介石约徐永昌谈话，当然是希望通过徐永昌劝告、警示阎锡山，切不可步汪精卫后尘。郝柏村对蒋介石1941年6月28日日记又有这样的解读：

> 倭图分化抗战阵营，故诱阎投倭，允以华北政权名义，与汪平起平坐。军阀割据心理，与帝国主义分化中国的策略，一拍即合，此亦抗战阵营的内忧，惟自抗战以来，民族大义大旗在蒋公手中，面对民族大义，自私军阀无容身之地。[40]

据蒋介石得到的情报，日本方面对阎锡山的诱饵，是让其掌管华北伪政权，与南京的汪精卫并驾齐驱。

蒋介石以民族大义劝说、警告龙云这类人，不能说完全有用，也不能说全无作用。他们最终没有变成汪精卫第二、第三，就因为民族大义还是对他们有一定的制约。但是，要让他们完全放弃畏日之心、降日之意，却也难。阎锡山虽然不会真的通电脱离重庆，但也并没有停止与日军的交易。

赵承绶在《我参预阎锡山勾结日军的活动情况》中说，他代表阎锡山与日军第三次接触，是在1941年8月间。这一次，赵承绶作为阎锡山的全权代表，与日军签订了“汾阳协定”。8月12日上午10时，签字仪式在汾阳县城日军若松旅团司令部举行。日军要求赵承绶一干中国人必须身着中国国民革命军的军服。日方所有人员都身着日本军服。这意味着是中国军队在向日本军队输诚。会场上悬挂着日本的太阳旗和中华民国的青天白日旗。日方人员先期进入会场，当赵承绶一干人进入会场时，日方人员板着面孔，做出胜利者的姿态。签字仪式开始后，日方代表田边盛武拿出冈村宁次的“指派书”，赵承绶也拿出阎锡山亲笔书写的“指派书”。所谓“指派书”，就是委托书。冈村宁次委托田边盛武为自己的全权代表，阎锡山则委托赵承绶为自己的全权代表。双方签署的是“停战协定”。

这个“汾阳协定”规定，日方实行条款是：给予阎方步枪五万支，轻机枪五千挺，重机枪五百挺，并配赋一个动员额的子弹；给予阎方军费（国币）两千万元，另给阎本人机密费七百万元；提供阎方军队给养及一些装备；先拨给阎方能新成立五十个团的壮丁及全部武器、装备，尔后根据形势发展，再续拨五十个团的壮丁和武器、装备，以充实阎军力量；日方将雁门关以南全部山西的政权让渡阎方，由阎方陆续派人接管，初步接管晋中各县及晋南临汾等县，再逐渐接管其他各县；日方将山西境内同蒲（宁武以北除外）、正太（娘子关以西）两铁路管理权让给阎方（这一条先有争执，后来日方答应“共管”）。

这个“汾阳协定”规定，阎方实行条款是：阎本人即刻通电，表明脱离重庆政府，发表“独立宣言”；阎本人先进驻孝义，待日方将晋中各县政权交让后，进驻太原，接管雁门以南政权，尔后，再进驻北京（北平），与南京（汪伪）政府合作，或担任南京（汪伪）政府副主席兼军事委员会副委员长；在适当的时候，阎可组建“华北国”；阎方营以上部队，必须聘请日本人担任顾问及指导官；阎方将通往陕西的黄河渡口小船窝让给日军驻守。

1941年10月间，阎锡山又派赵承绶赴太原组织办事处，这个办事处专司与日军联系之职。这期间，赵承绶代表阎锡山与日本人进行过多次谈判。阎锡山希望日本人尽快履行“汾阳协定”中提供武器装备的承诺，而日本人只是先给了阎锡山一千支步枪，大宗的武器装备，要阎锡山通电脱离重庆后才兑现。阎锡山知道，一旦通电脱离重庆，那就没有后退、回旋的余地了，三颗鸡蛋上跳舞就变成一颗鸡蛋上立正了，所以迟迟不敢走出这一步。他只想先把武器装备骗到手再说。日本人何其精明，他们不见兔子不撒鹰。给一千支步枪，是让阎锡山尝到一点甜头从而欲罢不能。这样，双方的勾结，就进入“胶着模式”。[41]

重庆当然知道阎锡山的勾当。郭彬蔚译编的《日阎勾结实录》中，有《汪主席和阎锡山使者会见情况之报告》，这份报告写的是1942年3月1日阎锡山妹夫梁延武代表阎锡山在南京“谒见”汪精卫的情形。会见中，当汪精卫问阎锡山的决心是否动摇时，梁延武答曰:“决心绝对没有动摇。目前的处境已无法改变决心。就是说以前与日本军所签订之协定重庆都已知其详情。蒋介石知道此事时，召开了首脑会议，研究有关对策，提出直接讨伐和当前严密监视的两种方案，据说最后决定采取后者。既然重庆对过去之情况都已知道，不管是那种情况，再复归重庆则不可能。”又说：“现时热切希望从日本方面得到武器、资材、经费，若无任何实力，而发通电恐将因此立即遭到蒋介石之打击。”[42]《日阎勾结实录》中又有1942年3月24日“致太原联络员电”，其中说“此间到处有中央特务往来”。[43]这说明，蒋介石也有过以武力讨伐阎锡山的打算，但最后选择了暂时严密监视的策略，所以，“此间到处有中央特务”。

蒋介石当然不仅是对阎锡山严密监视，还在尽最大努力阻止其迈出最后一步。

郝柏村对蒋介石1941年8月3日日记有这样的解读：

> 阎锡山通敌图存，几乎已成公开，蒋公自有情报依据，但因其权衡利害，判定他不敢实行。抗战已逾四年，在争取同盟国支持时，内部如出现重要将领投敌，如何自圆其说？故此际对巩固内部军心，坚定战斗意志，较争取同盟，尤为重要。[44]

蒋介石掌握着阎锡山通敌的证据。但在“通敌”与“降敌”之间，还有一点距离。阎锡山如果公开宣布脱离重庆中央政府，与日汪合流，那就从“通敌”走向“降敌”了。蒋介石在日记里写下了对阎锡山此后行为的研判，即判定阎锡山不敢迈出最后一步。但蒋介石的担忧仍然不能消除。抗战已经四年，中国正在积极争取同盟国的支持，这个时候，如果阎锡山这样的人物通电投敌，蒋介石的脸面往哪里摆？中华民国的脸面往哪里摆？又让蒋介石如何开口要求援助？

郝柏村解读蒋介石1941年11月1日日记中“上星期反省录”时，写道：“阎锡山谋叛，予以严词申戒，阎果强辩其无意降敌。蒋公判阎图叛，当然有可靠情报与事证，阎则俟机而动，然经统帅指破后，当再思考。”[45]这里表明，蒋介石曾直接与阎锡山对话，对之“严词申戒”。这应该是蒋介石与阎锡山通电话，严厉警告其不可迈出最后一步，并向阎昭示了降敌的后果。郝柏村认为，蒋介石此举，会令阎“再思考”。

除了派徐永昌劝阻阎锡山投敌，蒋介石还派贾景德做阎的工作。贾景德是山西人，清末进士，长期是阎的心腹，抗战期间到重庆任考试院铨叙部部长。郝柏村解读1941年11月9日蒋介石日记曰：“贾景德为清末进士，山西人，与阎锡山关系密切，故蒋公派贾劝诫阎勿投敌。八年抗战期间，无将领投降，如阎锡山第二战区司令长官投降，则为抗战极大之丑闻与耻辱，幸未发生。”[46]八年抗战期间，下层官兵降敌者或有之，但高级将领无一叛国变节者，这是一件幸事。当然，郝柏村是在许多年后回首往事时如此感叹的。在当时，谁也不敢断言决不会有高级将领投敌。蒋介石只是极力防范此种丑闻发生。

对阎锡山，仅仅劝说还不够，还必须示之以现实的威胁。郝柏村对蒋介石1941年11月10日日记有如此解读：“为防阎锡山投敌，令胡宗南部，中央嫡系部队九十军（军长严明）之六十一师，由陕西渡过黄河，在东岸建立据点固守，监视阎部的动作。”[47]对阎锡山的思想工作和军事警示是同时进行的。令胡宗南部渡过黄河，逼近阎军，便是在告诫阎锡山：一旦阎通电投敌，即以军事力量讨伐之。

郝柏村对蒋介石1941年11月11日日记有如此解读："为防阎锡山投敌，特派贾景德赴晋（应在晋西黄河东岸和克难坡），劝阎勿降敌，并以其所领之一二省可授与，意指除山西外，河北或绥远的权力，亦可授之。此际阎如投敌，实系投汪伪，果尔，则对抗战阵营的士气影响很大，故以政治与军事双重手段防之。电傅作义，注意后方第二联络线，亦即万一阎投敌，傅不会随阎投敌，而有另一个后方连线，可不受阎的胁迫与挟持。”[48]对阎苦口婆心的劝说，还答应给予阎更大的权力，同时军事上做好应对阎投敌的准备。为了阻止和防范阎锡山投敌，蒋介石真是把能用的办法都用上了。

郝柏村对蒋介石1941年11月12日日记有如此解读："见贾景德，面谈阎事，并派机送他到西安。”[49]对蒋介石1941年11月14日日记有如此解读："再见贾景德，嘱其对阎做最后警告。”[50]在贾景德离渝赴晋前，蒋介石几次约其谈话，可见其对贾景德寄望之深。

郝柏村对蒋介石1941年11月“上星期反省录”有如此解读：

派贾景德，为政治解决阎锡山谋叛的最后一著，迨至十五日阎仍未行动，则挽救有望。嘱贾明告阎，如通敌剿共，蒋公将毫不犹豫，率领共党共同讨阎，使其知蒋公的决心，绝无取巧含混之可能，证以张群言，阎之行动必与汪有联系，再与刘文辉、龙云互通剿共，以联汪投敌，实乃反蒋倒蒋后，与日妥协，各自割据。[51]

阎锡山与日本人签订的协定中，本有“共同防共”的条款。蒋介石内心当然视共为敌，但却坚决拒绝与日本人共同防共反共。在蒋介石看来，国共冲突是中国的内部问题，如果与入侵者共同反共，那首先在道义上站不住脚。蒋介石明确告诫阎锡山：如阎与日本人联手反共，蒋必定亲自率领共产党部队讨伐之！

赵承绶在《我参预阎锡山勾结日军的活动情况》一文中，叙及了徐永昌、贾景德到克难坡之事：“太平洋战争爆发后，阎锡山不得不暂时采取观望态度，以决定其正式当汉奸的具体时间。自从我由太原返回克难坡以来，他一面仍和日军积极交换物资，交换有关八路军的情报。另一面通过徐永昌（当时是蒋介石的军令部长）、贾景德（铨叙部长），向蒋介石讨价还价。这两人都带着蒋介石的‘密旨’到过克难坡，和阎锡山密谈过多次，个中内幕别人虽不能详细知道，但阎锡山要他两人代向蒋介石为他要求补充兵员，增加粮饷，充实力量，我是知道的。”徐永昌、贾景德都衔蒋介石之命到过克难坡。他们劝说阎切勿投敌，阎则通过他们向重庆要钱、要粮，要能够扩充自家实力的种种物资。这当然是向蒋介石提出不投敌的条件。而蒋介石为了稳住阎锡山，也只得尽量满足其要求。[52]

蒋介石费尽心机所做的一切，却并未能断绝阎锡山与日军的勾结。1942年5月初，阎锡山还亲自出面与日酋会谈。此前，日本人一直要求与阎直接谈判，但阎一直推诿。日军终于不耐烦了，声称要用重兵进攻阎栖身的晋西。阎终于答应亲自出面。5月6日，双方会谈在位于吉县南几十里地的安平村举行。这个村子距阎、日双方防线各三十华里。日方代表是山西派遣军司令官岩松义雄、参谋长花谷正、华北派遣军参谋长安达十三、驻临汾的清水师团长清水中将、特务头子林龟喜等。阎锡山事前曾一再要求不拍照片和录像。阎锡山惟恐事情败露，而日方则要大肆宣传此事。日方临时要拍照、录像，阎自然无可奈何。会谈中，日方逼阎尽快通电宣布脱离重庆，阎锡山则要求日方先履行“汾阳协定”中供给阎武器金钱的条款。中间休息时，阎得知日本人来的路上，有许多骡马向安平村前进，阎锡山以为是日军炮兵来了，担心被劫持，从小道溜走了。“安平会议”后，日本人把阎锡山与岩松义雄握手的照片印成传单，用飞机在西安等地散发。[53]

蒋介石当然立即知道了此事。郝柏村解读蒋介石1942年5月“反省录”时写道：“阎锡山与倭酋见面被摄影，知事难骗，故书告贾景德，这是无耻、无格、狡猾、奸险行为。”[54]1942年9月上旬，蒋介石在西安召开西北军事会议，作为军事委员会副委员长、太原绥靖公署主任、第二战区司令长官，阎锡山理应参加会议，何况会议等于是在阎的家门口召开呢！但阎锡山不敢来。阎自己不来，却派赵承绶作为代表前来西安参会。这充分表现了阎的狡诈。郝柏村对蒋介石1942年9月5日日记有如此解读：“蒋公今日在西安见客，大都为西北政要；见东北军的王靖国军长，及山西将领赵承绶，就是阎锡山派往太原与敌接洽的代表，阎派他来西安见蒋公，不知其意何在，阎锡山不敢应召来会，但蒋公仍以至诚待之。”[55]赵承绶是代表阎与日军勾结之人，这蒋介石当然知道。阎派赵承绶前来，我以为其意就在试探蒋对其与日军勾结到底有怎样的态度。蒋介石如果扣留赵承绶并审判之，问题就很严重。蒋介石如果待赵承绶有起码的礼遇，那事情就还有转机。蒋介石9月6日日记中又写到了赵承绶，郝柏村解读道：“张治中与李宗仁对阎锡山不来开会，指其倒行逆施，应加严斥。蒋公之意不必，但阎派来开会的代表赵承绶，令其不出席会议以诫之，阎之行动为侮辱国军，而试探我各将领对他的看法。”[56]蒋介石9月7日日记中仍写到赵承绶事，郝柏村解读曰：“在西安召开西北军事会议，惟对第二战区阎锡山代表赵承绶，则不令其出席会议，因其曾代表阎锡山赴太原，见日军司令官协商投降，实即奉阎之命私通敌军。阎不敢亲自来西安，赵本应以通敌罪法办，如仍令其出席军事会议，则武德荡然，况且通敌者出席军事会议，则一切军机皆将暴露于敌，蒋公既知阎投敌阴谋已败，故亦不深究，仅令其不出席军事会议报告，亦不指明其过去行动，期其改过。”[57]

“安平会议”后，阎锡山即停止了与日军的接触。阎锡山知道，不通电宣布脱离重庆，日本人不会兑现给钱给枪的承诺。而通电宣布脱离重庆，后果会非常严重。更重要的是，太平洋战争爆发后，美国参战，日本的失败只是时间问题。即便是汪精卫，如果事先料到几年后局势是这样，也不会有出逃和投敌之举。以阎锡山的身份，以阎锡山的精明，这种时候当然不会步汪精卫后尘。张治中、李宗仁要求严斥阎锡山，蒋介石以为不必，是不愿意在这种微妙的时候过分刺激阎锡山。仍然接见赵承绶，也是给阎锡山留点面子。总之，蒋介石尽量避免中央与阎锡山的关系变得势不两立，也就是避免把阎锡山硬推到日本那边去。至于不准赵承绶出席军事会议，这是坚守最基本的原则。何况赵承绶本是通敌之人，如此具有高度机密性的会议，怎能让通敌者参加？不准赵承绶参加会议，阎锡山也无由表达半点不满。

四

杀唐绍仪，只是防患于未然。毕竟没有任何证据证明唐绍仪已然投敌叛国，所以，国民政府并不能承认唐绍仪之死为政府除奸之举。由于唐绍仪在从清末到民国的政坛上都是极有影响之人，他的横死，自然引发舆论大哗。在武汉抗日前线的蒋介石，发电报给唐氏家属，表示哀悼和慰问。行政院长孔祥熙给唐氏家属发来电报，称："少川先生老成硕望，惨遭狙击，悼惜殊深，尚祈节哀襄事，毋过伤毁。"1938年10月5日，国民政府发布命令，褒扬唐绍仪。[58]

在《郝柏村解读蒋公八年抗战日记一九三七～一九四五》前面，附有郝柏村所写《八年抗战局势概述》一文，其中说，汪精卫"于南京、广州、武汉沦陷后，抗战意志动摇，暗与日阀呼应。蒋公并非不知情，仍以合作抗战到底互勉，故对汪的出走，未采取防制行动。我猜想，蒋公若当时扣汪，党内同志必以权力斗争诬之，自对蒋公领导不利，故任其在龙云协助下逃抵河内，而另派员制裁，则名正言顺处置投敌份子，必为全民所赞成”。[59]郝柏村在解读蒋介石1939年5月21日日记时写道：

> 汪出走后，至少可以打破希望蒋公下野，由汪代替，和日本妥协，达到日本侵略目的。换言之，在汪出走前，对日本和或战，变成蒋、汪领导权斗争的问题，故蒋公明知汪主和，目的在夺党的领导权，明知可以制止汪的出走，果尔，则被诬为权力斗争，故任令汪出走，并曾图刺杀以杜后患，未成。今汪既东京投降，乃可名正言顺地通缉。[60]

按郝柏村的说法，汪精卫的出逃，对抗战大计未尝只有坏处没有好处。汪精卫不走，总是与蒋介石唱反调，总是在重要场合打横炮。汪精卫走了，就没人能够在核心领导层与蒋介石捣乱了。汪精卫与日本人勾结，蒋介石并非不知。但蒋介石如果在南京或重庆将汪拘羁，会被看成是权力斗争，所以先放汪出走，再在境外刺杀之。可惜那晚汪与曾仲鸣临时换寝处，让汪捡得一命，否则，此后蒋介石会省去许多麻烦与苦恼。

抗战期间，外国与中国签订的所有不平等条约都废除。为了争取废除不平等条约，中国政府做了种种努力。宋美龄曾专程赴美进行舆论宣传。由于在废除与中国的不平等条约一事上，英国的阻力比较大，宋美龄便集中力量批评英国。宋美龄在美报刊发表的文章中，以1942年4月29日刊登于《纽约时报》的长文《如是我观》最具有代表性。宋美龄首先指出，在西方与中国刚接触时，是西方“用武力为对付中国的工具，枪口对准着我们，使我们一再蒙受耻辱”。在一个又一个不平等条约面前，中国人民自然而然地对西方充满了恐惧和愤恨，这便使得中国难以真正融入世界。宋美龄说，不平等条约赋予了西方在中国领土上按照他们自己的方式建立自治城市的特权，西方为了顾全自己的面子，“美其名曰租界”。宋美龄列举了不平等条约赋予列强在中国享有的种种特权以及给中国造成的损害，特别对“领事裁判权”予以强烈谴责。接着，宋美龄指出，中国军队以低劣的装备奋勇抗击日军已达五年之久，而太平洋战争爆发后，英国在亚洲的军队面对日军的攻势，却往往不堪一击甚至望风而逃。宋美龄说：“过去五年之中，中国军队完全没有对敌投降的例子。”相反的我们可以举出许多的实例，证明中国的官佐士兵，每当弹尽援绝，除了投降没有保全生命可能的时候，总是选择了战至最后，牺牲生命。更有一些高级将领，在除了投降别无生路时，选择了杀身成仁，而“决不肯向敌人投降以污辱其国体，丧失其人格”。宋美龄同时指出：“过去三个月来，我中国人民以惊奇而难信的眼光，目睹着西洋军队处处对敌人屈降；据他们解释，是因为日军实力优越之故，这个解释，在我们中国人是难于理解的。”宋美龄所谓的“西洋”，人们一看便明白，是指英国。宋美龄对英国军队在日军面前的狼狈不堪，表示了不解，也表达了嘲讽。宋美龄并非泛泛而谈，而是明确以英国实行殖民统治的新加坡和香港的沦陷为例：“不到二三个月以前，香港和新加坡也被攻击了，这两处都曾花费了巨额的经费来设防，使敌人无由从海上前来进攻。结果也都是被敌人从炮台后面攻陷了。”宋美龄最后呼吁，“西洋人必须改变他们对东方的观念”，强调在未来的世界里，“应当人人平等，全世界各民族的男男女女大家携手向一个伟大的理想迈进”。[61]

宋美龄发表这篇文章之时，阎锡山与日军正打得火热。如果阎锡山真的通电投敌，那肯定是世界性的大新闻，也等于给了蒋介石、宋美龄一记狠毒的耳光。幸好这样的事情没有发生。

2018年5月30日夜

注释：

[1] 容闳：《容闳自传——我在中国和美国的生活》，石霓译注，百家出版社2003年版，第159页。

[2][5][6] 李新总编，中国社会科学院近代史研究所中华民国史研究室编《中华民国史·人物传》第六卷，中华书局2011年版，第3470—3471页，第3472—3473页，第3474页。

[3] 李新总编，中国社会科学院近代史研究所中华民国史研究室编，李新、李宗一主编《中华民国史》第二卷（上），中华书局2011年版，第98页。

[4][8][10][12][58] 张晓辉、苏苑：《唐绍仪传》，珠海出版社2004年版，第150页，第327—328页，第354页，第339页，第354—357页。

[7][9] 郑会欣：《唐绍仪被日蒋争夺及被刺经过》，见中国人民政治协商会议全国委员会文史资料研究委员会《文史资料选辑》编辑部编《文史资料选辑》第十三辑，中国文史出版社1987年版，第170页，第171页。

[11][16][17][25][26][27][28][29][30][31][59][60] 郝柏村：《郝柏村解读蒋公八年抗战日记一九三七～一九四五》（上），远见天下文化出版股份有限公司2013年版，第278页，第197页，第468页，第330页，第331页，第331页，第463页，第482—483页，第469页，第570—571页，第38页，第383页。

[13] 陈春圃：《汪精卫投敌内幕》，见黄美真、张云编《汪精卫集团投敌》，上海人民出版社1984年版，第44页。

[14][19][美] 江南：《龙云传》，中国友谊出版公司1989年版，第92页，第75页。

[15][34][美] 易劳逸：《毁灭的种子：战争与革命中的国民党中国（1937—1949）》，王建朗等译，江苏人民出版社2009年版，第10页，第2页。

[18][23] 谢本书：《龙云传》，云南人民出版社2011年版，第152页，第133页。

[20][21][22][38][40][44][45][46][47][48][49][50][51][54][55][56][57] 郝柏村：《郝柏村解读蒋公八年抗战日记一九三七～一九四五》（下），远见天下文化出版股份有限公司2013年版，第902页，第938页，第950页，第781页，第782页，第797页，第

833页，第836页，第836页，第837页，第837页，第838页，第839页，第938页，第975页，第975—976页，第976页。

[24]李新总编，中国社会科学院近代史研究所中华民国史研究室编《中华民国史·人物传》第三卷，中华书局2011年版，第1814—1820页。

[32][42][43]郭彬蔚译编《日阎勾结实录》，人民出版社1983年版，第1—2页，第72页，第80页。

[33][35]中共中央党校《阎锡山评传》编写组编《阎锡山评传》，中共中央党校出版社1991年版，第266页，第350页。

[36][37][41][52][53]山西文史资料编辑部编《山西文史精选　阎日勾结真相》，山西高校联合出版社1992年版，第9页，第10—14页，第16—24页，第25页，第29—30页。

[39]李新总编，中国社会科学院近代史研究所中华民国史研究室编《中华民国史·人物传》第七卷，中华书局2011年版，第4270—4273页。

[61]宋美龄：《如是我观》，见袁伟、王丽平选编《宋美龄自述》，团结出版社2007年版，第180—185页。

陈立夫羞辱顾颉刚

顾颉刚是著名的历史学家，是中国现代史学界“疑古学派”或曰“古史辨学派”的代表性人物。顾氏最著名的学术观点，是“层累地造成的中国古史”，这意思下面再说明。“层累地造成的中国古史”是一种理论，一种研究中国上古史的方法论。顾颉刚用以支撑这种理论或方法的证据之一，或者说，由这种理论或方法导引出的结论之一，是：禹是一条虫。顾颉刚认为，后人崇敬的治水英雄大禹，并非真实的历史人物，乃是一种蜥蜴一类的爬虫。这观点流传很广，以至于人们想到顾颉刚，就想到大禹和虫。

顾颉刚于1980年辞世。除了顾颉刚本人的著述在坊间流传，还有顾潮所编《顾颉刚学记》，顾潮编著的《顾颉刚年谱》和顾潮、顾洪合著的《顾颉刚评传》行世。顾潮乃顾颉刚千金，顾洪则是顾颉刚哲嗣。

顾潮编著的《顾颉刚年谱》(增订本)1941年10月10日的谱文如下:

十月十日　教育部次长顾毓琇嘱将禹之生日写一小文,因书一纸交之,曰:禹是神话中的人物,有无其人尚不能定,何从考出他的生日来。不过在川西羌人居住的松、理、茂、懋、汶一带,人们习惯以六月六日为禹之生日,这是见于该地之方志的。[1]

这是10月10日这一天的全部谱文。顾潮编著的《顾颉刚年谱·引言》中说:“本书从顾先生的日记、文章、笔记、信札等数千万字的资料中系统地搜集了他在学术、教育、政治等方面的活动,比较全面地反映了他的一生以及八十余年来中国学术界(以史学界为主)的发展,为国内外学者进行此方面的研究提供了较为可靠的依据和线索。”[2]但1941年10月10日的谱文,并没有注明资料来源。

其时任国民政府教育部长的陈立夫,在晚年所作的回忆录《成败之鉴》中,也说到了这件事,但说法有所不同。

一

对中国现代史有所了解的人,都知道陈果夫、陈立夫兄弟。陈氏兄弟长期主管国民党党务，以至于有“蒋家的天下陈家的党”之说。

1900年8月21日，陈立夫出生于浙江湖州。幼年时期，陈立夫在家乡上私塾，十来岁时，到了上海。在《成败之鉴》中，陈立夫写道：“西元一九一一年，由于二叔陈其美（字英士）之邀请，我们全家都到了上海。那时二叔正受任革命军沪军都督之职，这是我一生中的转捩点，如果当时上海的革命起义没有成功，我就不会有机会来到这个大都市，也更不会有机会接受新式的教育了。”[3]陈其美是陈氏兄弟的胞叔。而陈其美与蒋介石关系则非同一般。在《成败之鉴》中，陈立夫这样评说陈其美与蒋介石：“二叔常说：人必须创造机会，而不是等待机会。即使在创造机会的过程中失败了，但终究已为后继者开创了奋进的环境。我常想：二叔若不是被袁世凯所害，英年早卒，革命的大业一定会更早完成，他的逝世，无异是使孙中山先生失去了一只最得力的臂膀。幸亏二叔很识人，将蒋介石先生介绍给孙先生，后来继之而起襄助孙先生，也是受二叔精神感召的影响极大。二叔与黄郛先生及蒋先生三人曾有过‘桃园三结义’之举，当然相交至笃，相知也深，他与蒋先生更是有很多共同的特点。”[4]蒋介石与陈其美是金兰兄弟，又是陈其美把蒋介石介绍给孙中山的。可以说，陈其美某种意义上是蒋介石的人生导师。果夫、立夫兄弟后来俱效力于蒋介石，长期执掌要害部门，当然因为他们被蒋介石视为最可信任的自家子弟。

到上海不久，陈立夫就渴望继续上学。此前陈立夫没有学过英文，正式入学之前，必须补习英文。那时上海有所湖州旅沪公学，于是陈立夫就进入这所夜校补习英文一类课程。当时的英文教师叫沈阶升。陈立夫说他教学认真，循循善诱，陈立夫在校期间与之建立了良好的师生关系。后来，陈立夫成为党国要人，沈阶升则担任陈立夫的私人秘书，“协助我工作达十余年之久”。[5]

在夜校补习一段时间后，陈立夫考入上海的南洋路矿学校。这所中学是其时沪上名校。南洋路矿学校在教学方式和教学内容上，都采用西式。与讲授四书五经的传统学堂不同，南洋路矿学校以各门自然科学为主要教学内容。[6]校长林兆禧是基督徒，喜欢讲英语，学校的自然科学教材也是英文本。刚开始，陈立夫未免吃力，但很快成为成绩最优秀的学生。[7]

在南洋路矿学校期间，陈立夫见到了蒋介石和一些国民党元老。在《成败之鉴》的自序里，陈立夫一开始就说：“当我小的时候，在私塾里念四书五经时，常常听到一句勉励人的话：‘有志者事竟成。’我因此在民国元年到上海青年会所举办的夏令营中参观了若干工厂后，就立志以‘工业建国’为己任，而考入了南洋路矿学校。有一天，大哥果夫带我到二叔英士的秘密集会处所去看他。恰巧三叔、蒋介石、居正、于右任、戴季陶诸叔都在座，似乎在商议重大军机起义反袁称帝之事，他们见了我，就问我喜欢学什么？我就以工矿为答，并说明我相信工业建国，须从煤铁入手，大家听了，非常称赞。”[8]陈立夫的父亲陈其业排行老大，二叔陈其美，这里说的三叔是父亲的三弟陈其采。

1917年，陈立夫从南洋路矿学校毕业，随后考入天津的北洋大学。北洋大学由其时任天津海关道的盛宣怀创办于1895年，创办之初，名曰北洋西学学堂，翌年改称北洋大学堂，实为中国第一所现代大学。北洋大学一开始就以美国的耶鲁、哈佛等名校为榜样，课程设置完全仿照这些大学。学校所需的图书、标本、仪器等都尽可能从美国采购。学校自创办之日起，就经常订有世界理科方面的权威性学术期刊一百余种。学校的首任督办（校长）由盛宣怀兼任，总教习则聘请美国教育家丁家立（C. D. Tenney）担任。丁家立任总教习十多年，对北洋大学的发展贡献巨大。北洋大学的教师大多聘自美国，少数国内教员如吴稚晖、伍廷芳等，也是学界名流。学校全用英语教学，即使是中国教授，也都讲英文。北洋大学以法科、工科两部为主体，尤其工科特别出色。工科又分土木、采矿冶金、机械三类。陈立夫学的是采矿冶金专业。陈立夫既信奉“工业建国”，进入北洋大学，堪称如鱼得水。陈立夫后来曾撰《北洋创校，开启我国高等教育之先河》一文，说北洋大学培养的历届学生“成绩恒优于美籍学生，是北洋不惟为本国最早之大学，且自创始时起，既跻于世界名大学之林矣”。[9]

陈立夫是先在北洋大学读了两年预科才进入矿冶系学习，所以，1923年夏才从北洋大学毕业。旋即赴美，进入匹兹堡大学采矿工程系攻读硕士学位。1924年夏，陈立夫以论文《中国煤矿业的机械化与电气化》获得硕士学位。随后，陈立夫进入匹兹堡煤矿公司，开始了实际的采煤工作。1925年，陈立夫在美国加入了国民党：“这段时间我经常阅读旧金山出版的《少年中国晨报》，所以常能读到国内革命消息及中山先生的言论，到了一九二五年（民国十四年）我才在旧金山正式加入了中国国民党。”[10]

陈立夫所上的中学是上海的名校南洋路矿学校，所上的大学是中国第一所现代大学北洋大学。南洋也好，北洋也好，都是高度西化的学校。大学毕业后又在美国留学和工作。按理，陈立夫应该是一个对西方现代文明既很了解也很热爱的人。但后来，陈立夫却成为西方精神文明坚决的否定者和坚决而粗鄙的中国传统文化的捍卫者，成为国民党官方文化守旧和复古力量的代表性人物，实在让人感叹。

二

把陈立夫暂且放下，说说顾颉刚。

1893年5月8日，顾颉刚出生于苏州。1912年夏，顾颉刚在苏州中学毕业，翌年春，考入北京大学预科。1916年秋，顾颉刚进入北大本科学习，名列文科中国哲学门。中国哲学史这门课，本来由古文家陈汉章（伯弢）担任。1917年，胡适回国，任教北大哲学门，接过了陈汉章的中国哲学史课程。胡适的讲授方式与陈汉章天差地别，学生始而目瞪口呆，继而茅塞顿开。顾颉刚在著名的《古史辨自序》中，这样叙及此事：

哲学系中讲《中国哲学史》一课的，第一年是陈伯弢先生(汉章)。他是一个极博洽的学者，供给我们无数材料，使得我们的眼光日益开拓，知道研究一种学问应该参考的书是多至不可计的。他从伏羲讲起；讲了一年，只到得商朝的“洪范”。我虽是早受了《孔子改制考》的暗示，知道这些材料大都是靠不住的，但到底爱敬他的渊博，不忍有所非议。第二年，改请胡适之先生来教。“他是一个美国新回来的留学生，如何能到北京大学里来讲中国的东西?”许多同学都这样怀疑，我也未能免俗。他来了，他不管以前的课业，重编讲义，开头一章是“中国哲学结胎的时代”，用《诗经》作时代的说明，丢开唐虞夏商，径从周宣王以后讲起。这一改把我们一班人充满着三皇五帝的脑筋骤然作一个重大的打击，骇得一堂中舌挢而不能下。[11]

胡适的授课虽然一开始令学生难以接受，但最终给予顾颉刚这样的学生巨大的方法论启示。胡适这期间发表的论文，也对顾颉刚有着启蒙作用。

1920年夏，顾颉刚从北大毕业。北大刊物《新潮》创办者之一的傅斯年，已经赴欧留学，接替傅斯年的罗家伦也将赴美留学。罗家伦希望顾颉刚能把《新潮》继续办下去，便托胡适为顾颉刚在北大图书馆谋得编目员一职。[12]顾颉刚本立志研究史学，而在北大图书馆任编目员，颇有助于他选定的学术研究。这期间，顾颉刚与钱玄同之间经常书信往还，讨论中国古史问题。1923年4月，顾颉刚将写给钱玄同论古史的信以《与钱玄同先生论古史书》为题，在《努力周报》发表，其中后来反复被引用，成为顾颉刚一生代表性学术观点的，是这样一番话：

我很想做一篇《层累地造成的中国古史》，把传说中的古史的经历详细一说。这有三个意思。第一，可以说明“时代愈后，传说的古史期愈长”。如这封信里说的，周代人心目中最古的人是禹，到孔子时有尧舜，到战国时有黄帝神农，到秦有三皇，到汉以后有盘古等。第二，可以说明“时代愈后，传说中的中心人物愈放愈大”。如舜，在孔子时只是一个“无为而治”的圣君，到《尧典》就成了一个“家齐而后国治”的圣人，到孟子时就成了一个孝子的模范了。第三，我们在这上，即不能知道某一件事的真确的状况，但可以知道某一件事在传说中的最早的状况。我们即不能知道东周时的东周史，也至少能知道战国时的东周史；我们即不能知道夏商时的夏商史，也至少能知道东周时的夏商史。[13]

这就是所谓“层累地造成的中国古史说”的基本内容。顾颉刚指出：中国的古史，是逐渐地、一层一层地累积而成的。时代越往后，追溯的历史越向前，“譬如积薪，后来居上”。同时，时代越往后，远古的那些中心人物身上的光环越多。那么，层累地造成古史的手段是什么呢？只能是后人的想象、附会、虚构。说白了，关于古史的种种叙述、记载，都是靠不住、不可信的。

这个观点在当时当然石破天惊。

既然关于古史的叙述、记载都不足为信，关于大禹的诸种说法，自然也就十分可疑了。于是，顾颉刚表达了对大禹的见解："至于禹从何来？禹与桀何以发生关系？我以为都是从九鼎上来的。""我以为禹或是九鼎上铸的一种动物，当时铸鼎象物，奇怪的形状一定很多，禹是鼎上动物的最有力者；或者有敷土的样子，所以就算他是开天辟地的人。"而"流传到后来，就成了真的人王了"。那么，禹到底是何种动物呢？既然《说文解字》上说"禹"是一种"虫"，又"兽足蹂地也"，那么，"以虫而有足蹂地，大约是蜥蜴之类"。[14]既然禹是九鼎上最有力量的动物，那就只能是巨蜥了。

顾颉刚及其追随者的学术观点，引起过激烈的争议。顾颉刚的入室弟子杨向奎，也是著名的历史学家。他在写于1981年的长文《论"古史辨派"》中，这样评价"古史辨派"的学术成就："《古史辨》在冲破伪的古史方面，在由怀疑古史而加以抨击时都发生过积极作用。但在怀疑和抨击古史方面有时过了头，以致玉石俱焚。比如《左传》是一部好的古代史，但他们怀疑是伪作，这给当时的古史研究者添加了许多麻烦，以致有人用了很大力气证明《左传》不伪。"又说"'古史辨派'是在打破权威，他们抨击了自古相传的古史系统，而这个古史系统不仅是历史问题，也是道德伦理问题，因为古代帝王被说成是道统所系，因而《古史辨》辩论的对象不仅是中国古代史，也是中国道德学及伦理学史。这是中国封建社会整个上层建筑中的核心问题，对这些问题发生怀疑，也就是怀疑整个封建社会的道德学说与价值观念，从这个角度看，他们的工作是和‘五四’时代反封建的伟大潮流一致的”。[15]

既然禹到底是不是一条虫，关乎整个传统社会的道德伦理、价值观念，那他令狂热的文化复古和文化保守主义者陈立夫很在意，就不是偶然的。

三

那么，我们回到陈立夫。

1925年9月，陈立夫回国。此时，蒋介石正在广州当着黄埔军校校长，而陈立夫的大哥陈果夫已在为蒋介石效力。船抵上海，陈立夫本来打算接受中兴煤矿公司总经理钱新之邀请，担任公司的工程师。但陈果夫却转来了蒋介石的电报。蒋介石得知陈立夫学成归来，希望也到广州去协助他。大哥也极力劝说小弟“献身国民革命”。于是陈立夫于12月间乘船到了广州。1926年1月9日，蒋介石接见陈立夫，根本不让陈立夫讲述对采矿工作的兴趣，径直任命他为黄埔军校校长办公室机要秘书。陈立夫名义上是黄埔军校的工作人员，实际上每天在蒋介石私人官邸处理蒋个人的重要机密文件。陈立夫私下称蒋介石为“蒋三叔”，因为黄郛、陈其美、蒋介石三个金兰兄弟中，蒋介石最年轻。但在公开场合，则称校长，北伐时期便称总司令。[16]

在黄埔军校任职期间，陈立夫的最得意之举是北伐前劝阻蒋介石出国。

陈立夫在《成败之鉴》中说，“中山舰事件”之前，汪精卫主持广州的一切政务，并且兼任军事委员会主席，“完全听从俄国顾问季山嘉的控制”。广州国民政府想免除蒋介石的职务，又不敢。蒋介石试探性提出辞职，汪精卫既不敢批准又不加慰留。蒋介石便进退两难，内心十分痛苦。汪精卫们暗示蒋介石，可离开广东到俄国去，名为考察，实则把蒋扣留在俄国，等有人掌握了广东的军事全权，才放蒋回来。无非是以此种方式剥夺蒋的军事权力。蒋介石无奈之下，只得决定出国。他要陈立夫随行。蒋陈二人准备从香港乘船到海参崴，行程消息都保密。两人的护照、船票、行装都准备好了，还兑换了一些港币，以备途中之需。出发那天，蒋陈二人驱车前往长堤码头。在到达码头前几分钟，陈立夫终于开口了。他说:“校长，为什么我们一定得走？军事权在校长掌握之中，为什么我们不干一下？”蒋介石听了这话，便吩咐司机把车开回寓所。但在到达寓所前，蒋又命令司机再把车开回码头。这时，陈立夫又开口了:“我们如果走了，总理交给校长的任务将由谁来担负呢？”蒋介石听后，想了又想，最后毅然决然地命令司机把车开回东山公馆。司机的座位与后面隔着一块玻璃，听不见二人的谈话，受命开来开去，十分不解。蒋介石决定“干一下”，于是有了“中山舰事件”，有了政治局势的剧变。陈立夫颇为自得地说：

蒋先生决定留下来干了，这一明智的决定，对以后中国的历史发生了极大的影响。这件事除了蒋先生和我二人知道以外，无第三人知道，所以我有责任在八十岁时接受本党颁赠中山奖章典礼时向中央诸同志宣布出来，这是国民革命转捩点之一，十分重要。至于蒋先生过去已去过苏联，这次再去，是没有必要的，除非为了政治因素。这个转变，绝不全是因为我的话而决定的，在一个人犹豫不决之时，任何一方面，增多一分，是会发生影响的。但是我何以有此勇气问他，这除了总理在天之灵可以解释之外，别无原因，历史的因素是十分复杂的。我们回到东山公馆后，蒋先生就忙碌不堪，时时在紧张中，像有所准备似的。[17]

如此重大的事情，陈立夫能劝说蒋介石改变决策，只能说明蒋介石在驱车去码头的途中，仍在犹豫，思想仍在激烈斗争。陈立夫的话，在天平的一端，加上了一根稻草，但就导致了事情的翻转。

陈立夫是国民党特务工作的创始人。南京国民政府成立后，陈立夫任中央组织部调查科科长。中央组织部调查科，便是中央党部调查统计局（中统）的前身。陈立夫虽然是工科出身，干的是机要和特务工作，但对思想文化工作十分重视。1928年4月，陈立夫在正业之余，创办了《京报》。因为南京已经成为首都，所以有此命名。办报的资金完全出自私人。陈立夫任理事会主席。陈立夫每晚九十点钟才能到报社工作,"看大样、写社论和专题文章"。到了第二年,《京报》的发行量就达到一万三千五百多份,超过国民党中央机关报《中央日报》而成为南京第一大报。陈立夫在回忆录中列举《京报》的功绩时说:"逐渐地,《京报》有着可观的影响力,譬如北京光复后,我们建议将北京改名北平,我在社论中指摘继续使用北京的不当,因为南京已成为国都,再用北京很容易使人误会以为我们有两个国都;同时,我们也建议将直隶省改名河北省,因为直隶是指这省是国都所在地,如果这样,江苏省由于南京首都,也可称为直隶省了。其次建议江苏大学应改称中央大学,因为它位于南京首都。这些建议都被政府一一地采纳。"[18]其他的建议姑且不论,将北京改称北平,实在是多此一举。

陈立夫办报纸,每天晚上九十点钟还从办公室赶到报社,忙到深夜,当然不是为了赚钱,而是为了"宣传主义",为了在思想文化上影响人民。

在1929年4月的国民党三届一中全会上,陈立夫被选任为国民党中央党部秘书长。随后,陈立夫创办了《时事月报》。陈立夫任发行人。这份杂志"有系统地分析国内外重要新闻和科学进步等问题"。杂志也很受欢迎,曾发行到一万一千份,是排在《东方杂志》《新中华》之后的国内第三大杂志。这时期,陈立夫还与大哥果夫一起创办《政治评论》。1930年,陈立夫与吴大钧一起创办了正中书局。正中书局起先完全是私营性质,陈立夫任发行人,后来才归国民党中央党部秘书处经营。[19]

陈立夫在干机要工作、特务工作和党务工作的同时，还自掏腰包办报纸、办刊物、办出版社，把业余时间都用在这些事情上，可见对思想文化工作，对宣传教育工作，极其重视，也有十分强烈的兴趣。

四

南京国民政府成立后，国民党官方掀起了文化复古的狂潮，而陈立夫则是文化复古运动的主要策划者、组织者、指挥者。其时，左翼文化正兴起，且势头强劲。国民党官方掀起复古狂潮的用心之一，就是企图借传统文化抵抗、扑灭左翼文化。这期间，陈立夫关于中国文化，发表了许多言论，而恢复中国固有的文化与道德，则是反复强调的文化建设的目标。

抗战前的数年间，陈立夫一方面本人著书立说，鼓吹传统文化，另一方面策划了多种文化事件。在《成败之鉴》中，陈立夫十分自傲地说，“以理论打击共产党由我开始”。“以理论打击共产党由我开始”是一个小标题，在此标题下，陈立夫写道：“我人之反共既基于中国文化，我遂从中国文化之根源——易经——找到唯物史观之错误，生存才是进化之中心。生命必须包括心与物二者，亦即国父所发明之生元（生命的元素），具有心物二者，而非唯物，依‘孤阴不生，独阳不长’之原理，只有‘唯生’，才能存在，遂著《唯生论》，由理论方面从根驳斥之，共产党曾下令党员著文攻击，唯无一能驳倒我的创见也。共党因此更增其对我之仇视。”[20]陈立夫是在说明“我们兄弟二人为何成为中共之最大敌人”时写下这番话的。垂暮之年写回忆录时的陈立夫，颇有些自我膨胀。共产党并没有把陈氏兄弟视作最大敌人，在1948年12月25日公布的国民党四十三名战犯名单中，陈果夫、陈立夫分别名列第七、第八。[21]陈立夫创办和主持中统，令共产党十分头痛，这才是共产党仇视陈立夫的最大原因。至于其“理论创见”，共产党应该根本没当回事，因为那实在肤浅得很，混乱得很，不值一驳。

中国现代文化史上著名的“十教授宣言”事件，也是陈立夫的“杰作”。“十教授宣言”的主旨，就是所谓“中国本位的文化建设”。而“中国文化本位”，原本是陈立夫在他的“哲学著作”《唯生论》出版后提出的口号。陈立夫的秘书刘百闵多次到上海，与商务印书馆编译所所长何炳松、复旦大学教授孙寒冰等人联络，在上海成立一个“中国文化建设协会”，出版一份十六开本的杂志，名曰《中国文化建设》，作为“中国文化建设协会”的机关杂志。而第一步，是找十个教授联名发表一份《中国本位的文化建设宣言》。1935年1月10日，南京、上海、北京三地的十名教授，联名发表了这份“宣言”。他们是：王新命、何炳松、武堉干、孙寒冰、黄文山、陶希圣、章益、陈高傭、樊仲云、萨孟武。“宣言”宣称：“在文化的领域中，我们看不见现在的中国了。中国在对面不见人形的浓雾中，在万象蜷伏的严寒中，没有光，也没有热。为着寻觅光与热，中国人正在苦闷，正在摸索，正在挣扎。”“中国在文化的领域中是消失了；中国政治的形态、社会的组织和思想的内容与形式，已经失去它的特征。由这没有特征的政治、社会和思想所化育的人民，也渐渐地不能算得中国人。所以我们可以肯定地说：从文化的领域去展望，现代世界里面固然已经没有了中国，中国的领土里面也几乎已经没有了中国人。”结论是：“要使中国能在文化的领域中抬头，要使中国的政治、社会和思想都具有中国的特征，必须从事于中国本位的文化建设。”[22]

除了出版“哲学专著”《唯生论》和组建“中国文化建设协会”、策划“十教授宣言”，陈立夫还在一系列文章和演讲中，抨击“五四”新文化运动，狂热称颂“固有文化”。所谓“中国本位的文化建设”，就是在恢复被新文化运动所批判、抛弃的“固有文化”。陈立夫强调，自“五四”以来，所谓文化工作，基本上是破坏而无建设，以致“吾国固有之文化摧毁无余”。现在要建设民族新文化，首先要研究中国民族的特性，而“中国的民族特性是优秀的”，它的优秀之点在于“至大至刚”“至中至正”。所以，“建设文化，须先恢复固有的至大至刚至中至正的民族特征，再加以礼义廉耻的精神，以形成坚强的组织和纪律”，这样，在“最近的将来”，便可实现“民族之复兴”。[23]

1938年1月7日，陈立夫在重庆就任教育部长。这就有机会与顾颉刚发生关系。在《成败之鉴》中，列举自己在教育部长任内的功绩时，陈立夫写下了这样一段话：

教育部为扩大社教，还制定了各种节日，每年二月十五日为戏剧节，三月二十九日为青年节，三月二十五日为美术节，三月二十六日为广播节，六月六日为工程师节，四月五日为音乐节，九月九日为体育节，九月二十八日为教师节。关于青年节和工程师节规定的经过，需要特别叙述的。原来在战前，已经非正式的以五月四日为青年节。我认为黄花岗起义比五四运动更能表现青年爱国、牺牲和奋斗的精神，所以便改以三月二十九日为青年节。至于六月六日为工程师节，是这样的：我记得在教育部任内，被中国工程师学会推为会长。我对于素所尊敬的顾颉刚先生，曾经做了一件极有意义的事，他是一位极有名的历史学教授。忽然发了奇想，写一篇文章说，大禹是个虫，没有那么一个人。他的理由是很欠缺的，但是他的名气很大，居然有人相信。我听了非常呕气。我想难道离孔子一千几百年的大禹，孔子对他尚且非常赞美的人，反不及四千年后的顾先生所得的文献更为可靠，何况孔子一向重视证据，无可靠的文献，他不写作。我于是伺机去找顾先生，请他考据禹的生日是何月何日，以备提出工程师年会拿这一个日子作为工程师节。他考据了以后，写了一封信给我，说某年六月六日是大禹的生日，我就根据他的信提出工程师联合年会，经全体会员一致通过。我随即宣布，从是日起大禹不再是个虫了，因为虫的生日是无法知道的，这是顾颉刚先生负责考据出来的，有信为证。大家皆哄堂大笑，我就救了顾颉刚先生。现在每年六月六日所举行的工程师节,是这样来的。[24]

陈立夫垂暮之年写下的这番话,充满傲慢与无知。从语气中可断定,陈立夫原本并不知道顾颉刚的历史观点,也不知道顾颉刚关于大禹的考辨。顾颉刚的《与钱玄同先生论古史书》,发表于1923年4月,已经快二十年了。“大禹是一条虫”的观点问世时,正值陈立夫从北洋大学毕业而准备赴美留学时。“大禹是一条虫”,毕竟是人文学界的事。作为采矿专业学生,陈立夫当时可能根本没有听说此事,即使听说了,也未必会在意。那么,他是何时知道此事的呢?我以为,是在以教育部长的身份提议将大禹的生日作为工程师节的时候。陈立夫是工程师出身,又当着全国工程师学会会长。既然制定了那么多鸡零狗碎的节日,怎能不制定一个工程师节。在陈立夫看来,远古的治水英雄大禹,是工程师的始祖,应该以大禹的生日作为工程师节。当他提出此议时,有人告诉他顾颉刚的观点,他才十分惊异、十分气愤。他以为顾颉刚是成为大教授,名气很大后才声称“大禹是个虫”,而不知顾颉刚是因为声称“大禹是个虫”才成为大教授和名气很大的。可以说,陈立夫根本没有懂得“古史辨派”是怎么回事,根本没有明白顾颉刚们“疑古”的理由何在。陈立夫当时没有读顾颉刚的文字,后来也没有读顾颉刚的文字,直到垂暮之年写回忆录时,仍然没有读过顾颉刚的文字。当时,陈立夫以教育部长之尊,听说大教授顾颉刚认为"大禹是个虫"时，根本没有想到改变以大禹生日作为工程师节的初衷，而是立即想到让顾颉刚改变他的学术观点。这分明是对顾颉刚的羞辱，但直到垂暮之年，他还认为这是"救了顾颉刚先生"。

五

顾潮编著的《顾颉刚年谱》中关于此事的说法，与陈立夫在回忆录中对此事的回忆，颇有不同。《顾颉刚年谱》中说，是教育部次长顾毓琇来找顾颉刚，请顾颉刚考定禹的生日，而顾颉刚强调禹乃神话中人物，有无其人尚不知，何由考定其生日。不过，川西羌人将6月6日作为禹之生日。而陈立夫则说是自己亲自找了顾颉刚，而顾颉刚也就考定了禹生于6月6日，并未提到顾颉刚还说过禹有无其人尚不知。陈立夫是在工程师联合年会上宣布这一决定的。他同时宣称，这日子是顾颉刚考定的，有顾颉刚亲笔信为证。从陈立夫回忆的语气看，他当时是洋洋得意的，是手里拿着顾颉刚的亲笔信的。如果顾颉刚信中首先强调了禹是神话人物，有无其人尚不能知，陈立夫不会满意，更不会很得意，那封顾颉刚的亲笔信，也就并不能成为证据。所以，顾颉刚到底是怎样回答陈立夫的，还是疑案。

明知顾颉刚发表过禹是一个虫的见解，却还要顾考证禹的生日，这分明是对顾的羞辱。在那个年代，即便贵为教育部长，也并非敢对任何一个大学教授如此羞辱的。那么，陈立夫为何敢于如此羞辱顾颉刚呢？读一读《顾颉刚年谱》，就能明白其中缘由。

读《顾颉刚年谱》，可知在那个时代，顾颉刚与国民党高层是走得很近的。下面抄录一点这方面的记述。

1941年7月13日，“受蒋介石接见，谈整理中国古籍事，辛树帜偕同”。

1942年7月，顾颉刚当选为国民参政会第三届参政员；1942年10月19日至31日，出席国民参政会第三届大会；1943年4月，被推为三青团评议员；1945年4月9日至11日，出席三青团评议会；1945年4月，蝉联国民参政会第四届参政员；1945年7月，出席国民参政会第四届第一次大会，参加教育文化组审查会，审查提案，并修改教育报告审查意见。

1941年12月2日，“应戴季陶邀，作《戴家齐君传》”。戴家齐在主持西昌开垦工作期间病逝，因此需要有篇传记在刊物登载，但由国民党元老戴季陶出面请顾颉刚写，可见顾颉刚很受高层器重。

从年谱看，顾颉刚与朱家骅的关系非同一般。抗战期间，朱家骅是国民党中央组织部长、中央研究院代理院长、中央调查统计局长（即通常所说的“中统”，本来由陈立夫掌管，陈掌教育部后，不宜兼管特工，遂由朱家骅接任）。1944年11月，陈立夫卸任教育部长，复任中央组织部长，朱家骅则复任教育部长。年谱中，常常出现顾颉刚为朱家骅代笔的记载，有时还为朱家骅“代身”。

1941年10月8日，代朱家骅作讲稿《西北问题与科学化运动》。“删改后刊《文史杂志》第二卷第二期（1942年2月15日），题《西北建设问题与科学化运动》，署朱家骅。”这是说，顾颉刚替朱家骅写了一篇文章，朱家骅对文章做了删改，题目也加了“建设”二字，然后以自己的名义在刊物发表。

1941年12月12日，代朱家骅作《告河西、湟川、黔江三中学学生须注重史地书》。

1941年12月17日，代朱家骅作《三十一年元旦致词》，刊《上游集》。

1942年8月6日，代朱家骅作《悼滕若渠同志》，刊《文史杂志》第二卷第五、六合期，署朱家骅。

1942年9月3日，代朱家骅作《告边疆同胞书》，“十月二十一日朱家骅在招待边疆人士茶话会上讲，题《边疆问题与边疆工作》。略改，刊是年十月二十九日《中央日报·扫荡报联合版》。”

1942年9月30日，代朱家骅作《新绥公路通车十周年纪念专刊题词》。

从年谱的此类记述看，顾颉刚颇近于朱家骅私人秘书。顾颉刚代朱家骅作文，年谱中有时说明文章公开发表时“署朱家骅”，有时没有这种说明。但我想，只要是以朱家骅名义写的文章，公开发表时当然都署名朱家骅，总不至于在某种会议上朱家骅以自己名义发表讲话，讲话在报刊发表时却署名顾颉刚，那岂非笑话？

年谱中1947年3月29日至31日的谱文是：“以教育部部长朱

家骅代表身份，出席中国社会教育社年会，并致词曰：该社创办已有十六年之历史，值此第五届年会，讨论之中心问题是‘社会教育与新中国文化建设’，尤为适合于建国之需要。梁启超办《新民丛报》，唤醒了全国的知识分子；‘五四运动’唤醒了全国的青年学生；这次的文化运动‘一定要以全体国民为对象，这便有赖于社会教育了’。”[25]顾颉刚完全是以部长的口气发表讲话。顾颉刚并非教育部职员，并非次长、司长一类教育部官员，却能代表教育部长在此类会议上致词，可见顾颉刚这个教授，绝非一般教授可比。

这样我们就明白了陈立夫何以敢如此羞辱顾颉刚了。如果是一个与官方没有此种“亲密关系”的学者，别说认为禹是一条虫，就是认为禹是一条肶，陈立夫也不敢要他改变自己的看法；如果是一个经常批评政府的学者，陈立夫就更不敢招惹了。陈立夫敢于如此对待顾颉刚，就因为料定顾颉刚必会听命。也可以说，陈立夫因为没把顾颉刚当“外人”，才敢提出这样的要求。令其改变自己的学术观点，即便心有不快，顾颉刚也不会断然拒绝，更不会拍案而起。

《顾颉刚年谱》中，还有一则谱文，颇有助于对此事的理解。1943年3月23日谱文如下：

出席中国史学会筹备会。二十四日，出席该会成立大会，任大会主席，当选为理事。二十六日，出席该会理监事会，任主席，当选为常务理事。常务理事又有：傅斯年、黎东方、朱希祖、陈训慈、卫聚贤、缪凤林、金毓黻、沈刚伯；常务监事有：吴敬恒、方觉慧、蒋复璁。黎东方兼任秘书。“此次中国史学会之召集出于教育部，电滇、黔、粤各校教授前来，花费殆十余万。说教部提倡学术，殆无此事。有谓延安正鼓吹史学，故办此以作抵制，不知可信否。予与今教长恶感已深，本不想参加，又恐其作强烈之打击而勉强出席。然开会结果，予得票最多，频作主席，揭诸报纸，外人不详其实，遂以为我所倡办矣。”（日记是月）[26]

这段谱文后面引号内的话，是顾颉刚日记原文。这次中国史学会的筹备会和成立会，是由教育部主办的。“予与今教长恶感已深”，让我们知道顾颉刚虽然与朱家骅关系亲密，但与教育部长陈立夫关系很不好。陈立夫操办的会，顾颉刚本不想参加，但又不敢不参加，因为怕陈立夫“作强烈之打击”。这也很耐人寻味。陈立夫能对一个大学教授作怎样的打击呢？如果是一个与国民党官方保持距离的教授，即便是教育部长，也没法施以什么打击。一个大学教授的教职、工薪，是本分内的东西，教育部长剥夺不了。教育部长只能剥夺一个教授非本分内的、由官府赐予的东西。如果你本来没有这些分外之物，就是蒋介石也无奈你何。而顾颉刚恰恰颇有这类分外之物，诸如国民参政会参政员、三青团评议员等。这是一种政治地位，一种人生荣耀。如果顾颉刚实在令陈立夫恼怒了，以陈立夫的身份，剥夺顾颉刚的此类地位、荣耀，那是能够做到的——顾颉刚害怕的“强烈之打击”，应该就是这些吧。

2018年7月31日

注释：

[1][2][25][26]顾潮编著《顾颉刚年谱》（增订本），中华书局2011年版，第354页，第1页，第353—382页，第362页。

[3][4][5][7][8][10][16][17][18][19][20][24]陈立夫：《成败之鉴：陈立夫回忆录》，正中书局1994年版，第14页，第21—22页，第15页，第16页，第2页，第35页，第46—49页，第51—52页，第125页，第166—167页，第439页，第271页。

[6][9][23]张珊珍：《陈立夫生平与思想评传》，中共中央党校出版社2006年版，第10页，第12页，第61—62页。

[11][13][14]顾颉刚编著《古史辨》第一册，朴社1926年版，第36页，第60页，第63页。

[12]顾潮、顾洪：《顾颉刚评传》，百花洲文艺出版社1995年版，

第45页。

［15］顾潮编《论“古史辨派”》，《顾颉刚学记》，三联书店2002年版，第77页。

［21］李新总编，中国社会科学院近代史研究所中华民国史研究室编，韩信夫、姜克夫主编《中华民国史·大事记》第十二卷（1947—1949），中华书局2011年版，第8760页。

［22］张学继、张雅蕙：《陈立夫大传》，团结出版社2008年版，第134页。

国共两党与白话文

唐纵，1905年生，1981年卒；又名唐乃亮，湖南酃县人，黄埔六期生；1931年即进入戴笠的"十人联络组"，可算是国民党军统最早的成员之一。1932年后，唐纵历任"力行社"特务处书记长、驻德使馆助理武官、蒋介石侍从室专事情报工作的第六组组长兼军统局帮办、国民政府参军处参军、内政部政务次长。1946年3月戴笠遭空难而死，唐纵奉蒋介石命掌管军统局。军统局改为保密局后，唐纵任副局长、警察总署署长，可谓是蒋的红人，是国民党的要人。1949年唐纵逃往台湾时，把他1927年至1946年间的日记留在了大陆。这日记，真是宝贵的史料。1991年8月，群众出版社以《在蒋介石身边八年——侍从室高级幕僚唐纵日记》为名，出版了这部日记。我以为，出版这样的史料，除了对日记中人事做必要注释外，应不做其他任何处理。但唐纵日记的编注整理者从日记中归纳出十二个主题，按主题编排日记，在每一主题下，又有一些章回小说般的小标题，弄得史料不像史料，演义不像演义。那小标题如果弄得像回事也就罢了，却又可笑之极。我说这些，是希望有出版社能把唐纵日记更像样地出版一次。

1943年12月16日的唐纵日记，是这样写的：

> 工作上谨小慎微。
>
> 每天的时间实系分配不来。假如普通文卷和文电稿件可以不看，由一秘书代阅，我可以有许多时间来研究问题，但事实上无法办到。今日我在普通卷里，发现几件重要的情报，如果不经目，便不能发现的。前年敌人在准备对英美宣战时，电令使领馆焚毁电码本，即我于拟毁卷中找出的。我在那一个将废的情报中，判断敌人将有军事行动，后来不几日，便爆发珍珠港的事件。此次敌人将华中重工业向华北移动，这是敌人准备放弃华中，坚守华北的征候。又共产党的电报，白话连篇，几百字几千字，归纳就是一件事一两句话，也是常为参谋疏忽的。我特提出一个归结记录的办法，以资补救。[1]

唐纵此时任蒋介石侍从室第六组组长兼军统局帮办，是情报巨头之一，负责对日军的情报工作，日记中的“敌人”即指日军，同时也负责收集中共方面的情报。这一天的日记，唐纵抱怨时间不够用，因为检阅普通文卷和文电稿件一类事也必须自己亲力亲为。这些文卷、文电当然是指破译到的日方通讯和中共的通讯。这些普通的、大路货的东西里，也可能藏着极有价值的情报，所以不能由秘书“代阅”，因为秘书没有垃圾中识宝的慧眼。这一天，唐纵从普通文卷、文电中发现了“几件重要的情报”，所以有这番感慨。这也让他想起了前年，即1941年12月5日的事。这一天，唐纵从拟销毁的普通文电中发现12月3日从东京“发往英领各地领事电”，要求日本驻各英殖民地领事将机密文件全部焚毁。唐纵联想到“八一三”前夕，日本外相也曾电令青岛、济南、广州等地领事，立即焚毁机密文件，所以判定“其将临于日英美战争，可想而知也”。[2]果然，几天后日军便偷袭珍珠港，向英美宣战。说了旧事，唐纵回到眼前，说敌人将重工业从华中向华北迁移，这应该就是这一天唐纵从普通文电中发现的重要情报，或者是几件之一。唐纵由此判定，日军打算放弃华中而固守华北。

这一天的日记最后，唐纵谈到了共产党的电报。唐纵说，共产党的电报，“白话连篇”，也就是说，用的是白话文，往往用几百字几千字说一件事。唐纵虽未明确贬斥中共电报的“文体”，但不难让人感觉到辞气间的鄙夷、轻蔑。中共的电报啰唆、冗长，但在啰唆、冗长中，也有有价值的信息，而参谋人员则常因中共电报的啰唆、冗长而忽略其中有价值的东西。

唐纵甚至发明了一种“归纳记录的办法”，专门对付中共白话体电报的啰唆、冗长。我想，那就是对破译的中共电报，写出“内容摘要”和提炼出“关键词”。看来，中共“白话连篇”的电报，的确颇让唐纵头痛，所以有理由对中共的“白话连篇”表示鄙夷、轻蔑。但唐纵的鄙夷、轻蔑，或许正表现了他某一方面的偏狭、浅薄。共产党“白话连篇”，国民党“之乎者也”。而共产党最终战胜了国民党，恐怕与共产党总是“白话连篇”也有些关系。

1929年，胡适、罗隆基、梁实秋等自由主义知识分子，发表一系列文章，猛烈抨击国民党的独裁、专制，史称“人权运动”。在“人权运动”中，胡适发表了多篇文章，其中之一，是刊于《新月》第二卷第六、七号合刊的《新文化运动与国民党》。在这篇文章中，胡适从三个方面论述了国民党的“反动”，而第一个方面就是南京国民政府成立后函电、宣言、文告、日报、法令仍用文言。胡适说，新文化运动最重要的方面是所谓文学革命，“但是国民党当国已近两年了，到了今日，我们还不得不读骈文的函电，古文的宣言，文言的日报，文言的法令！国民党天天说要效法土耳其，但新土耳其居然采用了拉丁字母，而我们前几天还在恭读国民政府文官长古应芬先生打给阎锡山先生的骈四俪六的贺电！”胡适接着说:“在徐世昌做总统，傅岳芬做教育总长的时代，他们居然敢下令废止文言的小学教科书，改用国语课本。但小学用国语课本，而报纸和法令公文仍旧用古文，国语的推行是不会有多大效力的。因为学了国语而不能看报，不能做访员，不配做小书记，谁还肯热心去学白话呢？一个革命的政府居然维持古文骈文的寿命，岂不是连徐世昌、傅岳芬的胆气都没有吗？”在北洋政府时代，已经下令小学课本改用白话了，而国民党政府却仍用文言发电报、出布告，仍用文言发表宣言、制定法令，甚至仍用文言办报纸，这实在是文化上的“倒行逆施”，所以，胡适斩钉截铁地说：“在这一点上，我们不能不说今日国民政府所代表的国民党是反动的。”

胡适等人对国民党的批评，虽然引来国民党中下层党徒的群起攻击，但也并非毫无作用。1930年2月，国民政府教育部奉国民党中央执行委员会之命，通令全国“厉行国语教育”。沈寂先生在《论胡适与蒋介石的关系》（《胡适研究》第二辑）一文中认为，这正是国民党中央对胡适批评的“反应”。胡适在文章中强调，学生在校学的是白话，而国民党政府的函电、宣言、文告、法令却用文言，甚至新闻报道都是文言，学生毕业后不能看报，不能当记者，不能做个小小的文秘，这可能导致白话被放逐，而文言在课本上全面复活。国民党政府显然也不愿看到这种局面，所以有“厉行国语教育”的通令发布。国民党政府虽然要求学校“厉行国语教育”，但自身却并未抛弃在函电、文告等场合使用文言的习惯。蒋介石本人的各种电令，就总是用文言，或者是文白夹杂的语言。

中共方面则颇为不同。中共创始人陈独秀本身便是新文化运动的主帅，这使得中共一成立便不可能把文言作为工作语言。所以，从一开始，中共的宣言、决议等，就是用白话文体。中共把发动工农作为头等大事，而要发动工农，当然白话比文言要有效得多。在战争年代，中共军队的高级军官中，也有许多人文化程度不高，甚至根本没有进过学堂，文言的电令，对他们当然不合适。这几种因素，使得中共的电报，如唐纵所说的“白话连篇”。毛泽东战争年代的电报，就往往既“白话连篇”又长达几百字、上千字。例如，1949年5月10日，毛泽东为中共中央起草的《复南京市委并告华东局电》，就是一份“白话连篇”的长电。这份电报，有两方面内容，一是对黄华见司徒雷登一事做出指示，一是指出南京市委来电中关于美国的说法“有毛病”。现在只谈谈毛泽东是如何对黄华见司徒雷登做出指示的。

1949年4月23日，共产党军队占领南京，黄华被任命为南京市军管会外侨事务处（简称外事处）处长，这时候，美国的驻华大使司徒雷登仍在南京未走。司徒雷登与黄华有师生之谊。三十年代中期，黄华在燕京大学就读时，司徒雷登是校长。1946年1月，由国、共、美三方代表组成的北平军调部成立，黄华是中共代表团的新闻处处长，这时，黄华就以中共干部身份与司徒雷登有过接触。中共军队开始接管南京后，黄华即被任命为外事处处长，可能与司徒雷登仍在南京有些关系。司徒雷登在《在华五十年》中也回忆了与黄华的见面。据司徒雷登说，黄华就任外事处处长不久，便打电话给司徒雷登的私人顾问傅泾波，提出希望与傅见面，“二人非常愉快地畅谈了两个小时”，分手的时候，傅泾波建议黄华拜访司徒雷登，“黄回答说还真的只能以‘学生见校长’的名义来见我，但他需与其他人商量一下，然后再告知泾波结果”。[3]司徒雷登仍是美利坚合众国驻中华民国大使，黄华虽身为外事处处长，也无权自行决定与司徒雷登见面，哪怕以学生名义也不行，必须得到中央批准，黄华才能与司徒雷登握手。所谓“与其他人商量一下”，就是向中央请示之意。可以推知，黄华与傅泾波见面后，立即向南京市委做了汇报，而南京市委则立即致电中央，请示了对美国的态度和黄华见司徒雷登的问题，于是，有了毛泽东亲自起草的复电。复电有七项内容，除第三项是纠正南京市委来电中的一个“语病”外，其他六项都是对黄华见司徒雷登的指示：

> （一）黄华可以与司徒见面，以侦察美国政府之意向为目的。（二）见面时多听司徒讲话，少说自己意见，在说自己意见时应根据李涛声明。……（四）与司徒谈话应申明是非正式的，因为双方尚未建立外交关系。（五）在谈话之前，市委应与黄华一起商量一次。（六）谈话时如果司徒态度是友善的，黄华亦应取适当的友善态度，但不要表示过分热情，应取庄重而和气的态度。（七）对于傅泾波所提司徒愿意继续当大使和我们办交涉，并修改商约一点，不要表示拒绝的态度。[4]

被我用省略号省略掉的第三项，有三四百字，比其他六项加起来还要长，所以这是一封很长的电报。电报中，毛泽东用纯粹的白话，从六个方面对黄华见司徒雷登做出了指示。第一项，是批准黄华见司徒，但强调目的是代表中共侦察美国政府的意向，并非是去叙旧。毛泽东希望黄华侦察到美国政府的什么意向呢？当然是对中国共产党即将建立的“新中国”的意向。中国共产党即将在全国范围内建立新的政权，这是众所周知的事，而美国政府对此一定有自己的看法，毛泽东当然很想知道美国的看法。这也是批准黄华面见司徒的原因。第二项，是要求黄华在与司徒见面时多听少说。双方见面无非是说话，毛泽东令黄华多听少说，也就为黄华确立了基本的行动准则。既然见司徒的目的是侦察美国政府的意向，当然自己就要少说而让司徒多说；还有，黄华既要探知美国的意向，又要尽量隐藏中共的意向。中国共产党建政后如何对待美国，这无疑也是司徒想知道的，司徒也想从黄华的言谈举止中捕捉到一些这方面的信息。而毛泽东当然不希望黄华泄露这方面的信息。因为这时候，毛泽东和中共中央还没有最终确定建立新国家后如何对待美国：是只向苏联"一边倒"而彻底反美，还是在倒向苏联的同时也与美国保持某种关系，毛泽东还在权衡、斟酌。毛泽东不希望黄华多说话，也是避免黄华言多必失，泄露中共此时的"心态"，或者擅自发表己见。第四项，命令黄华在与司徒见面时要申明是"非正式"的。依常理，这一条命令有些多余。其时，"中华人民共和国"尚未建立，当然不存在与美国"建立外交关系"的问题，所以谈话只能是"非正式"的。但毛泽东还是要特意叮咛一下，可见此时毛泽东在对美的态度上是如何谨慎。不过，毛泽东强调双方"尚未"建立外交关系，也说明在此时的毛泽东心目中，双方有可能建立外交关系。第五项，是命令南京市委高度重视此事，在黄华与司徒见面前，市委要与黄华一起商量一次，也就是研究司徒雷登的心态，猜测司徒雷登可能采取的态度和提出的问题，从而准备相应的对策。第六项，是为黄华设计表情、声调。如果司徒态度不那么友善，黄华也不应友善，这自不待言。如果司徒态度是友善的，黄华则应表示"适当"的友善，但不应"过分热情"，应始终有一种矜持，始终与司徒保持一定的情感上的距离。这种设计也耐人寻味。此时，亲苏已经成为建政后的外交大计，这是十分明确的；尚未明确的，是亲苏的同时如何对待美国的问题。但即便是在亲苏的同时也兼顾美国，美国与苏联也并不是同等分量的。与苏联的关系是最重要的外交关系，与美国的关系则是很次要的；有了苏联的援助，美国的援助充其量是锦上添花、可有可无。因此，即便将来要与美国保持一定意义一定程度的关系，黄华也用不着对司徒、对美国“过分热情”。第七项，透露的历史信息更明确。傅泾波在与黄华见面时，应该提出过司徒雷登愿意继续留下来，代表美国与中共“交涉”一事。这当然是重要的信息。南京市委致中央的电报中，无疑也汇报了此事。毛泽东对此的批示是“不要表示拒绝”。这说明，此时的毛泽东，还为建政后与美国建立关系留着余地。要到三个月后，毛泽东才决定彻底与美国为敌。1949年8月14日，毛泽东为新华社写了《丢掉幻想，准备斗争》的社论，才算是旗帜鲜明地表示了彻底反美的立场。毛泽东在文章中说：“‘准备斗争’的口号，是在中国和帝国主义国家的关系问题上，特别是在中国和美国的关系问题上，还抱有幻想的人们说的。”可见，所谓“丢掉幻想”，主要是指“丢掉”对美国的“幻想”。紧接着，毛泽东又写了《别了，司徒雷登》《为什么要讨论白皮书？》《“友谊”，还是侵略？》《唯心历史观的破产》四篇文章。连续五篇宏文，宣告了中国共产党与美国的势不两立。

毛泽东像一个唠叨的母亲，在反反复复地叮嘱着儿女，又像一个细心的导演，在耐心地指导着演员。话说得这样明白、详细，黄华自然会把分寸拿捏好，会把角色扮演好。

司徒雷登在《在华五十年》中，这样叙述与黄华的见面：“几天之后黄华来拜访我，并且以他一贯的友好态度与我谈了两个小时。由于共产党方面有规定，不承认与国民党关系紧密的‘帝国主义’国家，所以我干脆以美国公民而非外交官的身份去和他见面。我们的会面是在共产党籍的地方官员安排下进行的。会谈中，黄华很快就提出了这个关于‘承认’的问题，这使我有机会首先解释：西方诸国仍会承认现存的国民党政府为合法政府，共产党大器未成的时候不也承认他们吗？然而，若有朝一日新建立的政府获得中国人民的支持，至少也要被中国人民所接受，且表示出与他国维持往来的诚意，那么根据国际惯例，对新政府的承认问题自然会被提上议程。但是在此之前，我们这些局外人只能消极等待。”[5]黄华的使命是“侦察”美国对中国共产党即将建立的新政府的态度，所以可能或委婉或直接地做了询问，而司徒雷登的回答也算是很高明。不过，司徒雷登愿意继续留下来代表美国与中共交涉，看来是一个谎言。这可能是傅泾波误解了司徒雷登，也可能仅仅是傅泾波的主观愿望。

白话比文言更严密，更能准确地传情达意，这是不争的事实。毛泽东用地地道道的白话下电令，而且把命令下得那样细致、具体，那样不厌其烦，无非是要保证执行者能够透彻地理解并不折不扣地执行。在国共相争的时候，共产党的电报总是“白话连篇”，国民党的电报，难免“之乎者也”。唐纵大概至死都没有想过，共产党战胜了国民党，某种意义上，正是“白话连篇”战胜了“之乎者也”。

2014年7月6日

注释：

［1］［2］公安部档案馆编注《在蒋介石身边八年——侍从室高级幕僚唐纵日记》，群众出版社1991年版，第397页，第241页，

［3］［5］［美］司徒雷登：《在华五十年》，常江译，海南出版社2010年版，第228页，第228—229页。

［4］逄先知主编，中共中央文献研究室编《毛泽东年谱》下卷，人民出版社、中央文献出版社1993年版，第499—500页。

高晓声：政治巨变中的人生选择

一

1947年夏天，高晓声从武进县龙虎塘鉴明中学高中毕业。暑假期间，与一位杨姓同学结伴到南京报考中央大学。在散文《三上南京》中，高晓声说，到南京来之前，就知道自己不可能考取。其他科目倒没什么问题，但考大学要考英语。而高晓声中学阶段抗拒外语，所以英语这一科肯定拖后腿。明知考不上还要来，无非想借机到南京玩一趟。常州在沪宁线上，离南京虽不远，一百多公里，但没有很重要的原因，一个乡下孩子还是不可能来的。高晓声到高中二年级还不曾坐过汽车和火车。有一次和一个同学谈起，同学觉得可怜，便在一个星期天陪高晓声坐火车到丹阳去了一趟。常州离丹阳很近，花点车费，就是体验一下坐火车的感觉。这次到南京考大学，是高晓声第二次坐火车。下了火车要坐公共汽车，这是高晓声第一次坐公共汽车。

在南京，高晓声住在丁家桥中央大学宿舍。这期间，除了参加考试，便是抓紧时间游览南京名胜。本想去中山陵，因为走错了路，结果只远观了一阵。高晓声终生记得，到南京来时，身上本来带了两支钢笔。一支是用旧了的；一支是姨父因为他考大学特意送的礼物，新的。到了南京的第二天，旧的那一支就丢了，自己也弄不清怎么丢的。那支新的钢笔的失去，高晓声倒记得清楚，是离开南京时，从三牌楼乘公共汽车到下关火车站，在途中被扒掉的。高晓声说："这就是我1947年第一次在南京的遭遇。大学没考取，中山陵没有去成，钞票用光，钢笔丢光，真是被剥得光光离开。"[1]

高晓声1956年9月写了一份"自传"，现存江苏省作家协会人事处档案室。在这份"自传"中，高晓声说，大学没考取，本来有可能去当小学教师。但高晓声不愿意捧小学教师的饭碗，一心想当新闻记者。当记者要写文章，而高晓声不怕写文章，又认为新闻记者的职业自由，且容易出名。那时，高晓声的父亲应该是在国民党武进县党部当秘书。1947年10月，父亲就介绍高晓声进了《武进晨报》。按高晓声1956年"自传"中的说法，《武进晨报》是一家"黄色小报"，经营得很不好，经济情况很糟糕。社长蒋克敏与高父是朋友，情面难却才接受了高晓声。高晓声去了后，蒋克敏叫他每天到父亲那里去一趟，如有什么消息就抄回来，没有就算了。高晓声在这里工作了两个多月，并未领取半文钱工资，连饭都是吃自己的。在1956年的"自传”中，高晓声写了几句耐人寻味的话：

> 在1949年8月写的自传中，说我在这一时期里染上了许多坏习气，这是说谎。当时参加工作只有一个多月，不信任组织，怕组织上认为在那种环境里，怎会不染上坏习气，才那样写的。当时报馆的同事，确实差不多都是文化流氓，我以一个刚出校门的学生，还具有正义感，是不耻他们的行为的。和他们也毫无交往。[2]

1949年8月的时候，高晓声已经在共产党创办的苏南新闻专科学校学习，算是已经“参加革命”。参加革命后，就要不时写“自传”，让组织上了解自己的行迹。1949年8月的那份自传，应该是高晓声“参加革命”后写的第一份自传了。这份自传中，交代在《武进晨报》的情形时，说自己“染上了许多坏习气”。这当然是不实之词。一个高中刚毕业的人，总共在那里晃荡了两个月，即便积极主动地沾染，又能沾染多少坏习气。1949年8月，二十出头的高晓声，不惜以说谎的方式，向组织表现自己的“忠诚老实”。而到了1956年，高晓声意识到说自己很年轻时便“染上了许多坏习气”是很严重的事情，或许后患无穷，才在新的自传中予以澄清。

离开《武进晨报》后，高晓声于1948年2月考入上海法学院，名列经济学系。这是成立于1926年的一所私立大学，位于上海江湾。私立大学学费高，家里虽然有七八亩田，也不可能供得起高晓声在上海读大学。在散文《我的家乡金三角》中，高晓声说："比如我到大学读书时，就在夜校里教书谋生。光靠土地，别说十亩，二十亩也不行。那时候耕作水平低，产量极不稳定。"[3]在1956年的"自传"里，高晓声说，在上海，过着两重生活。白天在上海法学院上课，晚上到十里以外的小学校去教夜课。当时上海有所谓夜校，附着于小学校。夜校又分有两种班级。一种名曰"国教班"，教的是小孩子，每晚两小时，月薪五十六元，参照公教人员的标准发，另有每月配给米三斗、煤球两石。另一种名曰"成人班"，尽管教的也还是小孩子，但薪水只有"国教班一半"，二十八元。高晓声父亲的一个姚姓朋友在上海教育局当国民教育科科长。通过他的介绍，高晓声于1948年2月至4月，在杨树浦区通北路小学教夜校，而且教的是"国教班"。同事有一男一女，都姓李，是姐弟。到3月底，那位姚科长离开了上海。高晓声在夜校的位置马上发生动摇。大抵这在夜校教"国教班"的事儿，在当时的上海也算"美差"，一旦靠山没了，就有人挖空心思谋求取代。先是李姓同事对高晓声说，本来是两个班的"国教班"要裁掉一班，这当然就要裁人。高晓声没有理会。到了4月中旬，一天晚上上完了课，忽然有个陌生人对高晓声说，这里的"国教班"没有了，以后不用来了，再来要吃亏的。二十岁的高晓声在上海举目无亲，当然很害怕。上海是冒险家的乐园，而二十岁的高晓声不是冒险家，于是就乖乖听从陌生人的命令，不再到这学校来。在这杨树浦的小学校，高晓声领到两个月的工资。1948年9月，高晓声又由父亲介绍，到上海提篮桥区平凉路小学夜校教书，这回教的是"成人班"。这里虽然薪水没有先前高，但工作环境好多了。平凉路小学的校长单仲范，是抗战结束后，国民党武进县党部第一任书记，学校的同事也多是武进同乡。“所以我在那里，很有照顾。”高晓声在平凉路小学夜校一直教到1949年5月11日。

上面说的是高晓声在上海期间的“夜生活”。白天的生活是在上海法学院进行。高晓声1956年“自传”中说，到上海法学院后，最初几个月，一直穿一件带补丁的蓝长衫，黑布鞋子，梳平顶头，显得颇为土里土气。也许正是这副模样，引起了“进步同学”的注意，于是“进步同学”就主动接近高晓声。高晓声说：“当时自己对现实不满，接受了一些进步思想。然而整个的来说，我还只是保持了中间立场。”1948年上半年，上海的学生运动还很蓬勃，但高晓声说自己并不是积极参加者，只是偶尔参加一些集会，“参加了也只是听听而已”。1948年下学期以后，上海的学生运动就沉寂了，高晓声自然也就不参加什么运动。在1956年的“自传”中，高晓声交代了在上海参加社会组织、社团的情况。解放军渡江之后，高晓声帮助学生会在同乡同学中组织应变保管队，散发一些传单。上海法学院有一个武进同乡同学会，高晓声参加了。同乡会举办过两次活动。一次是为同乡同学毕业举办的一个酒会，高晓声参加了。另一次，是武进同乡同学会在常州龙城里小学举办了一个中学生实习班，高晓声在这里教过初一级的国语。这完全是义务性质。在上海法学院还参加过一个群艺篮球队。高晓声强调，这个篮球队参加者大都是中间分子，球队没有政治色彩，除了打球没有别的活动（看来高晓声年轻时是一个篮球爱好者，后来在苏南新闻专科学校也留下了篮球场上的身影，这是后话）。1949年4月27日，国民党把上海所有的大学都解散了，高晓声和堂兄高卓型等几个武进人便住在平凉路小学。5月11日，上海还未被解放军占领，高晓声便和高卓型两人穿过火线回到武进家乡，“想参加革命”。高晓声说自己当时急于离开上海的思想动机是：（一）怕上海也像青岛等城市一样，战争长期处于胶着状态；（二）平凉路小学有个别同事以为高晓声是共产党，其实高晓声与共产党并无联系，怕解放军占领上海后在同事面前“丢丑”，还是及早离开得好；（三）常州已于4月23日被解放军占领，家乡有共产党员与高晓声有联系，回乡可找出路；（四）渴望及早看一些“进步书”。高晓声说：“回家以后就埋头看书。当时常州新华书店所有的理论小册子，差不多都看遍了，自然是走马观花，也不全懂，但得益也很大。”很快，中共创办的苏南公学和苏南新专招生，高晓声都去考了，都考取了，最后选择了苏南新专。1949年6月29日，高晓声到苏南新专报到，算是“参加了革命”。[4]

二

以上是高晓声在1956年的“自传”中所说的在上海的情形。潘英达写于1982年的《我认识的高晓声》一文，对上海时期高晓声的描述与高晓声的自述有所不同。潘英达与高晓声是“换掉开裆裤后不久就认识了的。从小学到中学都经常在一起，但接触最多还是进入高校以后”。潘英达与高晓声同到上海读大学，但并不是同一所学校。高晓声说自己在上海几年并无很高的政治热情，并不是学生运动的积极参加者。潘英达的说法却不同。潘英达说，他与高晓声虽不在同一学校，却一同参加了中共地下党发动和领导的一个又一个学生运动。“反饥饿反内战”运动积极参加了，还参加了“九龙事件”运动。“因为英国人折磨九龙同胞，我们砸了驻上海的‘英国领事馆’；为了抗议吃美国的‘救济’霉米，我们冲了国民党的特务机关‘上海市社会局’；也积极投入了救济涌入上海的数十万灾民的‘寒衣运动’”，而“在这样一些搏击风暴的运动中，高晓声总是表露出一种少有的热情和兴奋，像是即将抓着久已向往的什么”。

潘英达说，由于校外活动太多，花费也就超出预算。常州、武进地区在上海各高校读书的学生发起筹办“书画义卖展览”，想弄些钱解决在上海的生活问题。潘英达、高晓声等是主要筹办人。颇具规模的“书画义卖展览”于1948年暑期在常州开幕。潘英达、高晓声等人白天接待参观者和购买者，晚上就睡在展览室的地板上，“罗曼蒂克地谈着明天，不无夸饰地谈着将来的自己。我们忘情地陶醉在热切的向往中，忘记了身处白色恐怖统治的常州，先是轻轻地齐声唱起当时进步青年常唱的‘团结，就是力量……’，继而提高些声音唱‘你是灯塔，照耀着黎明前的海洋；你是舵手，掌握着航行的方向……’。当时我们已懂得了些斗争策略，把下面一句‘年青的中国共产党’改唱成了‘年青的中国青年们’。虽然我们都不懂音乐，但都能唱得合乎节拍和音调。只有高晓声夹在中间唱得最‘不入调’。有人劝他不要再唱了，可只要大家一哼开，他就赶快插进来。恐怕世界上没有再比他蹩脚的歌唱演员了，然而他唱得专注、深情，是用不易为人觉察的一腔热情歌唱那即将到来的明天。有人担心他的大嗓门会找来麻烦，就劝他放低点调门唱，可他回答：‘怕什么！怕就不要唱，唱了就不怕’”。[5]

潘英达描绘的高晓声的政治形象，与高晓声的政治自画像，显然有差别。如果是潘英达记忆有误，那倒很好解释。如果高晓声当年的政治热情和政治认识，确实如潘英达所言，那高晓声在1956年的“自传”中就是刻意改写自己当年的政治形象。在那个年代，如果刻意在政治上“拔高”过去的自己，那也很好理解。但如果是刻意“矮化”过去的自己，就有些费解了。

高晓声说从上海回到常州后，把新华书店里的理论小册子都读遍了，并且得益很大。可以肯定地说，这些理论小册子，对高晓声的思想产生了一定的影响，高晓声报考中共在苏南创办的学校并最后选择了苏南新闻专科学校，与这些理论小册子，应该有并非可以忽略的关系。

抗战前夕，中国共产党方面的理论家陈伯达、艾思奇、何干之等人就发动了“新启蒙运动”。“新启蒙运动”的目标之一，是向全社会广泛宣传“新哲学”。而所谓“新哲学”，就是通过中国左翼理论家之手相当程度上中国化了的马克思、恩格斯、列宁、斯大林等人的“主义”。抗战期间，左翼理论家就编写了大量的宣传这种“新哲学”

的小册子，不但在中共占领的区域普遍发行，也向国民党统治区和日本人占领的区域渗透，产生了巨大的政治影响，尤其是在思想上争取了众多青年知识分子。从抗战时期开始，中共军队每占领一地，便立即开办“新华书店”，而出售宣传“新哲学”的小册子则是“新华书店”的主要任务。一个在1945年从上海“到苏北解放区参加了革命工作”的高中生，晚年回忆说，1937年抗日战争爆发以后，日本鬼子侵占上海，而：

我和三四个要好的同学，在中共地下党员的教育、影响下，一天天觉悟起来，积极要求参加抗日救国斗争。我们经常到福州路等地方的旧书摊、旧书店去，寻找和购买了许多进步的文艺书籍，互相交换着阅读。如鲁迅先生和邹韬奋的著作，以及巴金、茅盾、郭沫若等的著作。我们还购买到了许多生活书店和新知书店出版的社会科学的书籍，如艾思奇的《大众哲学》、陈昌浩等写的《社会科学基础教程》、胡绳的《辩证唯物论入门》、薛暮桥的《政治经济学》等。每个人都购买到了三四百本这类书籍，堆满了家里的书架，秘密地相互交换着阅读。有一次，我们还买到了一本斯诺的《西行漫记》，如获至宝，偷偷地夜以继日地阅读着，几天就看完了。这书使人们了解到，在遥远的革命圣地延安和全国许多解放区里，都有中国共产党领导的军队，正在进行着神圣的抗日民族解放战争，心底里充满了激动和无比的向往。我们遵照着地下党同志“要多联系同学”的教导，经常把各种进步书刊介绍给一些同学看，还组织了小型“读书会”活动，完全沉浸在革命的激情里。慢慢地，使我们不仅认识了帝国主义，也认识了“万恶的旧社会”，提高了阶级觉悟。懂得中国的贫穷和衰弱，是帝国主义长期侵略和封建势力及国民党政府的长期反动统治的结果。我和同学们认识到，唯一的出路，就只有在共产党的领导下，进行彻底革命，打倒帝国主义和国民党反动派，建立起人民自己的政权，才能“改造旧社会，建设新中国”。

在两年多时间里，我们共联系和团结了20多个同学，并在1945年春天在高中快毕业的时候，在地下党的帮助下，到苏北解放区参加了革命工作。我们二十几个学生，分散着偷偷地从上海乘火车到了镇江，渡过了长江，和党的地下交通站接上了头。在地下交通员的带领下，背着行李，步行了好几天，穿过了好几道敌人的封锁线，到达了苏北解放区的中心地区之一的宝应县安丰镇附近的农村，受到了热情的接待，并被分配去苏中公学学习。我们一群不满20岁的青年学生真像一群孤儿，回到了久别的母亲的怀抱，心情万分激动，真是难以用言语形容。我们这些同学参加革命以后，除了有两个同学，因为害怕艰苦生活和家庭拖后腿，不久就回到上海外，其他人都在解放区坚持了革命斗争，并参加了共产党。全国解放后，都成了各条战线上的骨干。[6]

像这篇文章的作者一样，在一大堆小册子的影响下“走上革命道路”，在那些年的青年知识分子中是相当普遍的现象。左翼理论家们编制的这些小册子，对于中国共产党最终战胜国民党，实在功不可没。

从上海回到常州的高晓声，眼前当然有多条道路可供选择。潘英达说，他当时对高晓声选择苏南新专是并不理解的：“热切的期望终于实现，家乡在1949年插上了红旗。再也不用憋着嗓子唱‘你是灯塔’和‘团结就是力量’了。我们尽量张开双臂去拥抱生活。可是高晓声倒反显得冷静了。一次，他对我说，他要去报考新办的‘苏南新闻专科学校’。我一听，头摇得像个拨浪鼓，觉得自己读了正儿八经的高校，再去读一个短期训练性质的学校，有什么意思！他却若有所思地说：‘我要去考。’仿佛他考虑得很成熟而且很有把握。当时全国尚未解放，大军正在南下。在刚刚解放的苏南平原，党和政府急需解决的是如何收拾国民党逃跑后留下的烂摊子。老高在当时考虑并果断地报考苏南新专，藉以取得组织关系走上工作岗位是完全正确的。”[7]

高晓声在1956年的“自传”中说，从上海回到常州后，就埋头看书，当时常州新华书店里所有的理论小册子，“差不多都看遍了”，虽然不可能字字句句全都懂得，但毕竟“得益也很大”。新华书店里的理论小册子，当然就是左翼理论家编写的宣传“新哲学”的书籍了，当然是艾思奇的《大众哲学》、陈昌浩等人的《社会科学基础教程》、胡绳的《辩证唯物论入门》、薛暮桥的《政治经济学》一类读物了。

既然“得益也很大”，说明高晓声的思想在很大程度上受了这些理论小册子的影响。而他终于选择到苏南新闻专科学校学习，无疑与这众多理论小册子的影响分不开。

这些理论小册子，篇幅很小很小，但所讲的道理却很大很大。

三

所谓苏南新闻专科学校，是在淮阴的华中新闻专科学校迁到无锡后的称名。

日本投降后，“为适应向解放区输送新闻干部的需要，中共中央华中分局同意范长江同志的建议，创办华中新闻专科学校”。紧接着，由《新华日报》（华中版）编委兼采编谢冰岩牵头，筹办新专的具体事宜。1946年2月3日，《新华日报》（华中版）上刊登了《华中新闻专科学校招生简章》，内容如下：

一、宗旨：培养新民主主义新闻事业各项人材（才）。

二、学科：设编辑、通讯、电务、印刷、新闻行政五科。

三、暂定二百名。

四、十八岁以上之男女身体健康，具有下列条件之一，经审查合格者得入本校（进电务、印刷两科者十七岁以上身体健康初中肄业或具有同等程度即可）。

甲、中学毕业或具有同等学历(力)者。

乙、曾经服务新闻机关而具有相当文化水平者。

丙、经华中各地新华社或各分区报社保送者。

五、报名:

甲、日期,自即日起随到随考。

乙、手续,向各地新华社支社各分区报社或淮阴城内本校报名处报名,经审查合格即可介绍至本校。

六、考试:

甲、口试。

乙、作文一篇。

七、待遇:讲义文具膳食由本校供给。被服衣着及一切日用品自备,但已参加工作者照原机关待遇。

八、毕业期限,暂定六个月。

九、工作:毕业后由本校负责介绍工作。

十、开学日期:二月十五日。

校　长:范长江

副校长:包之静

教育长:谢冰岩

以上是华中新闻专科学校第一期学员王良佐在《关于华中老一期》一文中披露的情况。这个招生简章公布考试方式很特别:“随到随考”。在当时的情况下,要组织统一考试,实不可能,于是便来一个考一个。

王良佐说，由于形势需要，华中新专第一期实际上于1946年2月9日开学。第一期实际招收学员一百四十人。原定学习期限六个月，第一期实际上只学习了三个月便宣布结业了。所有人都分配了工作，“分赴战地前线，紧张进行采访报道工作”。[8]

因国共内战剧烈升级，华中新闻专科学校以三个月时间培训了第一批学员后，没有接着办第二期。直到1948年，“华中局势好转”，《新华日报》(华中版) 也恢复，于是华中新专也宣布复校。复校后的校长为俞铭璜，副校长徐进。4月间开始招生，5月间学员才得以集中。由于战事影响，到6月底才在射阳河边的千秋港举行开学仪式。后来，随着军事形势的发展，学校迁到淮阴市区与淮安之间的板闸镇，第二期学员在此结业。第三期学员在学习期间便向江南转移，1949年4月初出发，5月初渡江，到无锡后将学校建在惠山脚下，更名苏南新闻专科学校，由中共苏南区委宣传部长汪海粟兼任校长，徐进任副校长。“6月初，配合新区宣传工作，全校出动演出《王贵与李香香》歌剧，在工人和学生中起了一定的教育作用。”6月中旬第四期招生，也是到无锡更名苏南新闻专科学校后首届招生。报名者一千三百多人，原计划招收一百八十人，后增加到二百五十人。7月初开学。校部设教育、注册两科，一个秘书室；教育科下成立校刊室和图书室。学员以八十人左右为一班，分为三个班，班以辅导室负责领导同学学习和生活。8月底，苏南区委号召下乡，苏南新专全体学员和工作人员都参加无锡农村工作团，在乡下三个多月，12月底回校。1950年1月起，又继续业务学习，业务学习两个月后，又进行一个月的“共同纲领”学习。4月底,这一期学员结业。[9]

高晓声是苏南新闻专科学校在无锡招收的首届学员。当然,也是最后一届,因为苏南新专只招收了一届学员便停办了。这一届学员,连下乡的三四个月也算在内,学习时间为十个月。

苏南新专最奇特的做法是男女学员混住。半个多世纪后,当年的新专学员回忆学校生活时,还每每提及此点。林楚平在《“却顾所来径”》中说:“新专与其说是新闻学校,毋宁说是新型学校。”“教学没有教室,没有课桌黑板,学生的年龄与学历参差不齐,老师与学生平起平坐,尤其离谱的是男女学员混合居住,等等。”[10]龚振夏在《不懈的追求——也谈新专的凝聚力》中说:“学习是集中听大报告,小组讨论称消化,联系实际写小结,一年之后有鉴定。睡的双层铺,单人床位却是双人胝足而卧的,男女同舍,享受的是每月四两旱烟一斤肉。”[11]陈心如在《我与新专　新专与我》中说:“新专的学习和生活是非常独特、紧张而新鲜的。同学们按班分组,每组有男有女,以组为单位,同居一间寝室,除了上大课外,讨论、学习、娱乐均在该室,大家相处如兄弟姐妹一样,十分融洽。”[12]王荣祖在《心间长棵常青树》中,把情形说得更具体:

> 那时,每班学员七八名,男女合住20多平米的宿舍。竹床分列四周,各有一层薄纱、蚊帐隔离。但是,胸怀壮志待酬,高尚情操持重,彼此间朝夕研读,相互尊重,诚结纯洁友情,毫无邪心俗念。即使下乡四月,有的仍男女共住一所草

舍民居，从来不曾引发群众的闲言碎语。这种移风易俗的气魄，出自高尚的道德观念与严谨的自律精神。过后数十年中，我与人举例谈及如此优良风范，有的直当“天方夜谭”般神奇。[13]

著名的“三农”问题专家，曾任中共南通市委书记的吴镕，在《我的同学高晓声》中说：

1949年4月，苏南解放。原本在淮阴的华中新闻专科学校，移师无锡惠山之麓，更名为苏南新专，招生二百余人。高晓声和我是同班同组，朝夕相处。他生活上比较散漫，不拘小节。当时学校里聚集一批人才，后来名家不少。如北京作协主席的小说家林斤澜，在校时就爱喝点小酒。那时没有工资，有次付不出酒钱，就用几张邮票给酒店付账。高晓声也有点放浪形骸，不大整洁，我们批评过他。因为当时学校是男女生同居一室。我们组宿舍里住六男三女，尤其是夏天必须衣冠楚楚，以蚊帐为男女之大防。校长是苏南区党委宣传部长汪海粟，他动员时说，我们都是干革命的，为共产主义事业而献身，我们也应该是最纯洁的，为真理而斗争；男女同居一室，可以互相帮助，重活男生做，缝缝补补洗洗女生可以帮忙。学习终了，也未发生什么桃色事件，可以证明大家很听从汪校长的教诲。这在今天似乎不可设想，都是青春期的少男少女，却都那么循规蹈矩的。[14]

男女混居，显然并非因为住房紧张。因为男女别居，未必就多占房子。这样安排的目的，应该还是为了“移风易俗”，为了“改造思想”。

新专的学员享受供给制，也就是吃饭不要钱。戴鸿文在《难忘的回忆》中说：

> 那时，我们都是享受供给制待遇。有时大米供应不上，曾一连吃过40天面粉，有时面条有时加工馒头，行军中一时来不及加工，只能吃面疙瘩糊浆，但菜肴还是丰盛的。[15]

四

王荣祖在《心间长棵常青树》中还说：“解放初期的革命学校，重点在思想改造。这种被当时有人讥讽为‘洗脑筋’的生活，听来似觉紧张枯燥，其实却十分活泼丰富。”[16]对学员进行思想改造，无疑是苏南新专这类学校的首要的任务。

高晓声这一期学员，于1949年7月1日开学。当年的学员萧风在《难忘惠山情》一文中回忆了开学初的情形。“孙葵君同志担任我们一班的辅导员，上海人，他和罗列、陈方等同志曾在苏北主持过华中大学新闻系（引按：华中新闻专科学校曾改名华中大学新闻系）二期的学习。7月1日晚上，他第一次跟我们讲话，讲了许多从前在老解放区进行学习的艰苦情形，事例具体感人。”这让我们知道，7月1日，开学的第一天，是各班辅导员在晚上召集班级开会，并讲话。“7月2日下午，汪克之同志向全体同学讲话，从明天起，开始预学一星期。7月3日上午，他向同学们作了预学的第一次报告，题为《革命学校的民主生活介绍》，一口气讲了几个钟头，精神十分饱满。”所谓“预学”，用今天的话说，就是“入学教育”吧。“7月4日第一次早操集合，辅导员孙葵君讲了些注意事项，接着介绍焦彬、伍阳、吴英铭、陈东等同志与大家见面。7月4日下午，副校长徐进同志向全校同学作报告，讲题是《革命学校青年问题》。”“7月6日，教育长罗列同志作报告，题为《群众观念与劳动观念》。”一星期的“预学”结束了，开学典礼还没有举行，直到7月11日才举行开学典礼。此前数日，则是“各班都在辅导员的推动下，加紧排练开学联欢晚会上的演出节目”。似乎是为了排练节目，才拖到7月11日举行开学典礼。7月11日的开学典礼上，来宾很多。校长汪海粟“作了重要讲话，希望同学们勤奋学习，为人民的新闻事业作贡献。副校长徐进同志报告教育计划，人事机构等问题”。“7月14日，正式学习开始，校方安排的学习内容是薛暮桥的《政治经济学》，时间是两星期。”“预学”应该算政治教育，而薛暮桥的《政治经济学》，其实也是政治教材。所以，整个七月，其实都是政治学习、思想改造。“1949年8月，本校全体干部响应苏南区党委的号召，下乡工作。于8月18日离开惠山本校，编入无锡农村工作团，12月19日返校学习，历时整四个月。”[17]下乡进行组建农会、催交公粮一类工作，当然是一种政治活动，也属政治教育范围。12月间回到惠山本校后，才开始“业务学习”，“业务学习”两个月后，又是一个月的政治学习——“共同纲领”学习，然后就结业了。所以，高晓声这些人在苏南新闻专科学校十个月，主要是进行政治学习和思想改造。

高晓声本人对苏南新专的生活，所言甚少。重返文坛后，高晓声写了不少文章回忆儿时和青少年时期的经历、遭遇，但并未有专文回忆在苏南新专的情形。在1956年的“自传”中，对这十个月的情形略有交代。这“自传”是向组织说明自己的历史问题，苏南新专这一段历史当然不能略过。1998年，苏南新专校友会向校友征集回忆在校生活的文章，最后编成《五十年情缘》一书，由吴镕主编。高晓声自然在征稿范围，也的确写了一篇《我的简史》。《我的简史》开头一段是这样的:“我出生在江苏武进农村一耕读之家。比一般农家孩子优越的地方是从小就有机会接触文学作品，所以很早就萌发作家之志，但是考大学的时候父亲反对我考中文系，以免受困于陈蔡之间，我只得去读经济。”然后第二段说:“还未读完两年经济，1949年7月我就到苏南新专来了。因为这毕竟接近我的志愿，但当时也并未想到这就是投机革命，就算我当作家的志愿达到了，蚍蜉也撼不动大树，新专毕业出来就分配到苏南文联筹委会。”[18]关于在苏南新专情形，只有第二段开始的这几句，此后就是谈从苏南新专结业后的经历。就这几句关于苏南新专的话，还语焉不详、欲说还休，似乎话中有话。《五十年情缘》这本书中收录的文章，回忆苏南新专学习生活过程，大都热情澎湃，对惠山脚下这所短期存在过的学校无限怀恋，而高晓声态度则与其他人形成强烈反差。高晓声似乎不愿意回忆这段经历。

有几个苏南新专的同学谈及了这时期的高晓声。吴镕的《我的同学高晓声》是在高晓声去世多年后写的纪念高晓声的文章。其中关于高晓声“有点放浪形骸，不大整洁”的文字，前面已经引用过。吴镕文章又说：

> 高晓声似乎从来就有文学天分。他自己不拘小节，马马虎虎，却又对社会生活上一些细节观察入微。举个例子，他有时到街中心坐着看人着装，那时兴中山装。他半天发呆似的看下来，发现百分之百的人不扣风纪扣（中山装领口上两个铁丝搭扣），百分之八十几的不扣第一颗纽子，百分之二十几的不扣下面最后一颗纽子，五颗纽子主要用了三颗。这似乎近似今天流行的西装穿法。日后高的小说里，一些细节描写生动细腻，就得益于他平时的细微观察。[19]

如果吴镕的回忆是真实的，那倒的确能说明高晓声天生具有小说家的素质。

李文沛的《当年生龙活虎的篮球队》，回忆了苏南新专篮球队的活动。李文沛与高晓声不在一个组，但都参加了校篮球队：

因打球而彼此交往甚多，友谊较深的，还有高晓声和徐惠卿。

我和高晓声不曾在一个小组待过。同他渐渐相熟，还是我们在礼堂听课、听报告的休息时间，都喜欢在笔记本上涂写些玩笑话。我发现他的字写得粗壮老练，全不像他人那样瘦小。后来一起打球，接近便更多了。他个子虽小，打球却很灵活。只是我总有点担心他身体不够健壮。一场球下来，总见他剪着短发的头冒着汗珠，脸上微微带点青灰色。看起来好像有几分病容。

新专毕业，他分配到苏南文联，我则在人民电台，两处相隔仅数百米。虽然不再一起打球了，往来却仍然很经常。后来，他随单位去南京，再后来便发生了大家都知道的他的那段经历。于是音信沉沉，完全消失了关于他的一切消息。在长长的分离中，也曾经偶然地梦见过他，在梦里出现的竟然是理着短发，一头汗水，带几分病容的他在一片阔大的水面游泳，心里直为他能否坚持而着急。[20]

高晓声1950年查出患有肺结核病。李文沛说高晓声脸上有病容，这时候，可能的确已经病了。

陈椿年的《忆记高晓声》一文，以这样一段开头：

从苏南新闻专科学校一班的驻地去食堂，中途必经一片篮球场。清晨、黄昏和中午，我在路过时经常看到有几个学员在练球。其中有个小矮子，玩球时动作特别灵活，腾挪躲闪，指东投西，紧张得努起嘴唇瞪大眼睛，模样很好玩。但是我不爱体育，也懒得做球迷，所以我和这小矮子素无往来，只知道他也在一班，叫高晓声。[21]

看来高晓声年轻时的确是篮球场上的健将。

谷天在《开国前后的日子里》一文中，回忆了下乡期间的一些事情。“1949年8月中旬，我们——苏南农村工作团的一个小组，由杨墅镇下伸到该镇北面的一个小城堡式的村庄”，这是无锡与武进交界处，“同组的同志有伍阳、何乔樨、吴镕、高晓声、徐惠卿、崔寅元、徐惠秋……”。一天下午，何乔樨匆匆从队部赶回来，传达上级通知，说有一小股“匪特”今晚将路过这里，要大家提高警惕。当时，这个小组住在一家逃亡地主的大院里，西北角还有一座炮楼。小组配备有两支老掉牙的“三八式”步枪，几颗子弹和几个“土造子”手榴弹。吃过晚饭，何乔樨把人分成两拨，一拨分一支枪、两枚“土造子”，由他率领，护守大院；一拨都到炮楼上和衣而卧。上炮楼的这一拨中，崔寅元嚷着要拿枪，就由他拿着。“大家先是低声说话，后就默默地厮守着。”午夜时分，远处突然响起一阵枪声，于是，崔寅元端起枪就向外放了一枪。“大概徐惠卿觉得把匪特招惹过来不好对付，用无锡话高喊：‘不要乱打枪，等近些再打！机关枪准备！’”“可是，一切又恢复万籁俱寂。好不容易到东方发白，我们端着枪，握着手榴弹，小心翼翼地巡视地主大院四周，结果连一个脚印也没有发现。”

谷天说，入冬后，由新专学生组成的苏南农村工作团的主要任务，是向农民征粮。“1949年冬，由于商人的囤积，加上大量部队、干部集中于上海及苏南一带，使这一带的粮食很紧张。因此，秋收过后，大力开展征收爱国粮的任务，便落到我们头上。”但一开始只有少数农会骨干、积极分子交粮，其他人没有动静。一天，谷天所驻村的农会主席说有户富农家中有粮却不肯交，于是他便带了两个民兵赶到这户人家。到了这富农家中，只见主妇正端着半碗南瓜在吃。谷一说交粮，她便说家中口粮都没有，尽吃南瓜。“我窝着一肚子无名火——那发火时不顾后果的劣根性一下子从心里发出来，接过民兵手中的一支‘三八式’，朝天开了一枪”，并限令三天之内交粮，而枪声一响，那女人“吓得面色惨白”。第二天，这家就把公粮送到了区里。[22]

五

高晓声本人，在1956年9月的“自传”中，是这样交代在苏南新专的情形的：

> 在苏南新专学习和农村工作的阶段：参加革命主要是谋取个人出路，再则是空空洞洞地向往着“革命”这个概念。在那样一个革命的大浪潮中，自己也是充满了热情的。

到新专以后，什么都丢开了，就是一心向前。思想很简单，个人问题没有去想，表现很积极。到8月初就打了个入团报告，如果不是因为马上要下乡，很可能就批准了。8月中旬下乡工作，开始也表现得不差，但在碰到凌松寿（新专学生，后来在《苏南日报》工作。“镇反”后调“苏公”学习，历史上有问题，现整编回家了）之后，问题就发生了。凌当时有一些反动言论，我没有听，但他谈到知识分子的出路问题，却触发了我。自命是个大学生，现在受文化水平底（低）的党团员领导，有什么出息！之后就很不满意自己的小兵地位，情绪上与组织对抗。但也就在此时，在工作中具体感受到共产党确确实实是为人民的利益打算的，因而相信了共产党。但自己究竟没有改造，在农村工作时，总把个人威信看得比党的利益还重要，特出地表现在1949年的秋征工作中，替群众争取减免，争得很利（厉）害，好像只有我最能体谅群众疾苦似的。农村工作以后，回到新专学习，表现还是不好，生活散漫，不满党团员，牢骚很多。当时其实对革命的认识已经比较清楚了，感觉到自己的思想行为很不好，但行动上不肯转变，怕人笑我投机。为了表现骨头硬，不出卖朋友（指在周围的落后分子），就坚持落后下去。思想上很苦，急切希望离开新专，准备一切从头做起。[23]

高晓声在“自传”中关于在苏南新专时的情形，所写的就只有这么多。其时苏南新专学生都争相写入团申请书，所以高晓声也在入学一个月后申请入团。所谓“替群众争取减免”，应该指征粮过程中替农民说话，尽量让农民少交一点粮，而且“争得很厉害”，如果真是这样，那高晓声在校期间的政治表现就有些与众不同。

章品镇在《关于高晓声》中，谈及了高晓声在苏南新专时下乡期间的一件事：

> 1949年的下半年，他在“苏南新专”学习。学校组织工作队去无锡乡下搞民主反霸，并在这个基础上建立我们的乡政权。到了选举阶段，领导上要大家保证选出经领导研究确定的候选人。他不同意这种办法，觉得应该放手让群众选。可是那个时候青年中绝大多数人是组织上怎么说就怎么办的，他当然孤立了。选举的结果，组织上选定支持的人得五十一票，他心目中的人得五十票。不少群众也不同意，纷纷来找他，于是他领导“擅自”开了会，而且接着大家就去大队部请了愿，事已至此，只得重选。结果他看中的那位当选了。虽然事实证明另一些同志的工作不深入，他还是立即被调回了学校。这是还没有跨进50年代的事，他只受到了谆谆的告诫。[24]

此事的真实情形不知如何。如果确如章品镇所说，那高晓声后来的张罗“探求者”并因此遭难，实在并非偶然。

生活作风散漫，思想上不能与领导意图和现行政策保持一致，这大概是高晓声在苏南新闻专科学校期间留给人们的印象。

1950年5月初的一天，苏南新闻专科学校举行毕业典礼。“清晨，全校到处洋溢着一片喜庆气氛。各班各组的学习、生活场所，清洁整齐。饭厅兼大会堂布置得焕然一新。苏南区党委书记陈丕显同志，宣传部长、我们的汪海粟校长，我们的徐进副校长，以及《苏南日报》、新华社苏南分社、苏南人民广播电台等单位的负责同志，都来到惠山，出席这次盛会。大家济济一堂，热烈而欢快。”毕业典礼上，陈丕显、汪海粟当然发表讲话。然后，由副校长徐进宣布毕业分配名单。全体学员有三个大的去向。第一个去向是《苏南日报》编辑部和经理部，以及无锡等地的其他新闻单位，这一个方向分配的人数最多；第二个去向是苏南各地党委、县委宣传部，或基层区委（担任宣传干事）；第三个去向是苏南农村工作团，参加即将开始的轰轰烈烈的土改运动。高晓声被分配到苏南文联筹备委员会，应该属于苏南区委这个去向。毕业典礼结束后，全校大聚餐。“这是在校时最丰盛，也是最有意义的一次聚餐。席间，同学们欢声笑语，畅谈在新专度过的难忘的日子，难忘的友情。大家频频举杯祝酒，互道前途珍重。”下午，全校同学分班分组摄影留念。“晚上，是今天活动的高潮。学校举行了最热烈的，也是全校师生聚会的最后一次晚会。各班都表演了最精彩的文娱节目。而最激动人心的时刻，则是晚会结束时，同学们满怀激情，齐声高唱的《新专毕业歌》。”“嘹亮而豪迈的歌声，振奋着每个即将离校奔赴新工作岗位的学子的心。它唱出了我们这些二十世纪四十年代末，参加革命队伍的热血青年的共同心声。”[25]

高晓声当然也参加了这一天的种种活动，但情绪应该不像其他人那样兴奋、激昂。5月9日，高晓声到位于无锡新生路上的苏南文联筹委会报到。在1956年的“自传”中，高晓声说，自己到苏南文联筹委会后，处世态度发生了很大变化。“在新专时，常和人家争吵，到文联后，不和群众争吵了。”二十二岁的高晓声开始反思自己的言行，懂得吸取教训了。在1956年的“自传”中，又说：

> 一到文联，表现就不同了，下决心不发一句牢骚，不和同志们闹意见，这都坚持做到了。初到文联时，不晓得文联是搞什么工作的，自己还和新专的人赌气：“哼，在学习的时候，你们说我落后分子，现在我们比比工作吧！”所以积极搞好工作，领导叫做什么，就做什么。

在苏南新闻专科学校期间，高晓声是“落后分子”，是那几百号人中的另类。高晓声是憋着一口气到工作岗位的。

1950年12月，高晓声父亲被逮捕。高父加入过国民党，当过国民党县党部秘书，抗日时期参加过国民党的军队，罪名应是“历史反革命”。高父被捕后，判处有期徒刑五年。这应该也是高晓声人生中一件大事。高父五年徒刑期满后，留在溧阳的一个劳改农场工作。在1956年9月的“自传”中，高晓声这样交代了父亲的事情：

> 1950年12月，政府逮捕了我的父亲，我要把我知道他的

情况向当地法院反映一下，王怀泽叫我不用这样做，他说："如果需要，法院会来向你了解的，否则，你就不用反映了，反映得不深刻，反而有麻烦。"我居然就听了他。而且在1951年3月8日，我姨母来，哭着要我回去，我还竟然回去探了一次监。可是自己还认为，对反革命的父亲的被捕，自己不曾动摇过，一切都做得很好，真是荒唐！（我和父亲的感情过去就不好，他的反革命的具体罪行我到现在还不知道，我采取的基本态度是这样的：在被捕时，我认为既然政府逮捕他，那就说明他有反革命罪行，待后来判了刑，我的想法是劳动改造是改造人的一种方法，目的是使人新生——我和父亲一直没有联系。）[26]

这番关于父亲被捕和判刑的说明，遣词造句其实煞费苦心。王怀泽是其时苏南文联秘书。高晓声强调，自己本来是要主动向法院反映所了解的父亲的情况，但被王怀泽劝阻了。这表明自己是支持并愿意积极配合政府对父亲的惩处。但自己在姨母的哭求下去探了一次监，这是丧失立场的表现，但却并非主观故意，因为主观上，"对反革命的父亲的被捕，自己不曾动摇过"。自己与父亲"感情过去就不好"，这说明自己从小就与父亲划清了界限。父亲被捕也好，判刑也好，自己一开始就毫无抵触，就完全理解。最重要的是，"我和父亲一直没有联系"，这最后一句话才是最重要的。

2018年2月2日

注释：

[1] 高晓声：《三上南京》，见陆文夫、费振钟主编《高晓声文集·散文随笔卷》，作家出版社2001年版，第45页。

[2][4][23][26] 高晓声：《自传》，见李怀中主编《高晓声自述》，江苏凤凰文艺出版社2016年版，第46页，第48页，第49—50页，第51页。

[3] 高晓声：《我的家乡金三角》，见《高晓声文集·散文随笔卷》，第105页。

[5][7] 潘英达：《我认识的高晓声》，见高晓声文学研究会编《高晓声研究·生平卷》，江苏文艺出版社2014年版，第5页，第5页。

[6] 何宗循：《从上海到苏北》，见吴镕主编《五十年情缘》，苏出准印JSE——000725，无锡市太宫印刷厂，第289—290页。

[8]王良佐:《关于华中老一期》,见《五十年情缘》,第346页。

[9]《华中新专、苏南新专校史简述》,见《五十年情缘》,第659—660页。

[10]林楚平:《“却顾所来径”》,见《五十年情缘》,第410—412页。

[11]龚振夏:《不懈的追求》,见《五十年情缘》,第437—438页。

[12]陈心如:《我与新专 新专与我》,见《五十年情缘》,第447页。

[13][16]王荣祖:《心间长棵常青树》,见《五十年情缘》,第455—456页。

[14][19]吴镕:《我的同学高晓声》,见《高晓声研究·生平卷》,第25页,第25页。

[15]戴鸿文:《难忘的回忆》,见《五十年情缘》,第463—465页。

[17]萧风:《难忘惠山情》,见《五十年情缘》,第367—368页。

[18]高晓声:《我的简史》,见《五十年情缘》,第191—194页。

[20]李文沛:《当年生龙活虎的篮球队》,见《五十年情缘》,第386—387页。

[21]陈椿年:《忆记高晓声》,见《高晓声研究·生平卷》,第12页。

[22]谷天:《开国前后的日子里》,见《五十年情缘》,第390页。

[24]章品镇:《关于高晓声》,见《高晓声研究·生平卷》,第29页。

[25]应无畏:《殷殷惜别情》,见《五十年情缘》,第452页。

船离开了我：爱因斯坦和弗洛伊德对纳粹的逃离

奥地利作家格奥尔格·马库斯所著的《弗洛伊德传》和德国作家阿尔布雷希特·弗尔辛所著的《爱因斯坦传》都写到了弗洛伊德和爱因斯坦这两个“在世的最著名的犹太人”初次会面的情景。那是在1926年。1856年出生的弗洛伊德这一年七十岁，早已是蜚声世界的科学家、心理分析大师。1879年出生的爱因斯坦，这一年四十七岁，十几年前就已经获得诺贝尔物理学奖，也早已是享誉全球的传奇性的物理学天才。

马库斯在《弗洛伊德传》中说，1926年的圣诞节，弗洛伊德和爱因斯坦在柏林会面，喝着咖啡谈了两个小时。[1] 弗尔辛在《爱因斯坦传》中则写得详细些。当时，弗洛伊德和儿子厄斯特一起在柏林过圣诞节，爱因斯坦偕妻子拜访了弗洛伊德，谈话时间长达两小时。[2] 两种传记都写到了弗洛伊德对两人初次会面的记述：“他快乐、自信、和气，对于心理学的了解程度一如我对物理学的了解，所以我们的交谈很愉快。”

在希特勒开始对犹太人进行旨在种族性灭绝的大屠杀中，许多犹太人知识分子或自杀或被杀，而弗洛伊德和爱因斯坦是属于少数在大屠杀前即逃离纳粹的犹太人知识分子。爱因斯坦在1933年3月即宣布放弃德国国籍，在美国的普林斯顿大学安顿下来，其时希特勒刚刚登上德国总理的宝座。如果考虑到有那么多普通或并不普通的犹太人在可能逃离纳粹时没有逃离，而在渴望逃离时无由逃离，只能任由纳粹宰割，最终凄惨而屈辱地死在枪口下或毒气中，就不能不佩服爱因斯坦的敏锐。弗洛伊德生活在维也纳。1938年3月，纳粹德国吞并了奥地利，6月4日，弗洛伊德和他的家人乘火车离开了维也纳，定居于英国伦敦。

弗洛伊德是极不情愿逃离维也纳的。在纳粹的铁蹄开始恣意践踏奥地利后，弗洛伊德最亲密的朋友催促弗洛伊德尽快离开奥地利，弗洛伊德回答说：移民犹如战士放弃了自己的岗位。朋友最终用“泰坦尼克号”上二副的故事说服了弗洛伊德。当“泰坦尼克号”开始下沉，锅炉爆炸的时候，二副莱托勒被气浪顶到海面，得以幸存。后来，在接受审讯时，莱托勒这样回答为何弃船而逃的讯问：“我从没有离开船，是船离开了我。”[3]

二

希特勒及其追随者对犹太人的歧视、迫害，并不是希特勒攫取了政治大权后才开始的。在希特勒一步步通向权力顶峰的过程中，始终有对犹太人的辱骂、侮蔑和损害相伴随。希特勒无疑是发自内心的恐犹和反犹者。但是，在为攫取最高权力而奋斗的过程中，反犹也往往是一种策略，一种政治手段。高举反犹的大旗，有利于政治上的成功。希特勒的反犹，多大程度上是发自内心，多大程度上是一种策略、手段，本不易说清。

既然如此，德国的犹太人早在希特勒攫取最高权力前，便生活在日常性的被侮辱与被损害中了，只不过程度远没有后来那么严重。

克劳斯·P. 费舍尔在《强迫症的历史：德国人的犹太恐惧症与大屠杀》中援引绍尔·弗里德兰德尔的话说："值得注意的是，纳粹分子是通过企图将犹太人直接驱逐出文化领域开始他们对犹太人攻击的，在这个领域，犹太人无疑发挥了最有害的影响。"[4]当时，在德国的八千万人口中，犹太人只有五十万，在总人口中所占比例是很小的，但在文化领域活跃着并发生重大影响的人士中，犹太人却占了很大一部分。这自然令希特勒这类人痛恨，因此，对犹太人的攻击、迫害、驱逐，也自然而然地从文化领域开始；对犹太人知识分子的摧残，也分外严酷。在纳粹尚未攫取全面统治德国的权力时，就已经频频对犹太人施以语言和行动的暴力，那时就把犹太人知识分子作为重点打击的对象。爱因斯坦也不能幸免。实际上，正因为爱因斯坦以犹太人的身份做出震惊世界的科学贡献，正因为爱因斯坦以犹太人的身份获得诺贝尔奖并成为超级名人，正因为爱因斯坦以犹太人的身份成为神话般的人物，才令德国有着反犹思想和情绪的人心烦意乱、坐立不安。他们总是直接或间接地表示：相对论是爱因斯坦的理论，而爱因斯坦是犹太人，所以相对论是一钱不值的谬论。1922年，在莱比锡召开的自然科学家大会上，有人对爱因斯坦发起猛烈攻击。攻击者反对把爱因斯坦说成是“德国科学家”，并“号召培养健全的德国精神”。这里的意思是，爱因斯坦只是一个犹太科学家，而犹太科学家是不配称作“德国科学家”的。所谓“健全的德国精神”，无非就是“雅利安精神”。换言之，只有排除了犹太人精神，“德国精神”才能“健全”。对爱因斯坦科学成就的“犹太性”如此激烈的攻击，使这次的自然科学家大会“成为典型、粗暴的反犹太人战场”。会场上的反犹声浪得到了会场外的呼应。没有资格参加大会的人，在莱比锡演讲大厅外面散布从会场传出的“培养健全的德国精神的呼吁”，他们“反对在社会上过分强调相对论的重要性，他们还号召举行反对示威”。这个时候，阿道夫·希特勒还是混迹于慕尼黑的“无名政治家”，他对科学界的反犹言行表示了热烈赞同。在一家无名刊物上，希特勒发出了咆哮：“曾经是我们最伟大骄傲的科学，今天却由犹太人来教授，对于他们，科学只是故意、系统毒害我们国家精神的工具，因此导致我们国家内部的崩溃。”[5]

在自然科学家大会这样的场合，爱因斯坦都受到这样下流的攻击，在日常生活中，就更是常常遭受骚扰、谩骂了。在二十年代，犹太人的仇恨者经常在威廉学院等着爱因斯坦出现，然后发出“犹太科学家”的狂叫。爱因斯坦的信箱里，往往塞满了攻击其“犹太性”的信件。有一次，爱因斯坦在柏林大学演讲，一群右翼学生粗暴地打断了他，一个学生吼叫道："我要切开这个肮脏的犹太人的喉咙。"还有一群自称是科学家其实根本不懂物理学的人，租用柏林爱乐乐团的音乐厅，发表旨在揭露"爱因斯坦骗局"的系列演讲。还有犹太恐惧症患者公开表示，愿意奖励所有刺杀爱因斯坦的人。尽管爱因斯坦对犹太恐惧症患者的攻击往往一笑置之，但也不得不承认，这种恶毒的攻击常常令他烦躁不安，以至于研究工作进行得十分艰难。[6]

如果认为犹太恐惧症患者极端仇视爱因斯坦这样的人，仅仅因为爱因斯坦是犹太人，那就会失之于偏颇和肤浅。更为深刻的原因，恐怕还在于他们对爱因斯坦理论的恐惧。爱因斯坦的相对论"剥夺了德国公众一些被认为是良好生活本质的东西，它们是绝对之物——晚餐七点开始，这就是这个世界的正义"。爱因斯坦的理论，强烈地冲击了德国民族主义者僵化的世界观的基础，所以他们才表现得与爱因斯坦不共戴天。[7]

爱因斯坦是"天生的和平主义者"，反对一切形式的战争。在爱因斯坦看来，国际联盟对战争做出禁止使用化学武器一类限制，是并不值得赞美的，因为这仍然认可了战争的正当性。他说："对我来说，给战争加上某种规则和限制是没有意义和根据的。战争并不是游戏，所以也不可能按照游戏的规则进行。我们必须反对战争，只有发动广大群众起来反对和平时期的军事服务才能更加有效地反对战争。"[8]爱因斯坦认为，发动民众拒绝服兵役，是阻止战争的有效手段。而德国的前景，则令爱因斯坦忧心忡忡。日益浓烈的反犹气息，让爱因斯坦预感到德国将走向军国主义。到了1930年的时候，爱因斯坦悲哀地意识到“在现在的军事体系下，任何人都可能为了国家的名义被迫进行屠杀”。爱因斯坦同时认为，唯一能避免此种局面出现的方式，是号召广大民众拒绝服兵役。爱因斯坦一再强调，所有的国际间冲突都应该以和平的方式解决而不能诉诸战争。爱因斯坦号召建立一个国际性的组织和筹集一笔国际和平主义基金，以帮助那些因为拒绝服兵役而陷入生存困境的人。[9]

这些年，爱因斯坦写了许多信，发表了许多评论，宣传他的和平主义理念，呼吁有组织地拒绝服兵役。到了1931年，德国的可怕未来变得很清晰了。“议会的解散，经济的崩溃，纳粹分子的巷战，共和党的软弱，所有这些预示着将要到来的灾难。”这一切，使得爱因斯坦产生了放弃德国国籍的想法。他给朋友写了一封信，谈了自己的这一想法，但是，信装入信封却没有寄出。这说明，做出这一决定，即使对于爱因斯坦这样聪慧、智敏的人，也是不容易的。在爱因斯坦死后，人们清理他的遗物，才发现这一封未付邮的信。[10]

二

但这封作为遗物的信，毕竟让我们明白，在希特勒还没有执掌德国政权时，爱因斯坦就在考虑放弃德国国籍，永久地离开德国了。

1933年1月30日，希特勒成为德国总理办公室的主人。希特勒当上了总理，意味着德国政权开始纳粹化。手握大权的希特勒立即有计划有组织地清除犹太人的文化影响。1933年3月13日，戈培尔便受命掌管一个新的部门——公共启蒙和宣传部。绘画、雕塑、文学、音乐、戏剧、电影、广播、新闻等，统统归这个部门管辖。如果德国的艺术家、文学家、音乐家想要继续从事他们的创造性活动，就必须参加这个组织，但是，非雅利安人不得参加，这样，犹太人就被剥夺了进行文化活动的权利。与此同时，对文化领域中著名犹太人士的迫害也开始紧锣密鼓地展开。一些人被开除了公职，一些人则被取消了国籍。于是，有的人流亡国外，更有人选择了自杀。“1933年5月10日，戈培尔鼓动了一个令人厌恶的、永远是德国文化记载中一个污点的事件——焚烧政治上不正确的图书。诗人海因里希·海涅曾经预言性地认为，从焚书到烧人仅有一步之遥。这一特别的‘清洗行动’由德国学生联合会执行。它的目标是从图书馆和书店清除非德国人的或者外国人的尤其是犹太人的作品。5月10日，德国所有的大学举行集会，学生、教授、纳粹党的官员在集会期间争先恐后地表示对纳粹政治正确性的敬意。”[11]

希特勒开始掌权时，爱因斯坦在美国访问。戈培尔烧书时爱因斯坦仍然在美国。1933年3月下旬，爱因斯坦正要离开纽约时，报载纳粹分子闯入了他在卡普斯的别墅，目的是寻找武器和其他证据。尽管后来得知消息并不属实，爱因斯坦还是觉得放弃德国国籍的时候终于到了。爱因斯坦乘坐“比利时号”汽轮返回欧洲，船抵安特卫普后，爱因斯坦立即乘车赶到布鲁塞尔，在德国公使馆交还护照，宣布放弃德国国籍。从这一刻起，爱因斯坦永远地与德国断绝了关系。[12]

至于弗洛伊德，要到1938年6月才逃离纳粹。这是因为，弗洛伊德是奥地利人，生活在首都维也纳。奥地利虽然与德国有千丝万缕的联系，但毕竟是一个独立的共和国，在1938年以前，纳粹的力量不似德国般强盛。但是，虽然不似德国强盛，在奥地利，反犹的烈焰仍然灼人。同爱因斯坦一样，弗洛伊德也是和平主义者。当纳粹的气焰日益高涨时，弗洛伊德与爱因斯坦之间就和平与战争问题进行了一系列通信，这些通信被汇编成册，以《为何打仗》为题在巴黎以德、法、英三种文字同时出版。国际联盟也介入了翻译工作。但是，纳粹党人禁止这本书在德国发行。[13]

弗洛伊德的精神分析学说，当然对纳粹的意识形态也构成剧烈的冲击。1931年8月，《南德意志月报》出了“反对精神分析学”的专号，整个一期刊物，全用来批判、诋毁弗洛伊德。弗洛伊德的学说被歪曲。这期刊物强调，弗洛伊德的学说“对病人，乃至整个人类所产生的影响毒害了为数不多的在他们以及人类心中依然圣洁的人类关系之一”。[14]在1933年5月10日德国的焚书行动中，弗洛伊德的书也在焚毁之列，理由是这些书“对本能的过分强调腐化了灵魂”。消息传来，弗洛伊德颇为天真地说：“他们进步多了！要在中世纪，他们烧掉的就是我了，如今他们只烧我的书就感到满意了。”之所以说弗洛伊德此时很天真，是因为这个时候，弗洛伊德还认为纳粹只会焚书，不会烧人。至少，作为奥地利公民，弗洛伊德认为自身是安全的。弗洛伊德认为，德国不可能吞并奥地利，因为国际社会不可能认可德国的做法，而且，德国人的残暴也不适合奥地利。[15]

但局势没有按照弗洛伊德所期望的方向发展。1938年3月11日，德军侵入奥地利，“德军飞机抢占了各飞机场，维也纳街头爬满了纳粹坦克。长期隐蔽的奥地利纳粹分子们涌上了大街，他们穿着褐色衬衫，佩戴着万字臂章”。[16]纳粹德国瞬间吞并了奥地利。弗洛伊德所期待的国际社会的干预没有发生。但是，国际社会对弗洛伊德个人的安危表达了关注。德军占领奥地利后，弗洛伊德住所的楼下总是停着一辆美国使馆的汽车。这是美国总统亲自过问的结果。得知德军占领奥地利后，美国总统富兰克林·D.罗斯福指示驻维也纳的美国代办约翰·C.威利要关注弗洛伊德博士的安危，于是便有一辆美国使馆的汽车日夜停在弗洛伊德住所附近。一旦弗洛伊德的生命受到威胁，这辆汽车就以美国的名义进行干预、拯救。驻欧洲各大城市的美国外交官都用异常坚定、明确的语言告诉德国同行，如果弗洛伊德的生命安全受到威胁，那将是国际丑闻。四年前，弗洛伊德曾治疗过一个意大利女病人，而女病人的父亲是意大利元首贝尼托·墨索里尼的朋友。德军占领奥地利后，墨索里尼也直接向希特勒请求放过弗洛伊德。[17]

这时候，弗洛伊德下定了全家移民英国的决心并得到英国的许可。但是，要从纳粹手里得到出境许可证，必须缴纳31329帝国马克的“帝国逃亡税”。弗洛伊德一时拿不出这么多钱，只能借债解决此难题。收取了一大笔“帝国逃亡税”，纳粹仍不满足，还想尽量从弗洛伊德那里多搜刮钱财。1938年3月15日，三名纳粹冲锋队员冲进弗洛伊德住所，抢掠了家中用以应付日常开支的生活费。一个星期后，冲锋队员又闯入弗洛伊德家中进行了更为彻底的搜查，并带走了弗洛伊德心爱的女儿。在盖世太保总部，弗洛伊德的女儿被讯问了好几个小时，后来能够平安回家，得力于美国代办的干预。[18]

在遭受了一次又一次的盘剥、羞辱、恐吓后，弗洛伊德一家获准离开奥地利。但还有最后一道手续必须履行：弗洛伊德必须在一份声明上签字。声明是这样写的："我，弗洛伊德教授，特此证明，奥地利归并德意志帝国后，德国当局，特别是盖世太保对我显示了与我在科学界声誉相当的尊重和礼貌，我完全能够按照自己的意愿自由行动，并未有任何不满之处。"弗洛伊德在声明上写下了自己的名字，但加上一句话："我要向所有人诚意推荐盖世太保。"[19]

盖世太保以为这是一句赞美他们的话。

三

但像爱因斯坦、弗洛伊德这样在纳粹开始对犹太人大屠杀前逃离了的犹太人，相对数字是很小的。

费舍尔在《强迫症的历史：德国人的犹太恐惧症与大屠杀》中写道：1941年12月7日的晚上，也是珍珠港事件的那一天，七百名犹太人被带到罗兹西北三十五英里处的波兰小镇彻尔姆。12月8日上午，被改装成毒气卡车的运输厢式货车，排成长长的队列驶抵彻尔姆；七百名犹太人被装入卡车运走；废气通过管子传送到车厢内；在通往附近森林的路上，车厢里的所有犹太人，包括妇女和孩子，都被毒气杀死；而森林便成了他们的埋葬地。当这一幕上演的时候，日本对珍珠港发动了攻击。“正如吉尔伯特·马丁所指出的那样，这两个事件的关联是，这一天永远声名狼藉。”这一天，也是纳粹对犹太人“最后解决方案”开始的一天。[20]

所谓“最后解决”，就是从肉体上彻底消灭。在此之前，纳粹试图把犹太人驱逐出德国和所有纳粹占领区。犹太人移居海外，尽管困难重重，但在纳粹统治的早期，那些相对来说比较富裕的犹太人，逃离仍然是可能的。[21]那些有可能逃离的人之所以没有逃离，最终在大屠杀中丧生，很大程度上要归咎于他们对纳粹的错误估计和对故土的难以离舍。

当纳粹开始他们的统治时，德国的犹太人大都没有料想到犹太人将被赶尽杀绝。这里的原因，部分在于犹太人认知的麻痹，部分在于希特勒早期对犹政策的变幻莫测。希特勒的目标从未发生变化，即把犹太人赶出德国或者把他们彻底消灭。但是，希特勒也深知，要实现这一目标，需要等待合适的时机。希特勒于1933年1月成为德国总理。在最初几年，希特勒感到自己的权力还不够稳固，还必须注意自己在国内国际的形象，还要以国际国内和平的维护者的面目示人。因此，这几年，对犹太人时而进行残酷的迫害，时而又似乎有所缓和。正是这种状况，使犹太人难以下定逃离的决心：“断断续续的缓和标志着希望之光，哄骗了相当多的犹太社区得出了错误的结论：事态很快就会变好，正如它们过去一直那样的，或者稳定在可以忍受的水平。”[22]

犹太人难以下定逃离的决心，还因为对德国的热爱。犹太人已经在德国生存了好多代，他们对德国有着高度的认同。德国是他们的祖国。不少犹太人，在第一次世界大战中作为德国军队的一员，在战场上冲锋陷阵，获得过荣誉勋章。他们曾经为德国抛头颅、洒热血，他们不愿意相信德国最终没有他们的容身之地。所以，面对纳粹的反犹行动，“许多德国的犹太人采取了坐视的态度，心怀最好的希望，决定留在德国”。[23]

在德国的犹太人不相信希特勒真的会消灭所有的犹太人，在德国以外的犹太人更不相信。参与以色列建国，曾任以色列劳工部长、外交部长和政府总理的梅厄夫人在回忆录《我的一生》中也说，“当初所有人，包括我，做梦也想不到希特勒消灭犹太人的誓言真的会执行。在某种意义上，我认为，这应该归因于善良人们的起码信任，我们不相信这种极为邪恶的事情真的会发生——或者这世界会允许这种邪恶发生。这不是说我们容易上当受骗，只是因为我们不能想象当时还不可想象的事。然而今天，对我来说，已经没有什么不可想象的事了”。[24]

是的，对于犹太人来说，目睹了、经历了纳粹对六百万犹太人的大屠杀之后，还有什么是不可想象的呢？

一开始是不愿离开德国，后来，则是想要离开却无处可去。世界各国相继对犹太人关上了国门。

然而，也毕竟有人在一开始就洞察了纳粹的本质，就毫不怀疑纳粹会做出任何疯狂的举动。德国的哲学家卡西勒，《符号形式的哲学》和《人论》的作者，也是犹太人。1933年春天，希特勒当上德国总理不久，卡西勒就看到了纳粹体制对犹太人意味着什么。他明白，这个体制的终极目标绝不是一般意义上的对犹太人的迫害，而是对犹太人的灭绝。卡西勒看清了纳粹主义的本质，即纳粹主义本质上具有非理性的毁灭性，它永远不会停止消灭它真实和想象的敌人。卡西勒私下对妻子说："我们这种人在德国没有什么可追求，也没有什么可希望的了。"又说："我猜想这个政权将持续十年，但是它激起的邪恶可能将持续一百五十年。"[25]于是，卡西勒及时逃离了德国。

在洞察了纳粹的本质后，卡西勒便对纳粹的行为不再关心，因为他知道，这些都是必然要发生的，同时，这一切都是过程，而纳粹的毁灭也是必然要到来的。费舍尔在《强迫症的历史：德国人的犹太恐惧症与大屠杀》中说，卡西勒"一直认为，假如一个人抓住了任何生存条件的本质原则，那么他就不必使自己忙于这一环境所产生的细枝末节。甚至在他逃离德国的时候，他都没有让自己沉溺于最近发生的纳粹行为。他所担心的只是这一万字徽的国度是变态的国度，它和他过去熟悉的德国没有一点相似之处。他相信这个新的体制因为自己非理性的动力而最终自我毁灭。依靠以无限的成功不断地证明自己，当成功最终转向失败的时候，这个体制将毁灭其存在"。[26]

莱托勒说："我从没有离开船，是船离开了我。"卡西勒逃离纳粹的时候也在心里说："我从没有离开德国，是德国离开了我。"

2017年6月30日星期五

注释：

［1］［14］［15］［17］［18］［19］［奥地利］格奥尔格·马库斯：《弗洛伊德传》，顾牧译，人民文学出版社2011年版，第207—208页，第203页，第208页，第214页，第217页，第217—218页。

［2］［5］［8］［9］［10］［12］［德］阿尔布雷希特·弗尔辛：《爱因斯坦传》，薛春志译，人民文学出版社2011年版，第463页，第373页，第441页，第451页，第457—458页，第468页。

［3］［4］［6］［7］［11］［20］［21］［22］［23］［25］［26］［美］克劳斯·P. 费舍尔：《强迫症的历史：德国人的犹太恐惧症与大屠杀》，佘江涛译，译林出版社2017年版，第279页，第243页，第189—190页，第190页，第244—245页，第357页，第262页，第242页，第242页，第243页，第243页。

[13][16][美]欧文·斯通:《心灵的激情——西格蒙德·弗洛伊德传记小说》下册，朱安、姚渝生等译，中国文联出版公司1986年版，第541页，第552页。

[24][以色列]果尔达·梅厄:《我的一生》，舒云亮译，新星出版社2014年版，第141页。

“我们世界的根须静卧在他心里”
——拉贝对希特勒的想象

一

据黄慧英《南京大屠杀的见证人拉贝传》，约翰·拉贝1882年11月23日出生于德国汉堡。1909年，二十七岁的拉贝来到中国北京以商务谋生。1911年，拉贝进入德国西门子驻北京分公司，担任会计工作。不久，拉贝就被任命为西门子北京分公司经理。1911年，拉贝任职的公司建立了中国的第一个电讯台。1918年第一次世界大战结束，德国作为战败国必须接受协约国的惩处。新生的魏玛政府与协约国签订了“丧权辱国”的《凡尔赛和约》，德国方面割地赔款，事情才算了结。中国也曾对德宣战，也算战胜国之一。战争结束后，在华德国人，除身患重病不能行动者和在华从事教师职业者，都必须离开中国。1919年春，已在中国生活了十年的拉贝，拖家带口回到德国。

战争结束后，德国经济举步维艰。中国的广阔市场本来就对德国经济发展有并非可有可无的意义。于是，魏玛政府积极谋求恢复与中国的商贸关系。1921年7月，中德在北京签订了《中德协约》，中德关系宣告恢复。这意味着西门子公司在中国的业务可重启，而拉贝也可回到他深爱的中国。于是拉贝立即回到北京。业务不但迅速恢复并且蓬勃发展。1925年，西门子公司在天津建立了自动电话局，需要大批职员，西门子在中国的总部也因此从北京迁往天津。拉贝也到天津任公司经理。西门子天津公司设在英租界广东路，是一座三层楼房，内设洋商行和工程部两个机构。拉贝主管洋商行。1930年11月，拉贝被西门子上海总部任命为南京分公司经理。南京是中华民国的都城，“公司因拉贝出色的工作能力而将他放到中国首都来开辟业务”。[1]

1937年11月，侵华日军攻占南京前夕，在南京工作的外国人组成了一个国际委员会，成员主要是鼓楼医院的美国医生和在金陵大学任教的传教士，拉贝也受邀加入了这个委员会。据《拉贝日记》，国际委员会试图建立一个难民区，也就是在城内或城外设立一个中立区，一旦日军占领南京，非战斗人员可以进入中立区避难。[2]11月22日，国际委员会开会，正式决定成立南京平民中立区，拉贝被推举为中立区主席。[3]在此后的几月间，拉贝利用欧洲人并且是德国人的身份，为救助中国民众竭尽所能，从日军的屠刀下抢救了许多中国人的生命。拉贝在南京的所作所为，自然令日本方面不快，日本方面也会把对拉贝的不满传达给德国政府。而希特勒政府正谋求与日本结盟，于是通过西门子总部勒令拉贝回到德国。1938年3月14日，拉贝携家人，永远地离开了他生活了三十年的中国。

1941年，拉贝在柏林的家中开始整理在南京写下的战时日记。拉贝用一年多的时间，重抄了从1937年9月至1938年2月在南京的日记，厚达两千一百页，其中日军在南京大屠杀的实例就有五百多个。这部战时日记，最初被命名为《敌机飞临南京》，整理后定名为《轰炸南京》。日记后面附有相关文件、报刊文章、信件和照片。黄慧英认为，拉贝在纳粹鼎盛时期闭门整理誊抄南京战时日记，与他对纳粹认识的转变和对世界局势的看法有关。拉贝没有在回到德国后的1938年立即整理这些日记，也不是在战争结束后的1945年整理这些日记，这意味着世界局势发展到1941年时，拉贝已深刻认识到自己在南京记下的日记将成为重要的历史见证，“此举表明他不仅彻底看清了纳粹党的本质，而且对纳粹已十分厌恶、痛恨”。[4]

在1941年开始整理南京战时日记是否就意味着拉贝彻底看清了纳粹的本质并对之十分厌恶，是可以疑虑的问题。拉贝的这部战时日记，长期隐秘不彰，直到1996年才为人所知。1997年8月，中文译本由江苏人民出版社出版。

《拉贝日记》的史料价值和人文内涵，无论怎样估价都不会过分，这主要的方面，用不着我多说。我想说的是，如果拉贝在整理、誊写这些日记时已经认清纳粹的本质，如果拉贝在重新面对、审读这些日记时已经对希特勒厌恨、憎恶，那拉贝就是一个极其诚实的人。因为在日记中，时时出现对希特勒的信赖、讴歌，时时可见对希特勒的赞美、崇拜。当拉贝已经彻底改变对纳粹和希特勒本人的看法后，仍然保留当初对纳粹和希特勒的歌颂、尊崇，这使得这部日记不仅对研究日军侵华史有史料意义，也对研究德国纳粹运动的过程有着史料意义。《拉贝日记》记下的是一个普通的德国人对纳粹的信赖和对希特勒的崇拜。这个普通的德国人是本性善良的，是具有强烈的人道主义精神的。当日军残酷地屠杀中国平民时，这个普通的德国人却以全部的力量救助这些中国人，而这些被他救助的中国人其实是与他没有什么关系的。但就是这样一个好人，却曾经对纳粹无限信赖，却曾经对希特勒无限崇拜。这提供了一个观察、思考纳粹运动兴起的角度，也让我们更好地理解了希特勒从一个街头小混混成为万众景仰的元首的原因。

二

据黄慧英所著《拉贝传》，拉贝于1934年3月1日在中国加入了希特勒的纳粹党（即“德国国家社会主义工人党”，简称“国社党”）。黄慧英强调，拉贝的入党动机是极其简单和纯朴的。当时在南京的德国人，大多是德国公司的雇员，其中许多人就供职于西门子公司。这些人长期在中国生活，当然要生儿育女。这些孩子到了入学年龄后，上学就成了严峻的问题。南京没有德语学校。这些德国孩子要就学就只有回到德国。拉贝的独生子奥托，就被拉贝送回德国南部上了一所寄宿学校。拉贝决心在南京创办一所德语学校，解决德国孩子的就学困难。要办学，最大的难题当然是经费。拉贝向德国驻华使馆提交了申请经费的报告，其中说明了办学理由、规模和教学计划等问题，要求德国政府从教育经费中拨款支持，并说明，学校成立董事会，拉贝任董事长。德国驻华使馆的答复说，拉贝作为董事长，必须加入党组织，这样元首才能为在中国办学拨发经费。而“拉贝未多加考虑就同意了”。[5]

希特勒于1933年1月坐上德国总理的宝座。1934年8月才把总统与总理办公室合并，成为把党政军都捏在手里的元首。当希特勒还没有在大众面前充分暴露其真实面目时，拉贝加入纳粹党，确实不算稀奇。

或许有人对拉贝身在中国却能加入德国的纳粹党感到不解，其实，从1933年开始，纳粹党便开始在中国进行有组织的活动，他们以上海为中心，从事为纳粹德国服务的勾当。后来在整个二战期间，上海滩上都隐现着纳粹的魔影。据美国学者华百纳（Bernard Wasserstein）所著的《上海秘密战——第二次世界大战期间的谍战、阴谋与背叛》，1933年以后，希特勒的纳粹党就在上海的德侨社区积极开展工作，到大战爆发前夕，上海的纳粹党组织已经成功地争取了大多数非纳粹德侨力量对纳粹的支持，至少持中立态度。当然，这不包括德籍犹太人，因为纳粹根本无意于获得犹太人的支持。不仅是上海，在天津、北平和其他一些城市，也有纳粹党的支部。纳粹还在中国建立了各种党的外围组织，例如，“希特勒青年”就是一个纳粹文化和医疗方面的组织。纳粹甚至在上海组建了“党卫军”，成员有一百人左右，着统一制服，其任务是保卫德国电台等机构，并对非纳粹的德国人进行威吓。

在上海的非纳粹德国人，受到严重威胁。例如，“信义会”中一个叫麦斯的人因为替“非雅利安”德国流亡者主持圣礼而被解职。“伴随着欧洲大战的爆发，本来对纳粹主义不感兴趣的上海绝大部分德国商人发现党员身份是取得德国政府订单的前提条件。1939年以后，上海的德国商行与英国商行一样，政府订单数量一下子激增，一时生意兴隆。在纳粹的压力下，矮克发（Agfa）、亿利登（I. G. Farben）等洋行都辞退了其上海办事处的犹太雇员，调整其政策以迎合所谓国家利益，也就是纳粹的利益。”

纳粹在中国的领导人叫拉尔曼（Siegfried Lahrman），原来是一名商行职员，1931年加入纳粹党。他在中国公开的身份是“德国国家铁路公司中国分部董事”。此人身材十分魁梧，红光满面，大腹便便。一个德国外交官后来回忆说他看上去“有些凶残”。作为纳粹在中国的最高领导，拉尔曼对一切非纳粹的德国外交官严密监督，例如指控德国总领事费师尔（Martin Fischer）缺乏“希特勒精神”。[6]

拉贝与这个拉尔曼打过交道，这下面要说。现在想说点题外话。希特勒对德国犹太人大规模迫害、屠杀前，有为数不少的犹太人逃离德国，到了中国。他们一开始居住在上海。我原来以为，逃到中国的犹太人虽然也会面临生存的困难，但总算彻底摆脱了纳粹的魔掌。德国离中国那么远，纳粹不会对远在中国的犹太人构成伤害。待到读了美国学者写的这本《上海秘密战》，才知道事乃有大谬不然者。对于逃到上海的犹太人来说，纳粹并没有远在天边，而是就在眼前。上海纳粹组织的使命之一，是对流亡到上海的犹太人进行监视。太平洋战争爆发后，上海全面沦入日军之手，而在上海的美、英、法等国侨民也就成了日军的“敌国侨民”，日军建立了集中营，囚禁这些敌国侨民。在上海的德国人，本是日军的友邦侨民，理当受到礼遇。但从德国逃到上海的犹太人，则也被日军作为“敌人”看待，也须进入集中营。“关押在上海集中营内的最大外国族群并非同盟国公民，而是没有国籍的犹太人，他们大多数以前是德国公民。1933年至1941年间，大约有两万名犹太难民逃离纳粹欧洲来到上海。”[7]当然，逃到中国的犹太人还不至于被公然屠戮。

当拉贝向德国政府申请办学经费时，纳粹已经在中国开始了有组织的活动。把在中国的非纳粹德国雅利安人纳粹化，是纳粹组织的重要使命。像拉贝这样的人，本来就是纳粹组织要转化的对象。现在，拉贝申请政府资金，等于找上门来，把拉贝加入纳粹党作为提供资金的前提条件，也就是纳粹政府自然的做法了。

三

加入希特勒的纳粹党，对于其时的拉贝，也并非不得已的勉强之举，毋宁说是心甘情愿甚至引以为荣的。

自1933年开始，神化希特勒的运动就在德国如火如荼，德国民众普遍有着对希特勒狂热的崇拜。到拉贝就任南京难民区主席时，德国社会对希特勒的个人崇拜已经登峰造极。对希特勒的个人崇拜不仅在德国本土汹涌澎湃，在德国以外的地方也同样存在。在中国的德国侨民，也普遍视希特勒为旷古未有之英雄，为人类的大救星。华百纳在《上海秘密战》中说："在战争期间，凡有大事，德侨（雅利安人）社区都会聚集在德国花园总会。例如1943年4月，纳粹冲锋队运动部、希特勒青年团和德国少女联盟以演说和游行为希特勒庆祝生日。纳粹党支部头目休瑟（K. Huether）带领社区'向元首三敬礼'，然后全体人员高唱德国国歌和《霍斯特·威塞尔之歌》。"[8]所谓《霍斯特·威塞尔之歌》，就是纳粹党歌。

日军在侵占南京的数月前，就开始对南京进行轰炸。1937年10月1日，德国使馆通知所有在南京的德国公民，使馆方面已经包租了印度支那轮船航运公司（怡和洋行）的"库特沃号"轮船，作为德国公民的避难所。轮船停泊在下关上游约两英里处，所有在南京的德国人随时可避居船上，从而避免遭日军空袭。这不仅因为轮船离南京市区有一定距离，更因为一旦有必要，轮船可远远驶离南京。10月4日，全体德国人在船上庆祝收获感恩节，拉贝执笔为《远东新闻报》和《中德新闻》撰写了长篇报道。德国驻华大使陶德曼也在船上。拉贝写道："陶德曼博士先生用令人感动的话语讲到了为什么要举行庆祝会的缘由……他特别感谢我们祖国的政府，我们尊敬的元首阿道夫·希特勒，他没有忘记生活在危险关头的我们，他使我们在这艘船上有一个避难所。在这艘船上，我们可以安全而平静地迎接未来可能发生的一切事件。令人难忘的庆祝会结束时，大家三呼元首和德国万岁，唱了《国旗之歌》。此情此景我们这些与会者可能谁都不会忘记。”[9]

既然几乎所有在德国和不在德国的德国人（当然一般不包括犹太人）都崇拜着希特勒，拉贝内心也自然充满了对希特勒的热爱、崇拜，也对希特勒有着无限的信赖。拉贝总认为，如果伟大的元首知悉日军在中国的作为，一定会义愤填膺，一定会拍案而起，因为元首是那样仁慈，那样热爱人类，那样热爱和平。

国际委员会要在南京成立中立性的难民区，需要得到日本方面的认可。如果日军根本不拿你那“中立”当回事，当然也就起不到保护平民的作用。拉贝在1937年11月25日的日记中写道：“电台还报道说，日本人对于建立中立区一事至今还没有给予‘最终答复’。我决定通过上海德国总领事馆和上海国社党中国分部负责人拉曼给希特勒和克里伯尔发电报。”这个拉曼，就是前面说到的拉尔曼。当设立平民中立区的计划受到日本方面的无视、冷落时，拉贝第一时间想到的是向希特勒求助。当天拉贝发了“致元首”的电报，其中说：“国社党南京地区小组组长、本市国际委员会主席请求元首阁下劝说日本政府同意为平民设立一个中立区，否则即将爆发的南京争夺战会危及二十多万人的生命。”电报是否送到希特勒手里，不得而知。电报即便送到了希特勒手里，希特勒也不会理睬。拉贝心中伟大而仁慈的元首，正在思考着怎样制度化地迫害犹太人并最终彻底消灭犹太人，怎么会为远东一个城市的些许平民操心。但拉贝却对希特勒满怀希望。在当天的日记里，写道："我多么希望（上帝作证）希特勒会帮助我们，让我们终于能够建立起中立区。"[10]

在以后的日子里，拉贝经常在日记里表达对希特勒的期待、信任和崇拜。例如，在1937年12月1日的日记里，拉贝写道："罗森博士从美国人那里得到消息说，国社党中国分部负责人拉曼把我给希特勒和克里伯尔的电报转交上去了。谢天谢地，现在我敢肯定，我们有救了。元首不会丢下我不管的！"[11]拉贝坚信，元首一旦得知自己在南京的困难，就会立即伸出伟大的援助之手的。这么伟大的人！这么仁慈的人！这么热爱人类的人！怎么会置地球上任何一个地方平民的苦难、伤亡于不顾呢？！

拉贝日记中关于希特勒的文字，最让人难忘的出现在1937年11月29日。这天日记中写道："整理房间的时候，一张元首的相片偶然落入我手中，上面写着巴尔杜尔·冯·席拉赫的一首诗。"希特勒照片上的诗写道：

这正是他最伟大之处：
他不仅是我们的元首，是民众的英雄，
而且他为人正直、朴实而坚定；

我们世界的根须静卧在他心里，
他的精神轻抚着群星，

而他始终是和你我一样的普通人。

拉贝接着说:“这再次给了我勇气。我仍然希望希特勒帮助我们。一个和你我一样的普通而朴实的人想必不仅对自己民族的灾难,而且对中国的灾难也有着最深的同情。我们当中(德国人或外国人)没有一个人不坚信,希特勒的一句话(也只有他的话)会对日本当局产生最大的影响,有利于我们建议的中立区,而且,这句话他一定会说的!!”[12]

“我们世界的根须静卧在他心里”,这是我见过的最漂亮的颂圣诗。这首诗表达的是德国一般民众对希特勒的感受和想象,自然也是拉贝对希特勒的感受和想象。既然“我们世界的根须静卧在他心里”,那中国的根须、南京的根须自然也静卧在他心里;既然中国的根须、南京的根须也静卧在他心里,他又怎会对中国的灾难、南京的灾难视而不见呢?他一定会管的!他一定会发出他的纶音佛语的!拉贝用两个惊叹号表达他对希特勒的信赖。

四

那些年,不仅是德国人崇拜希特勒,其他国家也不乏希特勒的崇拜者。中国当然也会有。

储安平于1933年7月进入《中央日报》任职,主持副刊。几年间，也算干得轰轰烈烈，事业蓬蓬勃勃。但储安平一直有着留学梦，心仪的国家是英国。1936年，储安平决定中止国内的事业，赴英国求学。是年，第十一届奥林匹克运动会在德国柏林举行。中国此前也曾两次派员参加奥运会。1928年的阿姆斯特丹奥运会，中国只派出了观察员，没有派出运动员。1932年洛杉矶奥运会，中国只派了刘长春一个运动员，当然不可能取得任何名次。1936年的柏林奥运会，由于希特勒热情邀请中国派团参加，中国便分外重视，组建了堪称庞大的代表团，其中男女选手七十人，职员二十多人，国术表演队九人，体育考察员三十多人，总数达一百四十余人。代表团出发前，蒋介石亲自宴请队员并亲手授予旗帜。国民政府拨专款十七万元用于此事。并派考试院院长戴季陶作为政府代表随团赴德。《中央日报》必须派记者随团采访。储安平既然要到欧洲去，那就让他先到柏林，作为报社记者报道完奥运会再去英国。报社毋须另行选派记者，而储安平也可公款赴欧，还可以好好看看奥运会。储安平当然很乐意。[13]

储安平这一群人于1936年7月23日到达柏林。奥运会开幕前一天，储安平漫步柏林大街小巷，观察德国普通民众对奥运会的态度。他看到的一切令他感动不已。他看到，街头巷尾到处挂着卐字旗、德国国旗和奥运五环旗。因为奥运火炬和元首在下午要经过街市，柏林几条主要街道从一大早就站满了人。特别令储安平难以忘记的，是一个半盲的夫人，老态龙钟，将一只小凳放在人群的后面，等着希特勒经过时，能够站在凳子上一睹风采。站着守候的人群里，大多数人是从老远的地方赶过来的，他们只是为了看一眼元首。储安平对此种情景由衷赞叹："这些人，有的也许难得来柏林，有的也许从来没有到过柏林。他们都怀着最大的热情，来到他们的京城。他们是来看世界运动会的，然而他们内心里最大的冲动，还是要来拜谒他们元首所在的京都。他们对于他们的国家是何等关切，他们对于他们的元首是何等崇仰，他们一旦从乡间来到京城，精神上是何等的亢奋！"[14]储安平这篇报道以《半盲的太太，等着看元首》为题，发表在《中央日报》1936年8月19日。在同一天的《中央日报》上，储安平还发表了《柏林的拥挤和日尔曼精神》《希特勒到会，万众欢呼若狂》《德国解放了，我们中国如何》等文章，报道的是大会开幕式的盛况。在《希特勒到会，万众欢呼若狂》一文中，储安平写道："我们忽然听到欢声四起，万灯闪烁，原来希特勒一行已经入场，当时军乐声、鼓掌声、欢呼声混成一片……希特勒从大门到司令台。我们只见希特勒举手答礼，可是也同时只听见四周的欢声依旧。德国的人民，喊着那样恳切、勇敢、崇仰的声音来欢迎他们的元首。我们只看见几十万条粗壮的臂胳，像铁一样直的平伸着，没有一点颤动，没有一点下斜，他们德意志国民的精神那时就完全在这一条臂胳上，直到希特勒初坐了下来，这几十万条粗壮的臂胳才放下了。"[15]

有许多相关著作都说明了纳粹的兴起和希特勒受到狂热崇拜的原因。第一次世界大战中成为战败国，被迫与协约国签订《凡尔赛和约》，这使得德国出现了国民经济和国民精神的双重崩溃。这个时候，整个社会心理渴望有一个强有力的人物和强有力的政府登上历史舞台。这个政府和这个人物能够迅猛地重振国民经济，让人民吃饱穿暖，同时还能重振国民精神，把堕落、溃散的国民精神调动和激发起来，凝聚到一个神圣宏伟的目标上。在这种情况下，纳粹党和希特勒应运而生。纳粹党和希特勒迅速做到了民众渴盼他们做到的事情，尽管是以饮鸩止渴和对大众欺骗愚弄的方式做到这些的。纳粹使德国的国民经济短期内复苏，物质的极度匮乏很快扭转，而国民精神（除了犹太人）也死灰复燃，并且烈焰冲天。在这种情况下，希特勒和纳粹党受到拥护和崇拜也就很自然了。

黄慧英在《拉贝传》中解释了拉贝作为一个普通的德国人信赖、崇拜纳粹和希特勒的原因。1919年，拉贝回到德国，看到的是政治的动荡、治安的恶化，看到的是民众的万念俱灰和饥寒交迫。通货膨胀到了人们工资的购买力等于零的程度。大笔银行存款还买不到一把胡萝卜。女大学生在饥饿驱使下沦为娼妓，歌剧演唱家为了几片面包任人包唱。几乎所有物品都要凭票供应。拉贝作为德国人中的一员，当然也经受着生活的艰难。有一次，拉贝得知城里有个地方可以买到稍为廉价的豆类，他赶快过去，买了两大纸袋豌豆便往回赶。但归途中下起了雨，又没有公交车可乘，他在雨中抱紧纸袋，但纸袋被雨打湿，豆子不停地流落下来。到家后，两袋豆子只剩下一半。[16]黄慧英指出："战败后的德国，经济已到了崩溃的状态，悲观失望和困惑，生与死的危机感，在各处蔓延开来。人心思变，人们迫切希望一强有力的政府来收拾动荡的局面，领导德国摆脱危机，重入正轨。"[17]而拉贝的心态也不例外。

五

茨威格在《昨日的世界——一个欧洲人的回忆》中，也从物质和精神两方面说明了希特勒崛起的原因。茨威格说，希特勒崛起前，德国的经济崩溃到人类历史上从未有过先例的程度。一战后，奥地利的通货膨胀比例曾达到一比一万五千，人们已经认为不可思议。而这与后来德国的通货膨胀比，简直是不值一提的儿戏。茨威格说，如果把德国其时的通货膨胀具体情形和典型事例说明白，需要写一本书，而且在后来的人们看来，这本书简直是童话。茨威格说，他亲历过这样的日子：早晨用五万马克买一张报纸，晚上就得用十万马克；想要兑换外币的人不得不按钟点分多次兑换，因为四点钟的兑换比价可能要比三点钟翻几番，而五点钟的比价又可能比六十分钟前多好几倍。茨威格给出版商寄出一部写了一年的书稿，为求保险，要求立刻支付一万册的稿酬。稿件寄出一星期后，一万册稿酬的支票来了，可面值还抵不上一星期前寄稿件的邮资。电车票是用百万计算的。从帝国银行（央行）往各银行运纸币，运载工具是卡车。茨威格曾在一处排水沟里见到面值十万的马克纸币，那是一个乞丐看不上眼而扔掉的。一根鞋带先是比先前的一只鞋还要贵，后来则比先前拥有两千双鞋子的一家豪华商店还要贵。一扇窗户玻璃被打碎了，修一下花的钱以前可以买下整幢房子。买一本书花的钱以前可以买下拥有几百台机器的印刷厂。如果有人肯出一百美元，就可以把库尔菲斯滕达姆林荫道上的一排六层大楼买到手。以前可以买下几家工厂的钱，现在只能买一辆手推车。一个刚成年的小伙子在港口捡到一箱肥皂，每天卖出一块就可生活得像贵族一样……

茨威格说："我自信对历史比较熟悉，但据我所知，历史上从未出现过与此类似的疯狂时代。"不仅是有神话般的通货膨胀，一切方面都变了，"国家的法令规定遭到嘲笑；没有一种道德规范受到尊重，柏林成了世界的罪恶渊薮……"。对于这个战败后诞生的魏玛共和国，全国人民都感到无法忍受，"被战争弄得满目疮痍的整个国家，实际上都在渴望秩序、平静、安宁和法纪。而且整个民族都在暗中憎恨这个共和国。这倒并不是因为共和国压制了那种放纵的自由，而是恰恰相反，共和国把自由放得太宽了"。[18]广大民众的意志化作两只臂膊，把希特勒和纳粹党高高举起，一只胳膊是对自由的厌恶，一只胳膊是对秩序的向往，而希特勒和纳粹党确实能够消灭他们厌恶的东西和给予他们向往的东西。

德裔美籍学者克劳斯·P. 费舍尔在《强迫症的历史：德国人的犹太恐惧症与大屠杀》一书中对导致纳粹勃兴的德国社会普遍的精神状态有更详细的揭示。费舍尔指出，希特勒和纳粹崛起之日，正是德国社会的价值观念、道德规范处于被撕裂的状态之时。犯罪活动急剧增长，道德标准则快速滑坡，整个社会都有一种"诈骗心态"。毒品贩子、卖淫者、杀人狂、江洋大盗，是有关二十世纪二十年代柏林故事中频频出现的角色。费舍尔引用德特勒夫·波伊克特的一番话："柏林处于国内战争的状态。没有任何警告，仇恨突然在任何地方和时间爆发：在街头，在餐馆，在电影院，在舞厅，在游泳池；在午夜，在早餐时，在下午三四点钟。刀子会突然拔出，带刺的指环、啤酒杯、椅腿或者铅棒都成了斗殴的工具；子弹擦过海报柱上的广告，从厕所的铁皮屋顶上反弹出来；在拥挤的大街上，一个年轻人受到了攻击，衣服被扒光，遭到毒打后，流着血被丢在人行道上。十五分钟后，一切都过去了，攻击者消失得无影无踪。"[19]费舍尔强调，知道并理解德国人生活中这些黑暗角落，对于认识希特勒和纳粹的崛起是很重要的。第一次世界大战和国内动荡的五年，使得残暴成为德国人日常的生活方式，人们对血淋淋的行为习焉不察、见怪不怪，人的生命变得十分低廉。希特勒和纳粹正是充分利用了德国社会现实中的黑暗和德国民众内心的黑暗，以达到攫取一切权力，实现自己意图的目的。换句话说，希特勒正是在德国现实的黑暗和德国人内心的黑暗中看清了自己通往权力顶峰的道路。这时期，小说家托马斯·曼的儿子克劳斯·曼在慕尼黑卡尔顿酒店的茶室里看见过希特勒，他正坐在另一张桌子边，一口气吃了三个草莓馅饼。克劳斯·曼后来回忆说，这个纳粹领导人的面孔使他想起新近在报纸上看到的某个人：

除了幽暗的玫瑰色的灯光、轻柔的音乐和一堆曲奇，这里什么也没有；在甜蜜的田园诗般的气氛中，一个留小胡子的男人，他眼神迷离，有着一个固执的前额……我招呼了一位女招待结了咖啡账单，这时我突然想到希特勒先生像一个人。他是汉诺威的性谋杀者，他的案子是醒目的新闻头条……他的名字叫哈尔曼……他和希特勒的相似是令人震惊的：迷离的眼神、小胡子、残暴和神经质的嘴，甚至难以言表的粗俗的肉鼻子；这确实是太相似的外貌了。[20]

希特勒正是其时德国的黑暗中最黑的那一块。他之所以能在德国的黑暗中敏锐地发现自己的机会，就因为他比其他一切黑暗更黑更暗。

拉贝这样的普通德国人在那些年间对希特勒有着坚定的信仰和热烈的崇拜，是能够得到解释的。黄慧英在《拉贝传》中说："1933年1月，希特勒上台后，在短短的4年内奇迹般地解决了国内600万人的失业问题；6年内，德国经济在没有通货膨胀和完全稳定工资和物价的情况下，从萧条过渡到繁荣，并向战时经济过渡。希特勒统治下德国的经济发展速度之快，为英、法、美所望尘莫及。然而，这一切都是在极端残酷手段下强制执行的战争经济，是为他称霸世界的狂妄野心服务的。"[21]千千万万个德国人于是信仰和崇拜希特勒，拉贝是其中之一。而一个人，一旦确立了这样的信仰和崇拜，要发生动摇，要彻底崩溃，是很不容易的事。必须有连续性的且性质严重的铁一般的反面事实，才可能让这样的信仰动摇和崩溃。而有的人，一旦在内心建立起了这样的信仰和崇拜，便是再多再严重的反面事实，也无法让其信仰和崇拜动摇和崩溃，即便这事实钢一般坚固，也丝毫不起作用。怀疑心中的信仰和崇拜，等于否定过去的自己，而有的人，一旦否定了过去的自己，就什么也没有了，他就归零了，因为他只有过去而没有未来。

尽管在一定程度上可以把拉贝在纳粹势力如日中天时整理南京战时日记看作是对纳粹厌恶的表现，但拉贝并没有留下任何表达对纳粹反思和批判的文字。实际上，我们并不能确切地知道拉贝最终是否怀疑并否定了对希特勒的信仰与崇拜。如果希特勒屠杀了六百万犹太人还不足以令拉贝对希特勒的信仰和崇拜动摇与崩溃，那只能说，有一种信仰和崇拜是无论怎样的力量都不能摧毁的。

六

现实也直接把铁掌抽在了拉贝的脸上，而且是一个又一个。拉贝希望并相信希特勒和德国政府会同情并支持他在南京的救助活动，但情形却完全相反。其时，希特勒正想着与日本携手，而拉贝在南京的作为，可能影响德日关系，于是纳粹政府通过西门子上海总部勒令拉贝离开南京，并且不得回来。尽管拉贝十分放不下南京那些急需救助的人，但也不得不服从命令。拉贝在日记里记下了他的痛苦。1938年2月22日，拉贝在家“打包”。晚上，收音机里传过来德国承认“满洲国”的消息，拉贝在日记里记述了此事:“晚上10时收音机里传来新闻：德国承认了满洲国。据收音机里说，正逗留在汉口的我国大使陶德曼博士先生在中国政府面前陷入了尴尬的境地。我们担心他可能会辞职，尽管报道丝毫没有提及。从这里我很难看清国内的局势。可是，是对还是错？它毕竟是我的国家！”[22]日军在中国的暴行令拉贝对日本没有好感，而现在，德国竟然承认日本扶持的“满洲国”，这令拉贝困惑。但拉贝没有让困惑变成深层的思考，因为“它毕竟是我的国家”，国家主义，或者说国家至上的观念，阻碍了拉贝把困惑变成求索、反思和深刻的追问。

1938年4月，拉贝回到柏林。西门子总部任命他为远东人事部部长。5月上中旬，拉贝在不同的地点做了多场介绍日军在中国暴行的报告，报告中拉贝放映了相关影片，更展示了大量图片。拉贝仍然希望广大民众知晓了日军在中国的行为后，会敦促政府出面阻止盟友日本的暴行。[23]拉贝十分希望当面向希特勒汇报在中国的见闻。他仍然相信，如果希特勒亲耳听到了他的诉说，一定会有所作为。他在日记里写道:“我内心期盼大区党领导人伯勒能带我去见元首，但这个希望没有实现，我便不假思索地在6月8日将我的报告寄给了元首。”[24]拉贝6月8日给希特勒寄出的关于日军在南京暴行的报告长达二百五十九页，当然还写了一封致希特勒的信。[25]

报告寄出后，拉贝等待着回音。回音来了。几天后，两名纳粹党卫军来到拉贝家中，查收了拉贝的日记和有关日军的照片。拉贝本人则连大衣都来不及穿，帽子来不及戴，就被带出家门，押上了警车。“拉贝被带到位于阿尔布雷希特街的警察总局，被秘密审讯了好几个小时。他们让他坐在白墙前，经受各种折磨，被迫回答各种莫名其妙的问题。”读了拉贝报告的元首，显然认为拉贝的所作所为损害了德国的“国家利益”。由于拉贝为西门子公司立下了汗马功劳，公司总裁出面保释，拉贝才得以回到家中，但被释放前得到这样的警告：不得再做关于日军在中国行为的报告，不准出版相关书籍，特别是不准再放映关于日军在南京暴行的影片，甚至不准写信和打电话……[26]

2017年11月8日夜

注释：

[1][4][5][16][17][21][23][24][25][26] 黄慧英：《南京大屠杀的见证人拉贝传》，百家出版社2002年版，第83—84页，第310页，第103—104页，第71—73页，第77页，第305页，第297页，第300页，第297页，第301—302页。

[2][3][9][10][11][12][22][德]约翰·拉贝：《拉贝日记》，江苏人民出版社、江苏教育出版社2009年版，第69页，第73页，第23页，第80—81页，第94页，第89页，第572页。

[6][7][8][美]华百纳：《上海秘密战——第二次世界大战期间的谍战、阴谋与背叛》，周书垚译，上海社会科学院出版社2015年版，第57页，第153页，第144页。

[13][14][15] 韩戍：《储安平传》，牛津大学出版社2015年版，

第133—134页，第137—138页，第142页。

[18][奥地利]斯蒂芬·茨威格：《昨日的世界——一个欧洲人的回忆》，舒昌善等译，三联书店1991年版，第347—348页。

[19][20][美]克劳斯·P. 费舍尔：《强迫症的历史：德国人的犹太恐惧症与大屠杀》，佘江涛译，译林出版社2017年版，第168页，第171页。